¡NI LO SUEÑES!

Megan Maxwell

¡Ni lo sueñes!

VERSATIL Romántica

Título original: *¡Ni lo sueñes!*

Diseño cubierta/Fotomontaje: Eva Olaya
Fotografías cubierta @Shutterstock

1ª edición: septiembre 2013
2ª edición: septiembre 2013
3ª edición: octubre 2013
4ª edición: octubre 2013

Av. Josep Tarradellas, 38
08029 Barcelona
www.ed-versatil.com

ISBN: 978-84-92929-90-0
BIC: FRD
Depósito legal: B-19.628-2013
Impreso en España
2013.— Estilo Estugraf Impresores S.L.
Pol. Ind. Los Huertecillos - nave 13
28350 Ciempozuelos (Madrid)

Este libro está dedicado a mi madre, la primera guerrera que hubo en mi vida y la que me enseñó que hay que luchar las cosas para poder conseguirlas. ¡Te quiero, mami!

También se lo dedico a mi hija Sandra, por ayudarme tanto cuando estoy agobiada; y a mi hijo Jorge, por hacerme reír cuando lo necesito. ¡Os quiero hasta el infinito y más allá!

Y por supuesto a todas las mujeres que como la protagonista de esta novela, luchan día a día para seguir sonriendo y llenando su vida y la de sus familias de luz positiva.

Mil besotes.
Megan Maxwell

Milán... Hotel Boscolo Exedra

—Vamos, *bella*, vamos... que tengo prisa.

Apremió Rubén Ramos, famoso y deseado delantero de fútbol del Inter de Milán, mientras se tocaba su clara melena y una joven se repasaba los labios en el cuarto de baño.

Había sido una noche movidita. Tras la fiesta de cumpleaños de un compañero de equipo, él se había marchado con aquella morena a un hotel donde habían disfrutado durante horas de sexo. Pero ya había amanecido y Rubén quería regresar a su casa.

—¿Tomamos un café?

—No, *bella*. Ya te he dicho que tengo prisa. Voy a llegar tarde.

Al escuchar aquello, la joven puso morritos pero él ni la miró: quería marcharse. Salieron de la habitación y se acabó totalmente la pasión. Ella le miraba coqueta, deseosa de que le pidiera su teléfono, para volver a tener otro encuentro, pero al llegar a la puerta del hotel y ver que él no se lo pedía, decidió hacer algo. Con la mejor de sus sonrisas, sacó una tarjeta del bolso.

—Toma, aquí tienes mi teléfono.

Rubén asintió y guardó la tarjeta en el bolsillo de su chaqueta. Emocionada por haber conseguido aquello, pasó con provocación la lengua por sus labios recién pintados, y se dispuso a montarse en el biplaza. Entonces, él sentenció:

—¡*Ciao!*, ya te llamaré.

Desconcertada, la joven le miró. Quería acompañarlo fuera adonde fuera. Deseaba que la prensa les pillara y acabara publicando alguna foto de ellos juntos. Pero al final, asintió, se dio la vuelta y se marchó. Al ver que se alejaba, Rubén sonrió, se montó en su coche y se alejó.

Al llegar a casa, saludó a su perra y se fue directo a la cama: estaba agotado. Durmió unas horas y cuando sonó el despertador, se levantó y, tras una ducha, se vistió y acudió a su cita, había quedado para comer.

El aparcacoches del restaurante le recibió con una grata sonrisa. Rubén se hizo una foto con él y el muchacho se marchó feliz a aparcar el bonito biplaza. Por el camino, varias mujeres le pararon para que les firmara unos autógrafos y él, con una seductora sonrisa, accedió. Ser el reconocidísimo jugador de fútbol del

Inter de Milán, el toro español, como lo llamaba la prensa, era lo que tenía: fama, dinero y, sobre todo, mujeres, todas las que quería, y más. Cuando acabó de atender a sus fans, entró en el restaurante y se encaminó hacia donde sabía que estaban esperándole.

—¡Hola, *bella*! —saludó a una preciosa mujer de larga melena y ojos felinos, besándola en el cuello.

Ella sonrió, era Bimba, una famosa *top-model* italiana con la que se veía de vez en cuando. Diez minutos después, comían un exquisito plato mientras se devoraban con la mirada. Entre ellos el sexo era fabuloso, aunque esta vez, se despidieron al acabar de comer, porque Rubén estaba cansado, así que quedaron en encontrarse la noche siguiente. Bimba, tras acariciar la apreciada cabellera del jugador, aceptó encantada. Ni lo dudó.

Por la noche, ya en casa, sonó el móvil de Rubén. Al responder, sonrió al escuchar que se trataba de Francesca. Solo media hora más tarde, Francesca y él lo pasaban maravillosamente bien en la habitación del futbolista.

Dos días después, cuando Rubén conducía por la autopista A-9 Milán-Como junto a Alejandro Suárez, su compañero de equipo y mejor amigo, Jandro, para los amigos, preguntó:

—¿De verdad que te fuiste con la otra sueca?

Ambos, dos ligones de primera, se habían fijado en dos jóvenes a cuál más atractiva y decidieron darse unos de sus homenajes sexuales.

—Sí, colega. Confirmado. —Rio Jandro y mirando cómo pasaban el Club de Golf La Pinetina, añadió—: Esa mujer me miraba con ojos de deseo. *Mamacita Güey*, la sueca fue dulce como un bomboncito, ¿qué tal la tuya?

—Bien... no estuvo mal —susurró Rubén con una media sonrisa, mientras se encogía de hombros.

Ambos rieron, chocaron las manos y Jandro preguntó:

—¿Sabes cuándo llega el nuevo entrenador?

—He oído que, como muy tarde, pasado mañana.

—John Norton tiene fama de duro y algo cabroncete. Es más, en sus años de futbolista, era conocido como Terminator. Por lo visto, no se le escapaba balón en el campo de fútbol ni belleza fuera de él —prosiguió Jandro.

Rubén sonrió. La prensa y sus motes. Había conocido a John Norton cuando jugaba en la Liga española. En aquel tiempo Norton entrenaba al Valencia y sabía por otros jugadores que era un buen entrenador, aunque duro y exigente.

—Ahora viene de entrenar a un equipo español, ¿verdad?

—Sí. Estuvo en el Valencia y en el Atlético de Madrid. Y prepárate que Terminator es muy disciplinado.

—Mira colega, eso al equipo le va a venir muy bien —añadió Jandro al escuchar aquello.

Cuando llegaron al aparcamiento del centro deportivo Angelo Moratti, más conocido como La Pinetina, Rubén paró el coche, bajaron y se les unió un nuevo joven.

—¿Qué pasa Luigi? Tienes mala cara —observó Jandro con preocupación.

—He discutido con Juliana —admitió Luigi con gesto de enfado y cabeceando.

Todos rieron y Rubén, cogiéndole del cuello, murmuró:

—¿Cuantas veces te hemos dicho que no hay que echarse novia?

—Muchas... demasiadas... —reconoció Luigi.

Entre risas entraron al hotel que había dentro del centro deportivo. Tenían partido dos días después y estaban concentrados por orden del cuerpo técnico. Se sorprendieron al encontrarse con el nuevo entrenador: un hombre negro, de apariencia estricta y bastante alto. John Norton saludó uno por uno a cada jugador con gesto serio y les sorprendió al indicarles que quería que le llamaran «señor».

Tras dejar sus bolsas en las habitaciones, ponerse ropa deportiva y bajar al gimnasio, empezaron a entrenar bajo el ojo avizor del nuevo entrenador. Rubén sacó su iPad del bolsillo y se colocó los auriculares para escuchar música, se subió a la cinta y comenzó a correr. El deporte siempre le hacía bien.

Tres días después los jugadores estaban nerviosos. El partido contra el Génova había levantado demasiado revuelo en Italia. Ambos equipos querían ganar y sus *tifosi* animaban desde las gradas.

John Norton dio las órdenes precisas durante la charla técnica y sus jugadores salieron al campo. A los diez minutos del inicio del partido, el Génova metió un gol pero, por suerte para el

Inter, Jandro respondió con un golazo tras un estupendo pase de Rubén.

En aquel instante, Rubén cayó al suelo e, inmediatamente, supo que algo no iba bien. Aquel frenazo tras el pase iba a jugarle una mala pasada. Un dolor extremo le provocó un alarido horroroso y, cuando miró su pierna izquierda, la frustración era aún más grande que el dolor.

Al segundo, el juego se detuvo y sus compañeros corrieron a interesarse por él, mientras se retorcía de dolor, tirado en el césped, maldiciendo una y otra vez.

—Tranquilo, colega... tranquilo... —Le consolaba Jandro mientras hacía señas a los médicos del club para que entraran en el terreno de juego.

Rubén con los ojos fuera de sus órbitas por el dolor y la rabia gritó:

—¡Maldita sea!, ¡joder!

Al ver la gravedad del asunto, rápidamente, el equipo médico entró en el terreno de juego. Con cuidado, subieron a la camilla a un enfadadísimo Rubén y, tres minutos después, desaparecían por el túnel de vestuarios. Le llevaron directamente al hospital. Aquello no pintaba nada bien.

John Norton estaba junto al jugador cuando le dieron el diagnóstico.

—Fractura de tibia —repitió Rubén.

Varios doctores, incluido el responsable médico del Milán, y Norton asintieron apesadumbrados. Rubén, sudoroso y con gesto de dolor, cerró los ojos y golpeó con el puño la camilla. Instantes después cuando el dolor le cruzó la pierna y le hizo gritar, se arrepintió.

Claudio Barbado, el médico del Milan, que lo conocía muy bien, pidió al resto de los doctores que le dejaran unos minutos a solas con el jugador y su entrenador.

—Vamos a ver Rubén, lo que te ha ocurrido es una lesión fea y...

—Esto es una gran putada Claudio ¡una gran putada!

—Lo es, no te lo voy a negar.

—Joder... joder... ¡joder! —gritó desesperado—. ¿Por qué ahora?

Consciente de su desesperación, Claudio cogió un taburete y se sentó junto a él tratando de calmarle.

—A esa pregunta no te puedo responder. Lo único que te puedo decir es que si queremos acortar al máximo los plazos de tu recuperación debemos operarte lo antes posible. Por suerte solo ha sido la tibia. Si hubiera sido también el peroné...

—Joder... Joder... —proseguía su retahíla de maldiciones Rubén.

—Tienes que relajarte. La tensión no te favorece en nada.

Tumbado en la camilla Rubén cerró los ojos de nuevo y lanzó la pregunta clave:

—¿Cuánto tiempo estaré de baja?

—No podemos precisarlo.

—¿Cuánto? —exigió, lívido de furia.

—De cuatro a seis meses —sentenció Claudio mirando alternativamente a Rubén y a John Norton.

—Joder... ¡Joderrr!

—Rubén... Escucha.

—¡¿Seis meses?! ¿Voy a tardar medio año en recuperarme? ¡¿Taaanto?!

—Intentaremos que sea menos. Lo siento Rubén, pero no te puedo decir otra cosa.

Horrorizado, el futbolista se tapó la cara con las manos. La furia que sentía le hacía querer golpear lo que fuera cuando escuchó decir a su entrenador con voz profunda.

—Hijo, debes ser paciente contigo mismo. Solo tu paciencia y tu lucha te harán ganar la batalla. Lo ocurrido es tremendamente desagradable para ti, pero también lo es para mí. Eres una de las piezas clave de mi equipo y te quiero al cien por cien lo antes posible. Me consta que eres un ganador y eso es lo que marca la diferencia entre unos jugadores y otros. Así que no me decepciones, ¿entendido?

—He programado la operación para mañana. Deberías llamar a tu familia para que no se asusten. Verán las noticias y... —anunció Claudio.

—De acuerdo, les llamaré —admitió Rubén, que empezaba a asumir la gravedad de la situación.

—Cuanto antes lo hagamos, antes podremos comenzar la rehabilitación —anunció Claudio con el afán de rebajar la tensión que reinaba en el ambiente.

Rubén sabía que el doctor tenía razón: no había otra opción.

Aquella noche, desde el hospital, llamó a sus padres, que vivían en Madrid. Tuvo que soportar uno de los numeritos de su madre, después de un rato, por fin consiguió tranquilizarla y pudo colgar e intentar dormir. Lo necesitaba. Al día siguiente era su operación.

Cuando despertó de la anestesia miró a su alrededor. En aquella impoluta habitación de hospital no había nadie. Veinte minutos después, Claudio, Jandro y el entrenador entraron a interesarse por su estado.

—Hola, colega, ¿todo bien? —preguntó Jandro acercándose a él.

Rubén levantó el pulgar, ya más tranquilo y desvió la mirada hacia el resto de los presentes: el médico y el entrenador.

—Todo ha salido bien, chaval —anunció Claudio—. Te hemos anclado a la tibia un clavo intramedular apoyado por seis tornillos. En unos días te daremos el alta y comenzaremos con la rehabilitación.

Lo que escuchaba sobre el clavo en su tibia sonaba espeluznante, pero demostró firmeza cuando su entrenador añadió:

—Fuerza, Rubén. Demuéstrame lo fuerte que eres, ¿de acuerdo?

—Se lo prometo, señor —respondió chocándole la mano, como gesto de compromiso.

-1-

Dos días después el humor de Rubén era pésimo. Cada vez que aparecía una enfermera para cogerle una vía, revisarle algún gotero o darle alguna medicación, protestaba. Todas las que al principio se habían peleado por atenderle, ya no querían ni acercarse a su planta. Era tal su grado de intolerancia que comenzaron a pensar que el simpático jugador español del Inter de Milán se había vuelto loco.

Por la tarde, cuando llegó Jandro, intentó hablar con él. Si el mexicano no conseguía hacerle sonreír, no lo haría nadie. Y sí, Jandro lo consiguió. Cuando entró una joven rubia en la habitación, Jandro dijo en español.

—Mira, colega... una linda italiana viene a visitarte.

Rubén miró a la joven de arriba abajo: rubia, con una coleta algo deshilachada y unas horribles botas militares. Sorprendido por el comentario de su amigo sonrió con desgana.

—Colega, tu gusto por el sexo opuesto va de mal en peor.

Jandro miró a la joven que seguía sonriendo, sin inmutarse por aquel despectivo comentario. Dedujo que ella no se había enterado de nada y suspiró. De repente, sonó el móvil de Rubén, que contestó contento al comprobar que se trataba de una de sus chicas. Habló con ella unos segundos y cuando colgó, comentó:

—Estefanía te manda recuerdos.

—¡Wooo me alegra saberlo! —se mofó Jandro—. ¿Está en Italia?

—No, dice que ha leído la noticia de mi lesión en un periódico portugués. Cuando haga escala aquí ha prometido visitarme. Y ya sabes lo que quiere decir eso...

—Que suertudo eres, amigo. ¡Menuda potra!

Siguieron con la guasa cuando Rubén reparó de repente en que la muchacha continuaba allí leyendo el informe de su fractura, y cuchicheó:

—¿Tú has visto el enorme trasero que se le ve con esa bata blanca? Y eso por no hablar de... ¿pero dónde se ha dejado esta mujer los pechos?

—Rubén... calla... —le recriminó Jandro. Estaba exagerando. En ocasiones ambos eran mordaces con las mujeres y esta estaba siendo una de esas veces. Por su condición de futbolistas famosos, las nenas más impresionantes de la Tierra se tiraban a sus brazos y ellos solo tenían que elegir. Esa era una de las cosas que más le gustaban de la fama, frente a otras no eran tan de su agrado.

—Pero si no se entera de nada —se mofó Rubén tocándose su apreciada melena—. ¿No lo ves? ¿Verdad que no, *bella*?

Al escuchar aquel calificativo tan italiano, la joven le miró y sonrió con coquetería. Divertido por aquello, Rubén prosiguió:

—Mira, colega, a excepción de dos bombones morenos que tengo localizados y de los que ya he conseguido el teléfono, en este hospital están las tías más feas y asexuales que he visto en mi vida.

Jandro se carcajeó, mientras la enfermera continuaba observando la pierna de su amigo y apuntaba algo en una *tablet.*

—Sinceramente Jandro... esta no es de las más feas, pero deja mucho que desear. ¿Te acuerdas de cuando te lesionaste en Francia? *Oh là là...* allí sí que eran guapas las chicas.

—Oh, sí... —evocó Jandro—. ¿Recuerdas a Guillermine?

—Oh, sí. Grandes pechos. Culo respingón.

—Y ardiente... —suspiró Jandro.

—Una diosa en la cama y fuera de ella. Así me gustan las mujeres: arregladas, femeninas, *bella*s, explosivas... No como esta pobrecita... ¿Has visto que pelos lleva? —Jandro asintió. Esa mujer con su coleta mal cogida en lo alto de la cabeza no era nada de lo que su amigo decía—. Y ya no hablo de que va con botas horrorosas, antimorbo.

La joven seguía a lo suyo mientras ellos despotricaban sin parar sobre su apariencia, hasta que Jandro cuchicheó:

—Todo lo que tú digas, pero esta tiene un trasero perfecto para darle un buen azote.

—Un trasero bien gordo, dirás —se mofó Rubén mirando a la joven que seguía sin inmutarse—. ¿Qué crees que dirá si le doy un azote?

—Nada: eres Rubén Ramos, «el toro español», el conquistador y caramelito del Inter de Milán. Si se lo das con dulzura le gustara y te dará su número de teléfono.

—Dios me libre ¡espero que no!

Se cachondearon y Rubén miró con picardía el trasero de la

enfermera. Lo iba a hacer, iba a darle un azote, pero cuando levantó la mano con disimulo escuchó.

—¡Ni lo sueñes!

Rubén dejó la mano sobre la cama y la joven de bata blanca con una amplia sonrisa le miró y añadió en perfecto español:

—Si se te ocurre tocarme, te voy a dar tal tortazo que vas a aprovechar de él hasta el ruido, ¿entendido?

Los dos jugadores, sorprendidos, intercambiaron una mirada que ponía en evidencia que la habían cagado, les habían pillado en un renuncio. Ella, sin embargo, no dejó de sonreír en ningún momento y continuó:

—Si tocas mi gordo trasero sin permiso, cuando toque tu dolorida tibia, con permiso, seguro que no lo voy a hacer con mucha dulzura, porque a mí, ni los toros españoles, ni los caramelitos como tú, me impresionan, ¿entendido, señor Rubén Ramos?

Aquella mujer hablaba perfectamente español y les había estado entendiendo en todo momento. Sin más, se dio la vuelta y se marchó. Cuando se quedaron solos, se partieron el pecho, mientras Jandro, sin parar de reír, dijo:

—¡Qué bueno, güey!

Divertidos, continuaron riendo mientras recordaban una y otra vez lo ocurrido.

-2-

Aquella tarde cuando a Rubén le sentaron en una silla de ruedas para bajarle a la sala de rehabilitación, la incomodidad de su pierna le hizo blasfemar con dureza. Las enfermeras que se habían congregado a su alrededor nerviositas, se marcharon despavoridas al escucharle. Rubén se lo agradeció. No tenía ganas de sonrisitas bobas ni nada de lo que solía recibir de muchas mujeres. Era un icono sexual en Milán, un hombre deseado por su físico y sus triunfos.

Al final fue un enfermero quien le llevó hasta la sala de rehabilitación en el ascensor. Una vez allí, le dejo solo porque se marchó a buscar a su fisioterapeuta.

Su humor era oscuro, negro, más bien. Todavía no había asimilado la mala suerte de su fractura y menos aún todo el tiempo que estaría alejado de los terrenos de juego. Su lesión estaba considerada una de las peores para un futbolista y justo le había tenido que tocar a él. ¿Podía tener peor suerte?

Pues sí, pensó cuando vio llegar a la joven que el día anterior había estado en su habitación. Rubén, al verla, maldijo: ¿por qué ella? El enfermero le entregó unos informes a la fisioterapeuta y antes de marcharse, miró a Rubén y le avanzó.

—Te dejo en unas excelentes manos.

—Déjame dudarlo —respondió Rubén sin disimular su desagrado.

La fisioterapeuta, sin inmutarse ni dejar de sonreír, agarró los mangos de empuje de la silla de ruedas y le desplazó hasta un lateral de la sala. Tranquilamente, se sentó cerca de él y comenzó a leer los informes médicos. Rubén no habló; ella tampoco. Hasta que finalmente, con la mejor de sus disposiciones, ella decidió presentarse:

—Mi nombre es Daniela...

—Vaya, te llamas como mi perra.

Le miró fijamente, anonadada: aquello iba a ser insufrible. Estaba claro que cuanto más lejos lo tuviera, mejor. Pero ella era una profesional y, solo tenía dos opciones: enfadarse o pasar de él. Así que finalmente optó por la segunda.

—Mmmm... me encanta saber que tuvo el buen gusto de ponerle mi bonito nombre a su perra.

Rubén la miró. Estaba seguro de que ella iba a mandarle a paseo, pero no. Ella prosiguió, tan sonriente como hasta entonces.

—Como decía, soy Daniela y voy a ser su fisioterapeuta de las mañanas. Hemos dividido su proceso de rehabilitación en dos bloques. Su entrenador me ha solicitado que sea yo quien le atienda por las mañanas; por las tardes, será Piero, un compañero y excelente profesional, quien trabaje con usted.

—¿Mi entrenador?

—Sí, el señor John Norton: conoce mi trabajo y sabe que puedo ayudarle.

Rubén cabeceó. Se mordió la lengua y por una vez no dijo nada mientras ella indicaba.

—No se preocupe, entre todos, vamos a conseguir que su pierna vuelva a ser lo que era. —Y mirando el informe que el doctor le había pasado añadió—: Por lo que veo su doctor le quitará los clavos en un plazo de unas cuatro semanas si no presenta complicaciones y...

—Vale, guapa —cortó malhumorado—. Déjate de rollos y comencemos.

Su tono rudo y despectivo consiguió que Daniela retirara su atención del informe médico y le fulminara con la mirada. Dejó los documentos sobre la mesa, se cruzó de brazos y dibujando una sonrisa en su rostro, le retó:

—Gracias por lo de «guapa».

—No te emociones.

Daniela se levantó con gracia y omitiendo su último comentario contestó.

—Sabiendo lo que piensa de mí, ¡es todo un halago!

—No te lo tomes al pie de la letra, quizá he exagerado un poco, *guapa* —siseó Rubén.

Ella volvió a sonreír. Eso le desconcertó.

—Si me llama Daniela, le irá mejor la recuperación: créame.

Rubén la miró y al ver que ella seguía sonriendo, cejó en sus intentos por molestarla.

—Vale... comencemos, Daniela.

Y se pusieron manos a la obra. Como era de esperar, Rubén

no se lo puso fácil. Hacía lo que ella decía, pero protestaba. Protestaba demasiado. Ella aguantó estoicamente el mal humor del jugador sin perder la sonrisa y, cuando por fin llegó el enfermero para llevárselo, le dio dos golpecitos en el hombro y dijo:

—¡A descansar! Recuerde que mañana tiene otra cita conmigo.

—¡Qué emoción!

Ella soltó una carcajada y se dio la vuelta para atender a otro paciente que entraba. Rubén, con el ceño fruncido, la observó. Aquella era una auténtica tocapelotas, se le veía en la cara.

Al día siguiente, cuando Rubén abrió los ojos, se sorprendió al ver a sus padres y hermanas en la habitación del hospital. Todos le miraban.

—¡¿Mamá?! ¡¿Papá?! ¿Cuándo habéis llegado?

—Vale... nosotras somos invisibles, ¿no? —se mofó su hermana mayor, Malena.

—Hace una hora, hijo —respondió su padre haciendo caso omiso del comentario de su hija—. Y antes de que digas nada: o traía a tu madre para que te viera o nos costaba el divorcio.

La mujer, con la barbilla temblona, se acercó a su adorado hijo y, tras darle un candoroso beso en la frente, murmuró emocionada:

—Ay, mi niño... Ay, mi Rubén... Ay, mi príncipe... ¿estás bien?

—Mami... mami... —la mimó Olivia, la pequeña de los hermanos—. Está bien, ¿no lo ves?

El futbolista, emocionado por tener cerca a la mujer que le había dado la vida y que tanto quería, sonrió y susurró con cariño:

—Mamá, estoy bien —y añadió tomándole las manos—: Todo va bien, mi pierna pronto estará curada, no te preocupes.

—Pero ¿cómo no me voy a preocupar, mi niño? —cuchicheó pasándole la mano por el pelo.

—Mama, créeme, ¿vale?

—Tranqui mamá, que de esta no la palma —respondió divertida Malena.

La mujer al escuchar el comentario de su hija, la miró y cuchicheó.

—Parece mentira que la médica de la familia seas tú. Tú hermano está postrado en la cama de un hospital y tú, tan pancha, ¿es que no lo ves?

—Mamá, ¡soy odontóloga!

Malena cruzó una mirada cómplice con su hermano, sin que su madre les viera, y ambos rieron a hurtadillas.

—Vale, mamá. Me callaré —cedió finalmente.

Su padre suspiró. Sus tres mujeres le volvían loco y desde hacía años había optado por callar y dejar que se mataran entre ellas: era lo mejor. A Rubén le entraron ganas de reír al ver el gesto desesperado de su padre, pero finalmente prefirió poner paz.

—Basta de dramas. Estoy bien mamá: te lo prometo.

Al escuchar esto, su madre le besuqueó durante un buen rato. Con paciencia, Rubén aguantó sus monerías, hasta que, de pronto, su hermana Olivia sacó del bolso un sobre y se lo entregó.

—¡Sorpresita! Vamos, ábrelo.

Sin más, lo hizo y se quedó alucinado cuando vio que se trataba de una invitación de boda. Malena, al ver la cara de su hermano, soltó una risotada y añadió, para descontento de su madre y hermana:

—Sí, hijo, sí, esta descerebrada se casa.

—¡Malena! —protestó su madre

—¡¿Que te casas?!

La futura novia cruzó una inquisidora mirada con su hermana Malena.

—Sí. Jacobo y yo hemos decidido dar el gran paso —anunció después de haber mirado molesta a su hermana.

—Di mejor... la gran cagada.

—¡Malena! —volvió a recriminarle su madre.

Rubén miró a su padre, que se encogió de hombros mientras su hermana mayor decía acercándose a ellos:

—Vamos a ver, Olivia tiene solo veintitrés años, ¿cómo podéis permitir que se case? ¿Pero es que todavía no os habéis dado cuenta que vivimos en el siglo XXI? Casarse a su edad ¡es un sacrilegio! Ella lo que tiene que hacer es vivir, pasarlo bien y disfrutar de su juventud. Tiempo para casarse y cagarla siempre habrá, ¿no crees?

—Mamaaá —gimoteó Olivia.

La mujer abrazó a la joven y mirando a su hija mayor le reprochó:.

—Desde luego Malena, lo tuyo es tremendo.

—No mamá, lo tremendo es lo que va a pasar. Olivia se va a

casar y dentro de cuatro o cinco años, le pasará como a mí. Se divorciará y...

—¡Jesús del Gran Poder! ¡No digas eso, hija! —voceó—. Que tú te divorciaras no quiere decir que ella también vaya a hacerlo, ¿pero qué estás diciendo?

Tras un incómodo silencio en el que su padre y Rubén se miraron, Malena decidió callar. Era lo mejor. Olivia dejó de gimotear y mirando a su hermano preguntó:

—¿Te gusta la invitación?

Malena puso los ojos en blanco y tras una recriminatoria mirada de su padre, Rubén contestó.

—Sí Olivia, es muy bonita.

—Es preciosa, clásica y elegante —afirmó su madre arreglando las sábanas de la cama.

Rubén volvió a mirar a su padre y este se encogió de hombros. Eso le hizo sonreír cuando su madre prosiguió.

—Por cierto, como habrás visto es el trece de abril en los Jerónimos.

—Y encima ¡trece! Uisss que mal rollitooo —cuchicheó Malena haciendo reír a su hermano.

Su madre, tras dedicarle otra punzante mirada a su hija mayor, prosiguió:

—Ni que decir tiene que te quiero allí ese día ¿entendido hijo?

—Lo intentaré mamá.

—No... No lo intentarás. Lo harás —afirmó la mujer con convicción—. Es la boda de tu hermana y tienes que estar sí o sí.

—Rubénnn —pidió Olivia—. No puedes faltar al día más maravilloso de mi vida. Porfi... porfi... porfiii.

—Lo intentaré, Olivia.

Pero su madre no contenta con la contestación insistió.

—Si es necesario, hablaré yo con quien tenga que hablar del Inter, pero tú no faltas a la boda de tu hermana o aquí se lía bien gorda...

Rubén suspiró. Adoraba a su madre pero cuando se ponía pesadita ¡era la más!

—Venga mujer... ya te ha dicho el muchacho que lo intentará —intercedió su padre que se acercó a él para aclararle—: Pasado mañana regresamos a Madrid. Tranquilo, hijo.

Teresa, la madre de Rubén, tras suspirar, volvió a cambiar de tema y con gesto lastimero, se secó los ojos y dijo:

—Tenía que venir a verte, príncipe mío. Lo entiendes, ¿verdad?

Rubén miró a su padre y asintió.

—Claro que sí, mamá. Claro que lo entiendo.

Pero tres horas más tarde, que su madre se pasó tapándole continuamente con la sábana, ofreciéndole zumo, agua, y enseñándole fotos de cuando era un niño a todas las enfermeras que entraban en la habitación, mientras le llamaba «príncipe» comenzó a dejar de entenderlo.

Cuando llegó el momento de ir a rehabilitación estaba deseoso de salir de la habitación. Lo que más le apetecía en el mundo era dejar de oír el parloteo de su madre y su hermana pequeña así que, cuando se empeñaron en acompañarle, se negó con gesto ceñudo. Al final, su madre se dio por vencida y solo Malena fue con él hasta el ascensor mientras su progenitora, enfurruñada, esperaba su regreso en la habitación.

—Vamos... vamos... respira o te va a explotar la cabeza —se mofó Malena.

El futbolista, con un humor de perros, siseó:

—¿Por qué te gusta tanto enfadar a mamá?

—¡¿Yo?! —rio divertida a sabiendas de porqué lo decía—. Oye... que esté pesadita contigo y eso te enfade no te da derecho a que ahora me vengas a mí a echar las culpas de todo. Mamá es mamá. Ya la conoces.

Rubén soltó una carcajada y su hermana prosiguió mientras guiaba la silla de ruedas hacia el ascensor.

—Lo que va a hacer Olivia es una locura. Es demasiado joven para casarse con el empanado de Jacobo. Olivia solo tiene veintitrés años, la edad justa para echarse mil novios, divertirse y experimentar. Alguien debe advertirle del error que va a cometer. El Jacobo ese, con quince años más, ya tiene mundo a sus espaldas. Pero Olivia ¡por favorrr!

Rubén estaba de acuerdo con Malena pero también entendía el paso que su hermana pequeña había decidido dar, y tomándole las manos, aseveró:

—Escucha, Malena. Nosotros no pensamos como Olivia pero tenemos que respetarla. Si ella se quiere casar, ¡que se case! Tú y yo estamos aquí para apoyarla, no para volverla loca. Y antes de que sueltes alguna de tus perlas, haz el favor de relajarte, porque entre lo pesada que es mamá y vuestras discusiones, me habéis sacado de mis casillas en menos de cuatro horas. Por lo tanto, contrólate y controla a mamá. Me temo que como siga llamándome «príncipe», mañana toda la prensa italiana me coronará con ese ridículo nombrecito.

La carcajada de Malena al escuchar aquello fue colosal, y tras dar un beso a su hermano antes de que las puertas del ascensor se cerraran, dijo:

—Tranquilo, *príncipe*. Intentaré hacerle entender lo que me acabas de decir.

Cinco minutos después, cuando el futbolista entró en la sala de rehabilitación tenía la cabeza embotada: ¿pero qué hacían su madre y sus hermanas en el hospital? Daniela, ajena a todo aquello le preguntó al verle:

—¡Buenos días, señor Ramos!, ¿cómo se ha levantado hoy?

—Con ganas de matar a alguien, guapa...

—Yupi... Yupi... hey ¡qué buen humor! —se mofó.

Como respuesta dio un gruñido y ella añadió:

—Mmmm... ¡qué bien...! creo que la mañana será estupenda.

Quince minutos después, mientras Rubén recibía la primera sesión de electroterapia, Daniela le acercó una botella de agua fresquita, de la que él bebió de inmediato.

—De nada, señor Ramos.

—Mira, guapa...

—Oh, dos veces «guapa», creo que lo voy a terminar creyéndomelo.

—Lo hago para subirte la moral.

La estruendosa carcajada de la chica le obligó a mirarla. ¿Por qué narices estaba siempre tan feliz? Y sin abandonar la sonrisa de los labios, murmuró:

—Tenga cuidado, señor Ramos, si sigue diciéndome esas lindezas, y sabiendo que tengo el mismo nombre que su perra, corre el peligro de que una mujer asexual como yo caiga rendida a sus pies.

—¡Pero que tocapelotas eres!

—Vaya... ¡qué coincidencia! Justo a lo que usted se dedica, ¿verdad? A tocar pelotas —se cachondeó ella.

—Eres insufrible, guapa.

—¡Qué pena más grande!

—Tú nunca te callas, ¿verdad?

Daniela sonrió y, encogiéndose de hombros, murmuró:

—Venga... va... me callaré. Pero que sepa que lo hago porque, sin conocerla, ya me cae bien su sufrida perra. ¡Vaya tela... el dueño que le ha tocado!

Rubén la miró con el ceño fruncido. Iba a decirle alguno de sus borderíos cuando escuchó una voz a su espalda.

—Príncipeee, ¿ya has terminado?

Cerró los ojos, inspiró con fuerza y dio la vuelta a la silla de ruedas. Su madre había entrado sin permiso en la sala y se dirigía directamente hacia ellos. Sin poder evitarlo observó el gesto de la joven y se molestó al ver su media sonrisa.

—Rubén, ¿todo bien, mi amor? —Y colocándole una mantita sobre las piernas, añadió—: Arrópate, tesoro, que por aquí hay corrientes, te puedes constipar y ya lo que te faltaba.

—Mamá —murmuró incómodo quitándose la manta.

—Aisss, cariño. No me pongas esa cara que te conozco desde que te parí. Soy tu madre y si te digo que te arropes ¡te arropas!

—Mamá —volvió a susurrar.

—«Mamá... mamá... desde luego esa palabrita la sabes decir muy, pero que muy bien, desde que eras pequeño ¡siempre con el mamá en la boca! —repitió ella con comicidad.

Sin inmutarse por la mirada que le estaba echando, la mujer volvió a colocar la manta sobre las piernas de su hijo y este, tras cerrar los ojos para no repetir de nuevo el «¡mamaaá!» preguntó:

—¿Cómo has entrado aquí?

Su madre, tras mirar a Daniela con una candorosa sonrisa respondió retirándole el pelo de la cara

—Le dije a la chica que hay en la entrada que soy tu *mamma* y ella rápidamente me dejó pasar. Que nena más amable.

—Mamá, ¿quieres dejarme el pelo?

—Rubén, ¿cuándo vas a cortarte esas melenas?

—Nunca, a mí me gusta así.

—Pero príncipe mío, con lo rebonito que estás con el pelo cortito, ¿a qué vienen esas greñas a lo Sandokan?

—¡Por el amor de Dios, mamá!

—Con lo guapo que estás cuando se te ven esos ojos tan bonitos como luceros, ¿por qué parecer un melenudo príncipe mío? —insistió la mujer sin importarle los gruñidos del astro del fútbol.

Tras ver la sonrisa de la fisioterapeuta, Rubén apretó la mandíbula y respondió.

—Me gusta el pelo así y ¡ya basta!

Daniela entendía su incomodidad y siguió presenciando la escena con una sonrisa en los labios. La mujer cuando reparó en ella, cuchicheó:

—Pero qué niña más mona, y esta jovencita tan linda ¿quién es, Rubén?

—Daniela, señora. Soy la fisioterapeuta que se encarga del tratamiento de la lesión de su hijo.

Teresa, sorprendida de que el personal médico del hospital milanés hablase español, se olvidó por un momento de su hijo, tomó a la chica de las manos y, más feliz que una perdiz, le dijo casi gritando:

—Hija de mi alma ¡pero si hablas español!

—Ajá... soy española.

La madre de Rubén la abrazó y, como si la conociera de toda la vida, la agarró del brazo y se comportó con ella con total familiaridad.

—¡Qué alegría! ¡qué alegría! Yo soy Teresa. Al menos sé que mi hijo se entiende con alguien por aquí, porque entre tú y yo... ¡ yo no entiendo nada! Estos italianinis todas las palabras las acaban en «i». Spaguetiiii. Macarroniiii...

Rubén se quedó estupefacto con ese comentario.

—Mamá, me entiendo perfectamente con todo el mundo: aprendí a hablar italiano y...

—Pero no es lo mismo y no me mires así que sabes perfectamente a lo que me refiero —le cortó la mujer—. El que tú hables el mismo idioma que Daniela es fundamental. —Y mirándola de nuevo, preguntó dulcificando la voz—: Y este hijo mío, ¿se porta bien?

Daniela miró al futbolista y tras ver su ceño fruncido asintió.

—Es un buen paciente. Hace todo lo que le ordeno y se esfuerza mucho.

—Aisss... siempre ha sido muy aplicado. Incluso cuando iba al colegio nos traía muy buenas notas, aunque las matemáticas nunca se le dieron bien. Es más de letras mi Rubén.

—Mamaaá.

La fisio soltó una carcajada que puso a Rubén mucho más furioso.

—Digo yo, Rubén, que lo mínimo que harás será invitar a esta preciosa jovencita española a cenar o a comer, ¿no?

—Oh, no se preocupe —cortó la joven—. Yo simplemente cumplo con mi trabajo y...

—Ah, no —insistió la mujer—. Lo mínimo que puede hacer mi hijo es invitarte cuando se reponga. —Y mirándole afirmó—. Rubén cuando estés bien, quiero que invites a Daniela a cenar al mejor restaurante que conozcas. Creo que te lo puedes permitir, ¿no?

Sin poder evitarlo Daniela volvió a reír y el joven, sin poder aguantar un segundo más, dijo mientras movía las ruedas de su silla:

—Mamá, vámonos.

—Pero hijo...

—Vámonos —repitió sin mirar atrás.

La mujer asintió y tras darle dos besos a Daniela fue tras él dejando a la joven con una enorme sonrisa en los labios. Sin poder evitarlo les observó hasta que desaparecieron dentro del ascensor. Su madre y la de aquel futbolista, estaban cortadas por el mismo patrón.

Dos días después, los padres y las hermanas de Rubén regresaron a Madrid. Su madre, como era de esperar, lloró y lloró al separarse de su príncipe, pero al final Rubén pudo suspirar aliviado.

Aquel día, cuando el futbolista entró en la sala de rehabilitación, estaba más callado que de costumbre. Lo reconociera o no, la marcha de su familia siempre le afectaba. Sin abrir la boca hizo todo lo que la fisioterapeuta le pidió. Y por su rostro y las perlas de sudor que bañaban su pelo Daniela pudo ver que el esfuerzo le dolía.

Sin descanso, trabajaron hasta que ella dio por finalizada la sesión. Él no habló, ni protestó, ni la miró; y ella, que era incapaz de no cruzar una palabra con él, se puso en cuclillas ante la silla de ruedas y le miró fijamente intentando que él clavara sus ojos en los de ella.

—Es usted fuerte y tenaz, señor Ramos. Y le aseguro que por muy duro que le parezca este partido, lo vamos a ganar. Su pierna va a quedar fantástica y espero que el primer gol que meta con ella me lo dedique.

Rubén la escuchó y, a diferencia de otras veces, se limitó a asentir y nada más. Estaba tan dolorido que no le apetecía hablar. Después, un enfermero guio su silla hacia el ascensor. Una vez llegó a la habitación con la ayuda de una enfermera se tumbó y se durmió. Estaba cansado. Muy cansado.

Al día siguiente el joven se levantó con las energías renovadas. Había dormido bien y el sueño reparador le había sentado fenomenal. Recibió varias llamadas de sus *bellas*, término que utilizaba para llamar a las mujeres que babeaban ante él. Aquel día al entrar en la sala de rehabilitación, vio que la joven fisioterapeuta atendía a otro paciente: la observó y la vio sonreír y charlar con alegría. Y no pudo evitar preguntarse: ¿por qué siempre estaba tan feliz?

Cuando finalizó con aquel paciente, la joven, sin mirarle, entró en un pequeño cuartito, Rubén la siguió con la mirada. Como no cerró la puerta se quedó de piedra cuando vio que ella se sentaba en una camilla y comenzaba a pelar un plátano: ¿cómo podía comerse un plátano allí?

Lo degustó con tranquilidad, mientras tecleaba en su móvil bajo la atenta mirada del futbolista. Cuando terminó el último bocado, se lavó las manos y, al salir del cuarto, se dirigió directamente hacia él.

—Ya era hora, *guapa*.

—Madre mía, hoy debo de estar impresionante —se mofó mientras guiaba la silla de ruedas hasta un lateral—. «Guapa» nada más verme ¡qué subidón!

Inconscientemente, Rubén sonrió. No cabía duda de que ella era tan mordaz como él. Durante una hora, fisioterapeuta y paciente trabajaron la pierna, aunaron fuerzas con un mismo propósito. Cuando ella le entregó una botellita de agua fresca, al finalizar la sesión, él le dio las gracias.

Al escucharle, Daniela se volvió y arqueando las cejas murmuró:

—Ahora mismo le llevo a Urgencias. Usted está delirando.

—¿Podrías llamarme por mi nombre y dejar de ser tan correcta? —respondió él, cabeceando, incapaz de no sonreír.

—No, señor —contestó tajante mientras comenzaba a recoger el instrumental de trabajo.

Asombrado por aquello, la cogió del brazo. Pero ella, de un respingo, hizo que la soltara, provocando que él se sintiera rechazado.

—¿Qué pasa?

—No me gusta que me toquen —respondió ella dando un paso atrás.

Su gesto, y en especial, la ausencia de su sonrisa, llamó la atención del jugador, pero estaba dispuesto a hablar con ella, así que prefirió obviarlo y ser conciliador.

—¿Puedes sentarte un momento, por favor?

Ella accedió a sentarse junto a él, alucinada, eso sí.

—Vamos a ver, tú y yo no hemos comenzado con buen pie. Estoy seguro de que no vamos a ser buenos colegas, pero, por lo menos, mientras trabajemos juntos me gustaría que me llamaras por mi nombre, ¿tanto te cuesta, *guapa*?

La sonrisa volvió a su rostro. Le miró directamente a los ojos e indicó.

—De acuerdo, *príncipe*.

Sorprendido, clavó la mirada en ella, que divertida murmuró:

—Es bromita... es bromita. Venga, vale, nos tutearemos. Eso nos facilitará el trabajo a ambos, aunque, efectivamente, nunca podremos ser colegas. Y una cosa más, no se te ocurra volver a tocarme. Aquí la fisioterapeuta soy yo; no tú, ¿entendido?

Un enfermero llegó hasta ellos, lo que impidió que él dijera lo que pensaba, así que al final simplemente asintió con la cabeza. Dos segundos después, ella desapareció de su vista.

Al día siguiente, el futbolista acudió acompañado por una guapa joven a la sala de rehabilitación

—Lo siento, pero ella no puede estar en la sala mientras trabajamos —le comunicó Daniela.

El futbolista, con una socarrona sonrisa, guiñó el ojo a su acompañante.

—Dame un segundo, *bella*.

La *bella* sonrió con coquetería mientras el futbolista clavaba su inquisidora mirada en su fisioterapeuta.

—¿Por qué ella no puede estar en la sala?

—Es política del hospital —explicó educadamente Daniela, sin dejarse amedrentar por la actitud intimatoria del futbolista y manteniendo en todo momento su perenne sonrisa.

—¿Te han dicho alguna vez que eres una auténtica tocapelotas?

—Durante las sesiones rehabilitadoras con los pacientes, los acompañantes deben esperar fuera —respondió conciliadora Daniela, sin querer entrar al trapo.

—Lo dudo.

—No, no lo dudes: es así.

—Exijo hablar con el director del hospital ahora mismo —expuso Rubén tajante, arqueando las cejas y sin querer dar su brazo a torcer.

—¿Cómo? —preguntó ella estupefacta.

—Lo que has oído, *guapa*.

Cada vez que la llamaba «guapa» y con ese tono, le daban ganas de retorcerle la tibia.

—Pero no...

—He dicho, que lo llames, *guapa*.

Encogiéndose de hombros, Daniela se alejó: era insoportable. Sabía lo que el director iba a responderle, pero decidió llamar para no aguantar más las quejas de aquel divo del fútbol. Habló con la secretaria de dirección, quien le indicó que le pasaría el recado al jefe y que la volvería a llamar. Colgó y esperó esa llamada mientras, con disimulo, observaba a Rubén reír y bromear con aquella joven. Y su sorpresa fue mayor cuando apareció por la puerta el director que, al ver a Rubén, corrió a saludarle con una cordial sonrisa. Daniela se acercó de inmediato hasta ellos para presenciar la reprimenda del director.

—Le estaba diciendo a la fisioterapeuta que...

—Señor director —cortó Daniela—. Estaba informando al señor Ramos de que durante las sesiones de rehabilitación no puede haber visitantes y que su acompañante tiene que salir de la sala.

El director, tras cruzar una cómplice sonrisa con Rubén y aquella joven, cogió a Daniela del brazo y la llevó a parte.

—Escúcheme, señorita: la joven que acompaña al señor Ramos es mi sobrina, por lo tanto, comience su sesión. ¡Ya!

Sin más, aquel hombre se dio la vuelta y tras dar un cariñoso beso en la mejilla a la muchacha de bonitos ojos celestes, se marchó. Alucinada, Daniela observó la situación hasta ser consciente del gesto de triunfo del jugador que, al cruzar la mirada con ella, dijo:

—¿Te ha quedado claro, listilla?

A pesar de la sonrisa que Daniela lucía en su rostro, en su interior tenía ganas de cogerle por el cuello: ¿por qué tenía que soportarle todos los días? Al final decidió hacer lo de siempre, se encogió de hombros y dijo amablemente.

—Cristalino. Vamos, debemos comenzar.

Dos días después el *feeling* entre ellos estaba estancado. El jugador parecía haberla tomado con ella y siempre que podía le hacía la vida imposible. El problema era que Daniela se mantenía en sus trece: permanecía indiferente, haciendo caso omiso a los malos modos de él. Dejaba que se quejase, que gruñese y que protestase y eso a él, le acababa frustrando: ¿por qué aquella mujer nunca se enfadaba?

Daniela, por su parte, sabía que si entraba en su juego perdería los papeles e intentaba controlarse: contaba hasta cincuenta y así lo conseguía. Un consejo muy sabio de su padre. Pero una mañana, tras acabar la sesión, por cierto, más dolorosa de lo normal, Rubén, al sentarse en la silla de ruedas, protestó de mala manera.

—¡Dios...! Esto es insoportable.

—Tranquilo, todo pasará, ya lo verás.

—Mira, déjame en paz. No quiero tu maldita compasión —gruñó furioso por el mal cuerpo que tenía.

—¿Compasión?

—Sí, *guapa*... tu absurda compasión y todas esas tonterías de «este partido lo vamos a ganar, señor Ramos» —le espetó malhumorado.

Al escucharle, Daniela quiso darle un pescozón: ¿cómo podía ser tan imbécil? pero en lugar de alargar la mano, comenzó a contar; al llegar a catorce no pudo más y decidió actuar.

—Vamos, hoy vas a acompañarme, quiero enseñarte algo.

La joven comenzó a empujar la silla de ruedas y él volviéndose gruñó:

—¿Dónde me llevas?

—Cállate y espera —le ordenó ella mientras salían de la sala de rehabilitación.

Sin más, le guio hasta el ascensor y, una vez dentro, la joven presionó el pulsador de la planta seis. Rubén giraba la cabeza, mostrándole su enfado, pero ella evitaba el contacto visual. Cuando las puertas se abrieron ante ellos, apareció el entrenador Norton.

—¿Entrenador? —Se sorprendió Rubén—. ¿Qué hace usted aquí?

El hombre, tras cruzar una mirada con Daniela, respondió tras aclararse la voz.

—He venido a visitar a un familiar. Y tú, ¿cómo estás hoy?

—Dolorido, pero bien —contestó el futbolista.

—Si no le importa, entrenador... Tenemos prisa —les interrumpió Daniela.

Norton se metió en el ascensor sin decir una palabra y cuando las puertas se cerraron, Rubén se encaró:

—Podrías haber sido más amable; al fin y al cabo, es mi jefe.

Sin responder, Daniela comenzó a empujar de nuevo la silla por un pasillo hasta llegar a una puerta. La abrió y, de pronto, varios niños de edades comprendidas entre los seis y los doce años miraron alucinados al futbolista y, al reconocerlo, corrieron hacia él. Rubén se quedó sin respiración.

—Chicos: mirad que sorpresa os traigo hoy —les anunció con alegría Daniela, en un tono mucho más dulce que el que empleaba con él.

Los chiquillos se arremolinaron alrededor de Rubén, se le acercaron con cuidado. Todos excepto una niña morena de unos cinco o seis años, con la pierna vendada que, al verle, le saludó con la mano. Conmovido por aquel gesto, el futbolista la imitó y la pequeña sonrió mientras se tiraba a los brazos de Daniela. El rostro del jugador de fútbol cambió en un segundo y se dulcificó. Aquellos inocentes niños que le miraban con los ojos muy abiertos estaban enfermos pero sonrientes. Eso le llegó al corazón, así que contestó a todas sus preguntas sobre fútbol con una sonrisa en los labios mientras observaba a la fisioterapeuta besuquear en la cabeza a la niña morena.

Veinte minutos después, un médico entró y tras hacer una señal a Daniela, salió de la sala para hablar con él. Rubén la siguió con la mirada justo cuando notó que alguien le cogía la mano y se la apretaba. Al mirar vio que se trataba de la niña morena.

—Y tú, ¿cómo te llamas?

—Suhaila.

—Que bonito nombre —sonrió Rubén.

La pequeña, regalándole otra impresionante sonrisa, le susurró mimosa:

—Lo sé, mi nombre es muy bonito; Dani también me lo dice.

Durante unos instantes habló con ella a carcajada limpia al comprobar lo graciosa y ocurrente que era. Sus oscuros ojos y como le presionaba la mano le hicieron sentir algo diferente, especial. No sabía explicar el qué pero esa niña y su mirada le llegaron al corazón.

Una hora después, antes de marcharse de la sala de Pediatría, prometió regresar otro día con camisetas y regalos del Inter de Milán. Ellos aplaudieron encantados y felices.

Rubén volvió a fijarse en que, antes de salir, Daniela besaba a la pequeña Suhaila y prometía que regresaría más tarde; después empujó la silla del futbolista de nuevo hasta el ascensor.

—¡Qué chavales más majos! —murmuró Rubén—. Siempre me han gustado los niños. Espero tener una preciosa familia numerosa algún día.

Ella no habló, estaba seria y él, al notarla ausente, también se quedó callado. Cuando llegaron a la habitación del futbolista, la joven se puso frente a él y, acercando su cara a la de él, le susurró:

—Siento compasión por esos niños, no por ti. Ojalá a ellos les pudiera decir esa tontería de «este partido lo vamos a ganar». Ellos no tienen las posibilidades que tienes tú de salir adelante y continuar viviendo. Comenzando porque la mayoría de sus enfermedades son incurables y no son unos príncipes especiales como lo eres tú para tu mamá. A diferencia de ellos, tú solo tienes que reponerte de algo circunstancial y luego podrás olvidarte de lo ocurrido. Ellos nunca podrán olvidarse de lo que les ocurre, porque el día que se olviden será porque... porque...

Sin más, se dio la vuelta y se marchó dejando al futbolista sin saber qué decir ante la terrible realidad que ella le había mostrado.

Al día siguiente, Rubén regresó a la planta donde estaban los pequeños cargado de regalos, camisetas y *merchandising* del Inter. Los niños le recibieron con sonrisas, abrazos y algarabía. No todos los días se tenía a un famoso futbolista tan cerquita. Con curiosidad, no exenta de inquietud, vio que la pequeña Suhaila no estaba y preguntó por ella a una enfermera, que le indicó que esa mañana había sido dada de alta. Saber eso le tranquilizó y alegró, seguro que la pequeña estaba mejor.

Ese día no vio a Daniela y casi lo agradeció. Sus duras palabras del día anterior le habían hecho sentirse como un auténtico imbécil egocéntrico y aún le pesaban en el corazón.

Al día siguiente cuando se vieron, ninguno volvió a mencionar aquel episodio. Era mejor obviarlo.

Un día tras otro el trabajo conjunto continuaba. Nada había cambiado excepto que ahora ella le llamaba por su nombre. Daniela cada mañana le esperaba con una amplia sonrisa y él gruñía. Su humor era una veleta: tan pronto era amable como un auténtico tirano. Se enfadaba por los ejercicios, pero se esforzaba por hacer todo lo que aquella le indicaba. Quería reponerse al cien por cien.

Una de las mañanas ella no apareció en la sala de rehabilitación. Eso le extrañó. Le atendió otro fisio y se mordió la lengua para no preguntar por la tocapelotas. Aunque cuando terminó la sesión, mientras esperaba el ascensor, se sorprendió al verla al fondo del pasillo sentada con su entrenador: ¿qué hacían aquellos dos? ¿Hablarían de él?

Les observó durante varios minutos sin que ellos le viesen, parecían sumidos en una conversación íntima y, por el gesto en la mirada de ella, intuyó que intentaba no perder su sonrisa. Pero lo que le dejó de piedra fue ver que al final se abrazaban y que el entrenador la apretaba contra él.

«Vaya con la santita... parecía una mosquita muerta», pensó antes de entrar en el ascensor.

Al día siguiente, cuando volvió a la sala de rehabilitación, Rubén se sorprendió al darse cuenta que se alegraba de reencontrarse con Daniela. Ella, al verle, como siempre, sonrió; se acercó a él y, sin tocarle, le saludó.

—Buenos días, ¿listo para comenzar?

Rubén asintió sin abrir la boca. Ella agarró los mangos de empuje de la silla y lo llevó hasta su zona de trabajo. Cinco minutos después le tenía sobre una camilla. Mientras ella trabajaba, él la observaba, incapaz de permanecer en silencio.

—¿Por qué no viniste ayer?

Sin parar de mover su pierna Daniela contestó:

—Porque tenía cosas importantes que hacer —respondió tajante, sin dejar de movilizar la pierna lesionada.

—Ayer te vi.

—¿Ah, sí?, ¿dónde?

—Aquí... en el hospital, al fondo del pasillo —dijo él bajando el tono de voz.

—Oh ¡que emocionante! —se mofó ella con mirada burlona.

Rubén, al ver su gesto, se sintió ridículo.

—Te vi con mi entrenador.

Daniela asintió y Rubén al notar que no soltaba prenda, insistió:

—¿De qué le conoces?

—Eso no te importa. —Hizo una pausa—. Ya te dije que él fue quien propuso que yo me encargase de tu rehabilitación.

—¿Ah, sí?

—Pues sí...

—Y, ¿por qué?

—Porque sabe que soy muy buena en lo mío y que no acabaré en tu cama.

—Eso de que eres buena en lo tuyo puede tener muchos significados. ¿A qué te refieres?

—A mis resultados como profesional de la Fisioterapia, no seas mal pensado.

—Que seas buena en lo tuyo, es algo que me tienes que demostrar, y en cuanto a mi cama, tranquila guapa, no hay sitio para ti.

—¡Wooo me encanta saberlo! Solo de pensarlo me entra urticaria.

Esa contestación hizo que Rubén soltara una carcajada.

—¡Pero si sabes sonreír, qué novedad! —se mofó ella.

—Mira, guapa, lo que sé es que mi entrenador está casado y no es precisamente contigo. —Rubén volvió a su gesto adusto y siseó ante el buen humor de ella—: ¿Estáis liados?

La sonrisa de ella se agrandó. No pensaba contestar a aquello pero él insistió.

—Vamos... no lo niegues. Te lo noto en la cara.

—¿Ves vicio en mi cara?

Aquella pregunta tan directa le pilló por sorpresa. Esperaba cualquier otra cosa menos algo así.

—Para mi gusto debes de ser muy sosa.

—Tienes razón ¡sosísima! Me has calado a la primera.

—¿Cómo puedes estar liada con él?

—¿Ahora vas de *paparazzi*? —suspiró Daniela.

—No.

—Pues no lo parece. Creo que, precisamente, estás preguntando lo que a ti te preguntan continuamente, ¿verdad?

—Es solo una pregunta.

—¿Celoso?

—¿De mi entrenador y de ti? Por favorrr —se mofó Rubén.

Divertida, Daniela se retiró el pelo de la cara y se encogió de hombros.

—Mejor. Tú no me pareces *sexy*; el sí, ¿no crees?

—Terminator no es mi tipo *guapa*.

Al escuchar aquel apodo ella soltó una carcajada.

—A mí Terminator me encanta. Pero psss... guárdame el secreto.

Rubén interpretó aquello como un «sí».

—¡Qué fuerte! —exclamó.

La joven sonrió pero no volvió a decir nada. Se limitó a seguir su trabajo hasta que terminó y antes de separarse de él preguntó:

—Hoy te dan el alta, ¿verdad?

—Sí.

—Dale mimitos a tu perra y sé bueno, no salgas de juerga con tus amiguitas y regresa mañana para continuar con la rehabilitación —le aconsejó con una candorosa mirada.

Dicho esto se dio la vuelta y se marchó. Desconcertado por lo que había descubierto, Rubén la siguió con la mirada mientras esperaba a que un enfermero le llevase de vuelta a su habitación. Aquella se movía como pez en el agua por la sala de rehabilitación y bromeaba con todos los presentes. Una vez fueron a recogerle, subió a su habitación y, con la ayuda de uno de los chóferes del club, recogió sus objetos personales y se dispuso a marcharse.

A las tres de la tarde, cuando bajó a la recepción del hospital, Rubén resopló. La entrada principal estaba atestada de periodistas y no le apetecía tener que bregar con ellos. Pero no había más remedio.

—Giacomo, intentemos llegar hasta el coche —indicó al chófer.

El bullicio que se formó cuando Rubén Ramos salió por la puerta del hospital fue tremendo. Giacomo intentaba que nadie tuviera contacto con la pierna del futbolista, ya que podrían golpearle accidentalmente, pero todos se agolpaban a su alrededor, querían saber cómo se encontraba. Rubén contestó a todas las preguntas que le formularon durante algunos minutos que se le hicieron eternos, y es que siempre eran las mismas, le resultaban absurdas y repetitivas.

—Se acabó: el señor Ramos tiene que regresar a su casa a descansar. Vamos... vamos... quítense todos de en medio. —Se oyó de pronto con tono autoritario.

Al mirar, Rubén se sorprendió al encontrarse a la joven fisioterapeuta, que agarró la silla de ruedas y, sin importarle si se llevaba a alguien por delante, la arrastró hasta el coche que Giacomo le indicó. Rubén pasó de la silla al interior del vehículo con pericia y, cuando iba a darle las gracias, comprobó que ella ya se había marchado. Pero no. De pronto, la puerta del otro lado del vehículo se abrió, y ella entró.

Sorprendido, Rubén la miró, pero ella antes de que pudiera abrir la boca, se le adelantó:

—Sé que esto es un atraco en toda regla, pero ¿podrías llevarme hasta la parada del autobús que está al fondo de la calle?

—No.

—Venga, hombre. Llueve y no me he traído ni paraguas.

—Ve andando, *guapa*.

—¿Tengo que recordarte que acabo de quitarte de encima a decenas de *paparazzi*? —argumentó ella acompañando su insistencia con un seductor aleteo de pestañas.

—No —concluyó con determinación.

Daniela sonrió ampliamente, se encogió de hombros, abrió la puerta del coche y sin decir nada más, bajó y la cerró. Confundido, Rubén la siguió con la mirada y la vio correr por la acera; llovía a mares.

—Vamos a recogerla antes de que pille una pulmonía y la acercamos a la parada del puñetero bus, anda.

El coche arrancó y cuando llegó a su altura, Rubén abrió la puerta.

—Sube.

Sin pensarlo dos veces, ella accedió. Tenía el pelo empapado y como siempre con una gran sonrisa, dijo mientras se frotaba las manos.

—Gracias.

En silencio, recorrieron los escasos metros hasta la parada del autobús. Una vez llegaron, el coche paró, ella descendió, y con una de sus adorables sonrisas, se despidió. Cuando el vehículo arrancó de nuevo, Rubén se apoyó en el reposacabezas aliviado, deseando llegar a casa cuanto antes. Aunque su momento de relax se vio interrumpido al recordar que debía regresar al hospital para continuar con su rehabilitación por la tarde.

-3-

Los días iban pasando. Rubén mejoraba pero la paciencia no era su principal virtud y desesperaba a todos los que estaban a su alrededor, a todos menos a Daniela, por más que él se comportase sin ningún tipo de educación, como un cretino de hecho; ella siempre sonreía, le miraba sin ira y le daba respuestas ocurrentes y divertidas.

Eso lo desconcertaba cada día más: él no soportaría que nadie le tratara como él trataba a Daniela en ocasiones. Él no podría evitar explotar. Pero también se dio cuenta de que, si algún día ella no estaba esperándolo en la sala de rehabilitación, su enfado se acrecentaba más: ¿qué le ocurría?, aquella tocapelotas locuaz y de sonrisa perpetua se había convertido en un elemento que, había que reconocerlo, condicionaba su nivel de bienestar y a su humor. Ella lo aplacaba y lo hacía muy bien.

Uno de aquellos días, Daniela vio que su paciente se tocaba el hombro derecho al llegar.

—¿Qué te ocurre?

—Me duele un poco el cuello —respondió ladeando la cabeza.

—Quítate la camiseta y túmbate sobre la camilla —le indicó Daniela al tiempo que posaba las manos en el cuello del futbolista.

Al escucharla, él se mofó.

—Vaya... esto se pone interesante.

—No te hagas ilusiones. Solo te voy a dar un masaje —le contestó fríamente, mirándolo fijamente y sin perder su adorable sonrisa.

Veinte minutos después, Daniela, acercando su boca a la oreja de Rubén, susurró:

—Ya está. Ya puedes ponerte la camiseta.

—Venga... un poquito más —le suplicó infantilmente, medio adormilado.

—No.

Convencido de que no la iba a convencer, el futbolista se sentó en la camilla y se puso la camiseta a regañadientes.

—Tienes unas manos maravillosas —sentenció.

—Gracias, viniendo de ti esas palabras son un gran cumplido.

—Dicen que yo también doy masajes muy buenos —apostilló Rubén sonriendo.

—¡Qué emoción!

—Cuando quieras te lo demuestro. —Le retó, al ver que ella no se lo tomaba en serio.

—¡Ni lo sueñes!

Eso ya lo había oído antes de sus labios; cada vez que ella decía esa escueta frase le hacía sonreír.

—Deberías darme un masaje en la espalda a diario —añadió incapaz de no responder.

—Lo siento *guapo*, pero esto no volverá a repetirse. Y ahora vamos, que hay que trabajar con tu pierna —le soltó riéndose y apartándose de él.

Sin más, él obedeció y comenzaron la sesión de fisioterapia.

Día a día, Rubén se percató de que distintos hombres acudían a buscarla a la puerta del hospital. Al verla, todos hacían lo mismo: la abrazaban, le daban un piquito en los labios y después se metían en su coche y se marchaban. Eso lo desconcertaba: nunca habría pensado que una mujer como aquella podía ser tan libertina.

Una mañana en la que había visto de nuevo a su entrenador despidiéndose de Daniela en el aparcamiento, él aprovechó para interrogarla mientras estaban en la sala de rehabilitación; ella le animaba a mover la pierna, pero él se paró en seco.

—¿Te encuentras bien?

—Perfectamente.

—Pues no te veo buena cara, te encuentro pálida.

—Será porque ayer no fui a mi sesión de rayos UVA. Venga, cállate y concéntrate.

La rotundidad de su respuesta y de su mirada le hicieron detectar que ella no estaba bien. Solo había que verle el rostro y la ausencia de su perenne sonrisa. Durante un buen rato se dedicaron a los ejercicios de fortalecimiento muscular sin dirigirse la palabra; algo más tarde, cuando el color volvió a la cara de Daniela, y ya parecía más relajada y volvía a sonreír, Rubén aprovechó para sonsacarle.

—¿Sales con alguien?

—No es tu problema.

—¿Tanto te molesta que te lo pregunte?

—¿Te pregunto yo a ti si sales con alguien?

—No. Pero...

—De acuerdo, te contestaré para que te calles. Salgo con quien me apetece.

Tras unos segundos de silencio él insistió:

—Te lo pregunto porque he visto que a menudo vienen a buscarte al hospital distintos hombres.

Ella sonrió y se encogió de hombros.

—Para que veas que las antimorbo culo gordo y sin pechos voluptuosos también ligamos tanto o más que tú.

Aquella contestación le hizo volver a reír y siguió insistiendo:

—¿En serio estas liada con mi entrenador?

—¿Otra vez con eso?

—Es que me llama la atención.

—¡Serás cotillo! —Le acusó riéndose. Y al ver cómo la miraba, añadió—: No lo dirás porque él es negro y yo blanca, ¿verdad?

—No... no... por supuesto que no, ¿por quién me has tomado?

Tras un corto silenció el futbolista añadió:

—Me imagino que lo sabes; él es un hombre casado y...

—¡Oh, Dios...! qué pesadito eres, de verdad.

—Es que no entiendo que...

Daniela levantó un dedo y le clavó la mirada.

—Precisamente me lo está diciendo el casanova del Inter, que se lía con todo bicho viviente y al que le da lo mismo una de veinte que una de cincuenta, casada, soltera o viuda... ¡Qué fuerte!

—Disculpa guapa pero no estamos hablando de mí, si no de ti y...

—Si tú hablas de mí, prepárate; porque yo también hablaré de ti y te juzgaré, ¿qué te parece?

—Fatal.

—Pues cierra el piquito, *príncipe.* —Y al ver que él iba a contestar se le adelantó interrumpiéndole—: ¿O acaso el hecho de que no caiga rendida a tus pies, ni babee espumarajos dulzones por ti como todas las mujeres del país te da derecho a cuestionar mi vida privada?

—Yo no he dicho eso.

—Pero lo piensas, que es peor —soltó divertida. Y al ver su gesto desconcertado prosiguió—: Mira Rubén, me es muy grato decirte que una hortera despeluchada de culo gordo como yo prefiere a otro tipo de hombre, los que son como tú... me dan repelús.

—Pero ¿de qué estás hablando?

—Hablo de que nunca me fijaría en ti como hombre, por favor, ¡que yo tengo gusto y clase!

Rubén no daba crédito.

—Es más, si estuviera contigo en la cama, lo máximo que podría hacer sería soñar con angelitos morbosos o contar ovejitas, porque tú, precisamente tú, no me pones en absoluto.

—Déjame que lo dude.

Daniela soltó una carcajada y acercándose a su cara murmuró pellizcándole el moflete.

—Aisss... ¡pero qué creído te lo tienes, príncipito! Y antes de que sueltes alguna de tus lindezas, déjame recordarte que estamos en el siglo XXI, las damiselas de ahora somos mujeres que sabemos lo que queremos y con quién lo queremos. Y yo, concretamente, no soy tu tipo ni tú eres el mío, para suerte de los dos. Pero lo que sí soy es una mujer absolutamente libre para acostarme con quien me dé la gana, como lo eres tú, ¿entendido machote?

Él la miró con el ceño fruncido. Nunca, ninguna mujer, le había hablado así.

Dicho esto, Daniela se secó las manos en una toalla y se alejó, dejando a Rubén totalmente descolocado.

Al mediodía, Rubén abandonó el hospital con ayuda de sus muletas acompañado por una rubia despampanante, Bimba, una modelo muy conocida en Italia que se vanagloriaba de repetir citas con el futbolista; pero Rubén no estaba pendiente de ella, él buscaba con la mirada a otra persona, intentaba dar con la tocapelotas para soltarle las cuatro cosas que no le había dicho. En la entreda le esperaba un grupo de mujeres enloquecidas que le pedían autógrafos. Bimba las miró a todas y sonrió, con gesto de superioridad, mientras Rubén se hacía fotos con ellas y les firmaba pacientemente todo lo que le ponían delante.

Así estuvo unos minutos y, cuando se quiso dar cuenta, Daniela había pasado por su lado ataviada, como siempre, con sus botazas de militar y ya estaba junto a un hombre que debía tener, más o menos, su edad. Con curiosidad, los observó y vio cómo se abrazaban y sonreían. Ella ni se había percatado de su presencia en la entrada. Cuando vio que se subía al vehículo de su acompañante, Rubén se dirigió a Bimba algo brusco.

—Vamos, *bella*. Ve a buscar el coche, te espero aquí.

Cuando la modelo apareció conduciendo el coche del futbolista, se montó y, tras dar un portazo, siseó en español al pensar en la fisioterapeuta:

—¡Maldita tocapelotas!

Cada mañana, Rubén acudía al hospital a hacer la rehabilitación. Daniela y él continuaron con su particular guerra dialéctica, pero ya no era solo ella quien sonreía; ahora también lo hacía él. Le había contagiado su ironía y su buen humor. Conversar con ella era el mejor momento del día. Se sorprendió al ver que, estando en casa, la cabeza se le iba pensando en ella.

¿Qué estaba haciendo? ¿Se estaba volviendo loco?

Aquella muchacha desgarbada, de lengua afilada y sonrisa perpetua había captado totalmente su atención y cuando se ocupaba de otros pacientes, él se ponía de mal humor. Incluso los días en los que ella no aparecía se comportaba con el fisio de turno como un animal herido. Quería que la dedicación de ella fuera única y exclusivamente hacia él. En varias ocasiones vio a uno de los doctores traerle un café. Ella se lo agradecía con una mirada especial que nunca le había dirigido a él, ¿estaría liada también con el médico?

Un mes después, su recuperación estaba siendo maravillosa; tras ver que se había formado un callo lo suficientemente consistente en el hueso, el doctor decidió retirar los tornillos.

Después de la segunda operación, Daniela entró en la habitación para ver cómo se encontraba y el gesto del futbolista se relajó: le agradaba verla. Habló con ella durante unos minutos con cordialidad, pero cuando llegó Jandro con dos guapas jóvenes, ella prefirió marcharse, sobraba en la habitación. Jandro, al ver que su amigo la seguía con la mirada, se acercó a él para hacerle una confidencia.

—Vaya... veo que tu concepto sobre esa mujercita ha cambiado.

Rubén, saliendo de su ensoñación y con gesto duro, miró a su amigo.

—Pero ¿de qué hablas?

—Colega, has mirado a esa chica con...

—¿A la tocapelotas?, estás flipando, ¡déjate de tonterías! —Y clavando los ojos en la morena de grandes pechos, susurró—: Y preséntame a ese bombón.

Al día siguiente la habitación de Rubén se iba llenando de gente por momentos. Le iban a dar el alta tras la última operación y eso era todo un acontecimiento. El director y varios médicos del hospital deseosos de salir en las portadas de los diarios deportivos y de la prensa del corazón, se congregaron a su alrededor. Su amigo Jandro también había acudido, junto al entrenador y Claudio, el médico del equipo. Rubén, desde la cama, escuchaba que hablaban de su recuperación, cuando apareció Daniela y, con una mordaz sonrisa, la saludó.

—¡Hombre... pero si ha venido mi tortura diaria!

—Tranquilo, a partir de hoy nos perdemos de vista el uno al otro. ¡Yupi... yupi... Hey! —se mofó divertida.

Ambos sonrieron, pero aquello, de pronto, incomodó a Rubén. No quería perderla de vista. Valoraba los ratos en los que hablaba con ella. Además, era una estupenda fisioterapeuta y quería que continuara tratándole. La vio colocarse con discreción a los pies de la cama con unos informe médicos en la mano mientras comenzaba a mirar algo en su móvil.

Estaba bonita. Aquel día no llevaba la bata blanca. Iba vestida con un enorme jersey y unos vaqueros, la excepción era que no llevaba sus botas militares, si no que calzaba unas botas de caña alta y tacón. *Sexy*, pensó Rubén al observarla. Jandro, que se dio cuenta de cómo la miraba su amigo, mientras ella tecleaba en su móvil, absorta, acercándose con disimulo, murmuró:

—¿Sigues negando que esa chica te atrae?

Rubén volvió a mirar a Daniela y, divertido, respondió.

—Es mi tocapelotas particular, solo eso.

—¿Solo eso?

—Sí, colega ¡solo eso! —le aclaró.

Jandro se sorprendió al ver que su amigo le hacía un intenso marcaje con la mirada a la fisioterapeuta para no perderla de vista ni un momento entre tanto hombre.

—Creo que esa mujer te impresiona.

—Lo que me impresiona son las manos que tiene para los masajes. Ni te imaginas que manitas tiene, ahí donde la ves —le contestó a la defensiva.

—¿En serio?

—Sí, colega, en serio.

—Pues tendré que comprobarlo, colega —le provocó Jandro sin quitar ojo del movimiento de manos de la chica.

—No te pases —refunfuñó Rubén.

—La verdad —cuchicheó— es que no me importaría pasarme, cuando ella quiera.

Esa contestación incomodó a Rubén. Iba a decir algo cuando el director del hospital le pidió a la fisio el informe médico, y ella se lo entregó.

Rubén se fijó en que ni Daniela ni el entrenador se miraban: simulaban no conocerse. ¡Vaya dos! Ella comenzó de nuevo a teclear en su móvil y a sonreír: ¿con quién hablaba? Durante varios minutos dialogaron sobre cómo programar la rehabilitación para que siguiera el buen curso que llevaba hasta entonces, cuando Rubén añadió:

—Quisiera continuar la rehabilitación en mi casa.

—Imposible —respondió el entrenador.

Tengo mi propio gimnasio con todo lo necesario para hacer los ejercicios de recuperación. Y lo que no tenga, lo compraré. Podría seguir viniendo al hospital algún día suelto si fuera necesario —continuó Rubén.

Durante más de diez minutos jugador y entrenador debatieron el tema. Daniela no abrió la boca. Observaba a ambos, dos titanes demostrando su poder. Si uno era cabezón, el otro lo era más. Claudio, el médico del equipo, intervino en la discusión y Daniela y el entrenador se miraron. Fue una mirada intensa que, sin saber porqué, la puso nerviosa. Y entonces, ella sonrió, pero su sonrisa, como siempre, escondía sus verdaderos sentimientos. Desde hacía años era su método de defensa universal: para los enfados, para las tristezas... ¡para todo!

Los médicos continuaban hablando y Rubén insistía en que haría doble sesión de recuperación en su casa. Daniela asintió. Lo que el jugador proponía era una buena idea, especialmente para ella. Deseaba perderle de vista, cada día que pasaba a su lado era una tortura. Ese hombre le atraía y tenerle cerca y tocarle le hacía más mal que bien. No había noche en la que no se durmiera pensando en él, en su boca, en sus ojos, en sus abdominales, ni mañana en que, al abrir los ojos, no lo recordara.

Y no. Aquello no podía continuar, por muchos motivos, el principal: él no era un hombre para ella y muchísimo menos ella para él.

De hecho había pedido una excedencia de tres semanas para dar apoyo a una ONG en Mauritania y, cuando regresara, tenía que ocuparse de ciertos asuntos personales. La distancia pondría de nuevo en claro su vida. Los doctores y los fisios del Club hablaban y hablaban. No llegaban a un entendimiento hasta que el entrenador, de pronto, sorprendiendo a todos, dijo con voz alta y clara:

—Tras pensarlo, creo que la propuesta de Rubén tiene su lógica.

Todos le miraron, incluida Daniela. En ese momento le sonó el móvil. Había recibido un mensaje. Dio un paso atrás, se escondió tras unos doctores y se dispuso a responderlo.

Rubén, al verla tan indiferente al debate sobre el protocolo de su recuperación se sintió un poco ninguneado; pero, ¿con quién hablaba?

—¿Qué te parecería Rubén, si la fisioterapeuta que te ha atendido en el hospital va a tu casa por las tardes para continuar con tu rehabilitación? Me consta, y creo que a ti también, que Daniela es una excelente profesional —propuso el entrenador.

La mencionada, al escuchar su nombre, levantó la cabeza, separándola de la pantalla de su móvil, sorprendida. ¡Ni loca!, ella tenía sus planes y nadie se los iba a descabalar. Clavó la mirada en el entrenador con gesto de no entender nada. Ya tenía suficiente con tener que atenderle cada mañana como para tener que aguantarle en la intimidad de su casa. Rubén reaccionó al ver su actitud de desconcierto, algo que nunca había visto en en el rostro de Daniela.

—Creo que es una excelente idea, hasta ahora ella se ha encargado de gran parte de mi recuperación y es la artífice de que yo me encuentre tan bien; creo que debe continuar con el trabajo hasta que lo finalice.

—¿Qué te parece, Daniela? ¿Lo harías? —preguntó el entrenador.

Todos la miraron e intentando no perder la compostura murmuró:

—Lo siento señores pero no va a poder ser.

Aquello picó a Rubén, y haciéndose el loco, insistió:

—Pero lo ideal sería continuar con la fisioterapeuta que hasta el momento ha conseguido tan buenos resultados, ¿no cree, entrenador?

John Norton miró a su jugador y después miró a Daniela, que había permanecido todo ese tiempo en un segundo plano. Ella, al ser consciente de que todos la miraban, se guardó el móvil en el bolsillo de los vaqueros y se dirigió a los presentes.

—Lo siento, pero no va a poder ser.

—¿Por qué? —preguntó con insistencia el jugador. Le gustaba conseguir lo que se proponía y su propósito era que ella continuara con su rehabilitación.

Daniela se rascó con gracia la frente y contestó.

—Tengo un viaje pendiente y...

—¿Un viaje? ¿A dónde te vas? —preguntó Rubén sorprendido.

—Lo siento, pero tengo cosas que hacer... —murmuró horrorizada por ser el centro de atención.

—Daniela... —insistió el entrenador—, sería bueno para tu carrera que fueras considerada la principal artífice de su recuperación, ¿no crees?, esto te reportaría muchas cosas buenas, entre ellas promoción laboral y, me imagino, que un sustancioso aumento de sueldo.

Ella quiso protestar al escucharle aunque de pronto entendió porqué John Norton había dicho eso: pretendía retenerla allí, no quería que se marchara de viaje a Mauritania y eso la jorobó. Rubén observaba que los amantes mantenían un duelo de miradas hasta que, finalmente, la joven torció la cabeza y añadió:

—No, gracias, se lo agradezco señor entrenador, pero no.

Los doctores comenzaron a hablar entre sí y Rubén, sin apartar la mirada de la chica, se percató de cómo cruzaba un rápido gesto de incomodidad con el entrenador. Se estaban diciendo muchas cosas con los ojos. De pronto, el director del hospital se dirigió a la muchacha.

—Para nosotros sería un honor que una de nuestras fisioterapeutas fuera la responsable de la recuperación del *bravissimo* jugador del Inter Rubén Ramos. Piénselo, Daniela, es una oportunidad para usted y para nosotros.

—Lo siento señor, pero no.

—En el Club tenemos unos excelentes fisioterapeutas —cortó Claudio—. Y creo que deberíamos seguir el protocolo ordinario.

—Sí... estoy totalmente de acuerdo con el responsable del equipo médico del Club —asintió Daniela.

El entrenador, incapaz de callar, insistió.

—Daniela, escúchame, eres una excelente fisio y creo que harás un trabajo impecable con mi jugador. Necesito que él trabaje los siete días para acelerar su recuperación y...

—No, no lo haré —cortó ella.

Rubén cada vez más sorprendido, les observó, la cosa se ponía muy interesante.

—Creo que el médico del Club tiene razón. Deberían seguir su protocolo habitual y...

—Daniela quiero continuar mi recuperación contigo —insistió Rubén.

La muchacha lo miró: ¿por qué estaba tan pesado con aquello si no paraban de discutir?

En la habitación se organizó un tremendo revuelo. Claudio no estaba de acuerdo con lo que el entrenador proponía, mientras el equipo médico del hospital sí.

Mientras hablaban, Daniela se acercó a Rubén y le dijo en voz muy baja, solo para que él pudiera escucharla, ante la cara de incredulidad de Jandro.

—¿Por qué insistes?

—¿Por qué te niegas?

—¿Y a ti qué te importa?

—Pero vamos a ver, ¿dónde te vas de viaje? —insistió Rubén—. En todo este tiempo no lo has mencionado ni una sola vez.

—Porque a ti no tengo que mencionarte nada de mi vida.

Incómoda por tener a Jandro tan cerca le miró y con una encantadora sonrisa dijo:

—¿Te importaría alejarte un momento? Tengo que hablar un instante con él, en privado.

Jandro se alejó unos pasos sin decir nada. Daniela, mientras se retiraba el flequillo de la cara cómicamente, cuchicheó:

—No te has dado cuenta de que tengo otras cosas más importantes que hacer que ir a tu casa. No seas pesado, cualquier otro fisio te puede atender.

—No quiero a cualquier otro fisio, tú eres buena. —Y acercándose susurró—: Al final, hasta tu amante me ha dado la razón.

—¿Te quieres callar? —pidió tras comprobar que nadie le había escuchado.

—Mira guapa, soy Rubén Ramos y consigo lo que me propongo. Y si yo quiero que seas tú quien me cure, lo harás y no hay más que hablar.

—¡Serás creído e impertinente! —masculló Daniela con rabia.

—Lo sé. Lo soy.

—Si acepto, te aseguro que te voy a salir muy cara Rubén —le amenazó Daniela sin rastro ya de su perenne sonrisa en la cara.

—Perfecto —respondió con chulería—, podré pagarlo.

Durante unos segundos ella cerró los ojos con fuerza, para reprimir la ira: solo quería coger la almohada y asfixiarle ante todo el hospital. Para escapar de aquello, decidió que sus honorarios serían una exageración, una auténtica locura. Cuando los abrió, con el autocontrol de nuevo a su favor, sonrió.

—Muy bien, tío Cilito, si dejo de hacer ese viaje para atenderte personalmente, te cobraré mil euros por día, ¿qué te parece?

Rubén la miró. Estaba retándole. Era una barbaridad pero no quería echarse atrás y asintió.

—Trato hecho, *guapa*.

Incrédula porque hubiera aceptado, maldijo en silencio sin perder la sonrisa y se dio la vuelta. Le había salido mal la jugada. Su cabeza funcionaba a mil por hora y de pronto fue consciente de que con ese dinero podría hacer muchas cosas. En ese instante, fulminó con la mirada al entrenador que también estaba observándola, muy serio, y atrayendo la atención de todos, dijo:

—De acuerdo, que no cunda el pánico. Aceptaré la responsabilidad que el señor Ramos quiere que asuma y secunda su estupendo entrenador. —Los mencionados sonrieron—. Pero hay tres cosas que quiero que sepan: la primera, no trabajaré los siete días de la semana como pretenden, iré cuatro, a lo sumo cinco y el resto de la semana, me lo reservo para mí; la segunda, si tengo que trabajar con el señor Ramos en su casa, exijo quedar exenta de mis obligaciones en rehabilitación en el hospital y que se posponga para cuando regrese la excedencia de tres semanas que tengo pendiente; y por último, necesitaré, entre otras cosas, un aparato de magnetoterapia en su casa. Ah, y lo quiero todo por escrito. No quiero problemas después, ¿están de acuerdo con todo lo que he dicho?

Los médicos comenzaron a hablar entre ellos y Jandro, acercándose a su amigo murmuró:

—Menuda negociadora que es esta.

Rubén asintió sin dejar de observar la situación: Daniela y el entrenador se habían mirado. Norton le había guiñado un ojo y ella le había respondido negando con la cabeza.

—Ya te digo... mi tocapelotas es la bomba.

Cinco minutos después, el director del hospital sentenciaba ante todos:

—Aceptamos sus condiciones. Y lo haremos por escrito si eso hace que usted se quede más tranquila.

La joven, con una de sus candorosas sonrisas, asintió. Después miró a Rubén que la escuchaba sentado en la cama:

—Entonces, de acuerdo.

-4-

En la ribera del lago Como, una de las zonas más elitistas y deseadas de Milán, viven actores, políticos y futbolistas. Cuando Daniela llegó a la impresionante villa de Rubén Ramos no se sorprendió, encontró justo lo que se esperaba: una bonita casa de interiorismo minimalista donde todo era moderno e impersonal. Le dio la bienvenida una mujer de mediana edad que la miró de arriba abajo con curiosidad.

—Hola, buenas tardes. Vengo a ver al señor Rubén Ramos.

—¿De parte?

—Soy Daniela.

—¿La fisioterapeuta?

—Sí.

—Oh, encantada, Daniela. Pase... pase, yo soy Petra, soy la encargada de la casa.

—Encantada, Petra.

La mujer, cambiando el gesto a una candorosa sonrisa, dijo:

—Vamos, el señor ha pedido que le espere en el salón.

¡Qué modernidad! Sillones blancos, mesa de cuero blanca, paredes lisas, dos enormes pantallas de televisión, estores en color burdeos... Todo muy conjuntado, pero cuando Daniela vio una foto de dos metros por dos del jugador arrodillado en el suelo celebrando un gol, no pudo reprimir una carcajada, ¡era buenísima!

—Vaya... veo que ya estás riéndote.

Sobresaltada, se volvió y vio entrar al jugador con sus muletas en el espacioso salón y señaló el cuadro divertida.

—Eres muy egocéntrico, ¿no?

—¿Por qué, mujer? Esa foto es un regalo y no iba a decir que no.

Cuando llegó a su altura, el jugador soltó las muletas y se sentó en una de las sillas.

—Ese gol fue el primero que metí al llegar al Inter —añadió divertido.

Daniela sonrió justo en el momento que entraba una preciosa perra blanca con manchas marrones, que se acercó a ella para olerla. Daniela se agachó y, quitándose los guantes, dijo tocándola:

—Hola, preciosa. Tú debes de ser *Daniela*, ¿verdad?

El animal, encantado, se sentó junto a ella. Durante varios minutos la joven se olvidó del futbolista y se centro en la perra. Siempre le habían gustado mucho los animales, a pesar de que no tuviera ninguno. En ese momento sonó el móvil del futbolista y este lo atendió. Sin querer escuchar, la joven oyó como llamaba *bella* a alguien y se despedía hasta la noche.

Cuando colgó, ella le preguntó:

—¿Qué raza es?

—Una bracco italiana —respondió Rubén.

—Hola, *Daniela*. ¿Qué pasa guapetonaaa?

Divertido observó como la chica y su perra empezaban a conocerse y eso le gustó. Por norma, las mujeres que le visitaban evitaban al animal. Pero allí estaba ella, de rodillas en el suelo besando con cariño el hocico de su perra.

—Tengo que confesarte algo —dijo él de pronto.

—Tú dirás.

—No se llama Daniela.

Le miró boquiabierta, levantó las cejas, pestañeó, pero sin perder su sonrisa susurró conmoviéndole:

—Pues que sepas que me apena que no lleve mi nombre. Es un nombre precioso.

Ella y sus curiosas contestaciones. Ambos rieron.

—Bueno, ¿y cómo se llama?

—Loca

—¡¿Loca?!

—Sí.

Divertida miró a la perra y sin dejar de tocarla murmuró:

—Hola, *Loca*. Ya vuelvo a entender porqué tu dueño dijo que te llamabas como yo.

Ambos prestaron su total atención a la perra hasta que sonó el móvil de Rubén de nuevo. Durante varios minutos Daniela escuchó como hablaba con otra tal *bella* y sonreía como un bobo.

—¿Qué te parece si hacemos un calendario de los días y las horas en los que vendré? —le dijo Daniela una vez hubo colgado.

—Me parece perfecto —asintió Rubén—. Por cierto, ¿dónde te ibas de viaje?

—No te interesa. Vamos a limitarnos a tu recuperación. Única y exclusivamente a eso, ¿te parece?

Rubén asintió y ambos se sentaron alrededor de la mesa blanca de cuero. Daniela sacó de su mochila un cuaderno y enseñándoselo dijo:

—Vendré de lunes a jueves de cuatro a siete de la tarde y los viernes de tres a seis y...

—Vendrás los sábados también.

—¡Ni lo sueñes!

Rubén sonrió y mirándola fijamente, añadió:

—Quiero recuperarme al cien por cien y para ello te necesito los siete días de la semana. Entiendo que al menos quieras descansar uno. Lo acepto. Pero el sábado o el domingo te quiero aquí, aunque sea por la mañana. Creo que esos mil euros al día lo valen, ¿no?

Ella resopló. Mil euros era una barbaridad de dinero, ¡vergonzoso!

—De acuerdo, vendré los sábados por la tarde, las mañanas las tengo ocupadas. Y en cuanto a lo de los mil euros al día yo...

—Los viernes comerás conmigo, así que llegarás a la una.

—¡¿Cómo?!

—Lo que has oído.

Molesta por sus exigencias, añadió:

—Tengo que resolver ciertos asuntos personales. Quizá algún día no pueda venir y... —Trató de explicarle molesta por sus exigencias.

—¿Qué asuntos personales?

—He dicho que no hablaré de mi vida privada. No insistas.

—Pero vamos a ver, ¿cómo vas a faltar a las sesiones? Se supone que te pago para que vengas y me ayudes a...

—Despídeme. Lo entenderé.

Ambos se miraron. Ella, como siempre, tenía los labios curvados. Esperaba que la despidiera, pero Rubén murmuró dando, momentáneamente, su brazo a torcer.

—Vale.

—¿Vale, qué? ¿Me despides?

—¡Ni lo sueñes! —susurró tomando aquellas palabras que ya había escuchado varias veces pronunciar a ella.

La joven asintió y señalándole con el bolígrafo que llevaba en la mano dijo:

—Muy bien, pues si sigo trabajando para ti, quiero que te queden claras tres cosas.

—Tú dirás —cuchicheó con gesto incómodo.

—La primera, no acepto a terceras personas a nuestro alrededor durante las sesiones. Estaremos solos tú y yo y no pienso ceder aunque me llame el mismísimo papa desde el Vaticano, ¿entendido?

—Vale.

—La segunda, que quiero que quede clara desde el primer minuto, yo no soy ninguna de tus conquistas por lo que cuidadito con tus palabras, modos y manitas. Y la tercera —sonrió divertida—, no intentes ligar conmigo bajo ningún concepto.

—Dios me libre de saltarme tu tercera condición —se mofó él.

Una contestación tan llena de sarcasmo rozó el corazón de Daniela.

—Lo creas o no, soy irresistible. Y más cuando se me conoce. Por lo tanto ya sabes, no te enamores de mí.

—Tranquila *guapa*. Me resistiré sin esfuerzo —rio divertido—. En cuanto a esos asuntos...

—No voy a hablar de mis asuntos personales. Solo quiero que sepas que si falto, recuperaré las horas otro día. Nada más.

—¿Me estás diciendo que puedes faltar y no me vas a contar porqué?

—Te avisaré cuando no pueda venir e incluso buscaré otro fisio que te atienda, pero no te voy a contar absolutamente nada. No olvides que no eres ni mi familia, ni mi amigo, ni mi amante; solo eres un paciente que se ha empeñado en que yo le atienda. Por lo tanto, si te parece bien lo que te digo ¡estupendo!, y si no te lo parece, me voy y que te atienda otro fisioterapeuta.

La rotundidad en su mirada hizo que Rubén no insistiera.

—¿Prefieres que te pague los mil euros diariamente, semanalmente, o al mes?

Boquiabierta porque hubiera tomado en serio el dineral que le pidió, murmuró:

—Semanalmente.

—¿Cheque o efectivo?

—Transferencia bancaria. Tu gestor dispondrá mañana de mis datos bancarios.

El futbolista volvió a asentir. No iba a discutir con ella por dinero. Abrió su portátil, escribió con rapidez y le dio al botón de imprimir.

—¿Serías tan amable de recoger los folios que están en la bandeja de la impresora?

Ella se levantó y cogió la documentación; cuando regresó a la mesa, él le entregó un bolígrafo.

—Léelo y fírmalo.

—¿Cómo?

—Que lo leas y lo firmes. Igual que tú pediste al director del hospital que firmara lo que habían prometido, yo lo quiero también por escrito. Por cierto, he incluido tus tres condiciones, y, la cláusula de que no me enamoraré de ti, la he destacado en negrita. Ah, y también he añadido que el primer gol que meta con la pierna averiada te lo dedicaré. Así que, si estás de acuerdo con lo que pone en el papelito lo firmaremos los dos.

Daniela sonrió, se sentó, y tras leer con detenimiento el contrato, firmó las dos copias. Seguidamente, él hizo lo mismo y entregándole uno de los dos folios dijo:

—Muy bien, pues cuando quieras podemos comenzar a trabajar.

-5-

Todos los días Daniela llegaba a su hora, entraba en el impresionante gimnasio que él tenía en casa y se dedicaba en cuerpo y alma a recuperar al futbolista. Algo que paso a paso estaba siendo muy positivo para él. Su mejoría era bien visible, ya comenzaba a caminar casi con normalidad, aunque todavía se ayudaba de las muletas.

A su llegada cada mediodía, Daniela veía siempre a una mujer distinta comiendo en la cocina con Rubén. Nunca repetía: rubia, morena, pelirroja... Siempre era distinta a la del día anterior y a todas las llamaba «*bella*». Eso le hacía gracia... ¡Menuda pieza era el deseado Rubén Ramos!

Aquellas mujeres se volvían tontas cuando el guapo jugador las miraba. Daniela se percataba de que todas le adoraban dijera lo que dijera, le consentían todo. Ella, sin embargo, le habría mandado a tomar viento fresco en más de una ocasión después de oír alguno de sus comentarios.

Un día, Daniela se sorprendió al ver allí a la endiosada Bimba, la súper *top-model*. La miró con desprecio de arriba abajo y después dijo que se iba a relajar en el *jacuzzi*. Pero un par de horas más tarde se le ocurrió meter sus largas piernas en el gimnasio, Rubén le ordenó salir de inmediato.

—¿Me estás echando? —protestó.

—Sí, *bella*... sal. Espera fuera. Esto es algo entre la fisio y yo.

—Pero si no molestooo, *amoreee* —insistió.

Rubén resopló, Daniela le miró e intuyó que iba a decir uno de sus borderíos, entonces Bimba se le adelantó y dijo:

—Si salgo de aquí, me marcharé.

Sorprendida por aquello, Daniela observó con curiosidad su reacción, él sentenció implacable:

—Adiós, *bella*, ya te llamaré.

La *top-model*, al escuchar aquello, levantó el mentón y se marchó.

—Continuemos —zanjó el asunto Rubén, expeditivo.

La joven no dijo nada pero se lo agradeció con la mirada. Una de las cláusulas era que no habría una tercera persona durante las sesiones y hasta el momento él las había cumplido todas.

Cuando aquella tarde terminaron la sesión Daniela comprobó que Bimba se había ido de la casa, algo que a Rubén aparentemente no le había molestado. Es más, antes de que se marchase ella, le había sonado el móvil y le escuchó decir con tono alegre.

—¡Hola, *bella*!

Los días pasaban y, al acabar las sesiones, aquellas *bellas* estaban en el sofá o enredando en la cocina. Todas querían demostrarle lo maravillosas y perfectas que eran, prodigándole mil atenciones de lo más sugerentes, mientras Daniela se preguntaba, ¿por qué aquellas se querrían tan poco?

En cuanto le veían aparecer, se le acercaban como gatitas ronroneantes y se le tiraban al cuello deseosas de sus atenciones. Cuando Rubén aceptaba el mimo gustoso, Daniela, aprovechaba para despedirse sin hacer ruido y marcharse. Tenía otras cosas más importantes que hacer que ver cómo se metían mano con descaro.

Una de las tardes, llegó a la casa del futbolista con retraso, pues había tenido un compromiso importante; Daniela se sorprendió al encontrarse al entrenador allí y le saludó con profesionalidad.

—Llegas tarde —le recriminó el futbolista con gesto hosco.

—Lo siento, salí tarde de mi clase de yoga y el tráfico estaba fatal —reconoció mientras dejaba en un rincón su bolsa de deporte.

El entrenador les miró, iba a decir algo cuando Rubén se le adelantó.

—Te pago para que seas puntual, no lo olvides.

La joven asintió y tras cruzar una mirada con el entrenador, que parecía realmente incómodo, dijo alto y claro:

—Tienes razón, lo siento. Vamos, tenemos que comenzar con la rehabilitación.

—Señor, le invitaría a entrar en el gimnasio pero la fisio es muy estricta. Solo quiere que estemos ella y yo —se disculpó con John Norton.

—Me parece perfecto. Profesionalidad ante todo.

Daniela sonrió y Rubén se fijó en cómo al mirar al entrenador, los ojos de ella se iluminaron. La confianza entre ellos hizo que se sintiera incómodo y, ayudándose de la muleta, se acercó al míster y le espetó:

—Gracias por la visita.

—Me alegra ver que todo va como queremos. Ánimo muchacho, recupérate que te necesito en el equipo —le comentó a modo de despedida mientras se dirigía a la puerta.

Ambos sonrieron, pero cuando el entrenador estaba a punto de franquear la salida, se giró y dijo:

—Daniela, ¿puedes venir un instante?

La joven asintió y, bajo la atenta mirada de Rubén, se acercó a él.

—¿Todo bien?

—¡Perfecto! —respondió ella con una encantadora sonrisa, guiñándole un ojo.

Como si hablaran en un idioma propio del que no se entendía nada, así se sintió el futbolista. Supo que aquellas simples palabras contenían un gran significado para ellos. Por eso, cuando el entrenador se marchó y entraron en el gimnasio, dijo en tono sarcástico.

—¡Qué fuerte lo tuyo!

Mirándole con curiosidad, preguntó:

—¿A qué te refieres?

—A tu rollito con Terminator —ella soltó una carcajada y Rubén añadió—: ¿Siempre os miráis así en público?

—El entrenador es muy atractivo, ¿no crees?

Boquiabierto por la poca vergüenza que demostraba ella, frunció el ceño.

—Ándate con ojo, sé de buena tinta que la mujer de Norton es una morenaza de metro ochenta y como te pille te aseguro que vas a tener todas las de perder.

—Oh ¡qué miedito! —se mofó la joven.

—Te lo digo en serio. Ten cuidado o tu vida se volverá un infierno —insistió mientras se sentaba en la camilla.

Ella soltó una carcajada y acercándose a él, murmuró con sarcasmo:

—Soy diabólica ¡me gusta el infierno!

Aquella tarde, cuando terminó la sesión y ambos estaban en la cocina tomándose un zumo, sonó el móvil de Rubén, que al ver que se trataba de su hermana Malena, le tendió el teléfono a Daniela.

—No soy tu secretaria, si no tu fisioterapeuta.

—Por favor… —le suplicó en un tono tan íntimo que logró convencerla.

Finalmente cogió el móvil y respondió. Malena, al escuchar la voz de una mujer, dijo:

—Hola, dile a Rubén que se ponga, soy su hermana.

—Hola, encantada de conocerte, pero siento decirte que en este momento no te puede atender.

—¿Por qué no se puede poner? ¿Dónde está?

Al notar su voz de enfado, Daniela contestó rápidamente.

—En la ducha.

Tras un incómodo silencio, Malena preguntó:

—¿Y tú quién eres?

—Ah, disculpa, no me he presentado, soy Daniela, la fisioterapeuta de Rubén. Acabamos de terminar la sesión de hoy.

—Encantada, Daniela. Soy Malena, la hermana mayor de Rubén. Pensé que eras uno de sus incontables rollos.

—Pues no, me congratula decirte que no, solo soy su fisioterapeuta.

Ambas rieron y Malena indagó.

—Y bueno, ya que tengo la oportunidad de hablar contigo, ¿va bien la recuperación de mi hermano?

El futbolista, sorprendido al escuchar la conversación entre ellas, la miró perplejo.

—La verdad es que va estupendamente, a veces es un poco gruñoncete, pero trabaja duro y está colaborando mucho.

—¿Solo «un poco gruñoncete»? —se mofó Malena al escucharla—. Mi hermano es un pésimo paciente. Te lo digo yo que le conozco muy bien: soy dentista y el día que tuve que hacerle un simple empaste en una muela, casi tengo que maniatarle al sillón.

Daniela soltó una carcajada al ver la expresión de la cara de él y respondió:

—Está colaborando mucho y creo que en breve podrá regresar al equipo con la pierna totalmente recuperada.

Después de varias risas, cuando Daniela se despidió de Malena y colgó, el futbolista cuchicheó divertido:

—Creo que he juntado el hambre con las ganas de comer.

Ambos rieron y continuaron bebiendo sus zumos. Un par de

minutos después sonó el timbre de la puerta de la casa y Daniela fue a abrir. Ante ella apareció una rubia que entró sin saludarla ataviada con un minivestido rojo y se fue directamente hacia Rubén, que sonrió al verla.

Al darse cuenta de que ambos se miraban con deseo, Daniela decidió, como siempre, quitarse de en medio, pero al salir y cerrar la puerta maldijo. Estaba nevando con fuerza, ¡menudo panorama! Hizo una llamada y, al acabar, golpeó con el puño la puerta de la casa para que le abrieran. Cinco minutos después, tras insistir también con el timbre, apareció un despeluchado Rubén que, al verla, frunció el entrecejo.

—¿Qué ocurre ahora?

—¿Te importa que deje mi coche aquí?

—¡¿Cómo?!

—Mañana lo recogeré cuando regrese.

—Y eso, ¿por qué?

—No me gusta conducir cuando nieva. —Al ver que Rubén no cedía, tuvo que seguir dando explicaciones, fastidiada—. He llamado a alguien para que venga a buscarme. Esperaré fuera: no te molestaré, sigue con lo que hacías —sonrió con picardía—. Solo quería estar segura de que no te importaba que mi coche se quedara aparcado en tu parcela.

Rubén negó con la cabeza.

—Gracias. —Y sin más, Daniela se alejó.

Cuando el futbolista cerró la puerta, la joven que le había estado esperando fue hacia él como una tigresa.

—Vamos a la cama —murmuró con voz aterciopelada.

—Dame un segundo.

Sin más, se acercó a la ventana y tras retirar el estor se fijó en que Daniela esperaba en el exterior de la casa bajo la nieve: ¿qué hacía allí? Iba a salir a decirle que se refugiara y entrara en la casa a esperar pero la joven que estaba junto a él lo abrazó por detrás y comenzó a besarle el cuello, su punto débil. Sin más, se dio la vuelta, se olvidó de todo y disfrutó de su manjar.

En el exterior de la casa Daniela se estaba quedando congelada, a pesar de que se movía nerviosamente para entrar en calor y trataba de desentumecerse las manos con su aliento. En un par de ocasiones miró hacia atrás y resopló al imaginar lo que ocurría en el interior de aquella casa. Le gustara o no, eso a ella le tenía que resultar indiferente, pero lo cierto era que cada día le importaba más.

Veinte minutos después, un coche paró junto a ella.

—¡Dios, Luis!, ¿por qué has tardado tanto? —le preguntó mientras subía rápidamente al coche.

—Perdona, Pitu pero está nevando mucho y no podía ir a más de noventa —respondió el chico con cariño.

Daniela sonrió y le dio un beso en la mejilla.

—Gracias, hermanito ¡eres el mejor!

Cuando el coche arrancó el joven preguntó:

—¿Qué tal hoy con el futbolista?

—Bien, en su línea. Con una amiguita distinta esperándole al finalizar.

—¡Joder qué suerte tienen esos tíos! Debería haberme hecho futbolista en vez de programador.

Divertida, soltó una carcajada.

—Oye... te recuerdo que a ti te va muy bien también en lo que se refiere al sexo femenino. No sé de qué te quejas.

—Vale... vale... ¿te llevo a tu casa?

—No, llévame a la casita que hoy duermo allí. Por cierto, ¿cuándo regresas a Madrid?

—Después de las navidades, mamá ya está dándome la tabarra.

—¡Qué raro! —sonrió Daniela al pensar en su madre.

Al llegar a la casita, le dio un beso a su hermano y él, agarrándola de las muñecas, dijo:

—Pitu, tienes que descansar y...

—Descansaré, no te preocupes, tonto, y venga, vuelve a casa con cuidado, ¿vale?

Cuando el coche se alejó, Daniela se cerró el cuello de su abrigo. Hacía mucho frío. Con cuidado, caminó sobre la nieve hasta llegar a un chalé. En la puerta podía leerse «La casa della nonna». Sacó unas llaves de su bolso y abrió la puerta. Al entrar, varios niños corrieron hacia ella, y los besuqueó encantada. Aquel lugar era un sitio de acogida de niños sin hogar. Niños que nadie adoptaba por enfermedades o simplemente porque eran demasiado mayores.

Cuando por fin Daniela pudo quitarse el abrigo, un joven moreno de unos quince años fue hasta ella y abrazándola dijo:

—Dani, he sacado un ocho en el examen de Economía.

—Bien, Israel ¡lo has conseguido!

—Lo hemos conseguido juntos —le replicó abrazándola.

Israel y su hermana Suhaila, ambos de madre marroquí, eran especiales, muy especiales para Daniela. Cogidos de la mano entraron en un comedor. Al verla, Antonella gritó:

—Dani, dile a Sofia que traiga al segundo turno para cenar.

Rápidamente, hizo lo que Antonella pedía e, instantes después, entró un grupo de diez niños de edades comprendidas entre los cuatro y los ocho años. Como cada noche, después entró el grupo de los mayores: doce chicos de entre los nueve y los dieciocho años.

Cuando todos terminaron de cenar, las cuidadoras procedieron a acostarlos. Algunos, como siempre, se resistían, pero al final caían rendidos de sueño. Cuando el resto de voluntarias se fue a sus casas, Antonella y Daniela se sentaron frente a la televisión.

—Estoy destrozada —murmuró Antonella.

—¿Sabes que Israel ha sacado un ocho en el examen de recuperación de Economía?

—¡No me digas!

Daniela sonrió orgullosa.

—¡Menuda paliza de estudiar con él me he dado! Pero ha valido la pena. Estoy muy orgullosa de él.

Ambas sonrieron. Todos sabían el amor que aquel muchacho y su hermana le tenían a Daniela: era mutuo. Su historia comenzó cuando Daniela conoció a Suhaila, la hermana pequeña de Israel en el hospital. Ambos llevaron a Daniela hasta La casa della nonna y desde entonces, no se había separado de ellos.

—Dani —cuchicheó Antonella—, muchísimas gracias por los ingresos que hemos recibido: es un dineral. Nunca habíamos tenido tanto dinero para la casa de acogida.

Desperezándose, la joven sonrió mientras se comía un plátano.

—De nada, tonta, y por favor, a la *nonna* ¡no le digas nada; ni pío!

—Vale... ya me lo has repetido mil veces, Dani, ¿por qué eres tan pesada?

—Si supiera que es mío no lo aceptaría. Los niños lo necesitan más que yo y sabes que por suerte, tengo todo lo que quiero. Además, si no me fui a Mauritania y acepté este trabajo es única y exclusivamente para disponer del dinero que necesitamos para la casita. Hay que hacer reformas y acondicionar la casa para el frío, ya que se acercan las navidades y como no paguemos nosotras las reformas me parece que con lo que le conceden a la *nonna* con las subvenciones no hacemos nada.

—Lo sé, cielo, y te lo agradecemos mucho, ¿pero estás segura de que tú no lo necesitas?

—Segurísima.

—Por cierto, ¿qué tal la reunión del otro día con la asistente social?

Daniela se encogió de hombros.

—Creo que bien. Aunque la mirada de esa mujer no me gusta nada.

Daniela llevaba meses reuniéndose con la asistente social para poder adoptar a Suhaila e Israel. Sabía que era difícil pero estaba decidida a seguir luchando por ello.

—No te preocupes —respondió Antonella—. Estoy segura que al final lo vas a conseguir.

—Eso espero... Entre papeleos y reuniones ¡me están volviendo loca!

Volvieron a reír cuando Antonella añadió:

—Por cierto, hoy hablé con tu madre y...

—No me lo digas... ¡lo sé!

—Pero Dani, escucha...

La joven, mirándola directamente a los ojos, murmuró:

—No, escúchame tú a mí. Ya tengo la cita para las pruebas, son el día 20 de diciembre. Y no, no quiero que vengas conmigo. Iré sola, ¿vale?

Antonella sonrió y abrazándola admitió cansinamente.

—Valeee... —Y cambiando de tema dijo—: Por cierto, hoy llamó Carolina para invitarnos a su fiesta de cumpleaños. Es el domingo ¿qué te parece?

—¡Perfecto! Una buena juerga nunca viene mal.

Se miraron y rieron. Se conocían desde que Daniela llegó a la casita, su relación fue mágica desde el primer día, fue como encontrar a la amiga de su vida, su alma gemela. Se adoraban y se ayudaban en todo lo que podían.

Levantándose, Daniela murmuró:

—Me voy a la cama.

—Que duermas bien, bonita.

Cuando Antonella se quedó sola en el comedor de la casita, suspiró: Daniela era la persona más fuerte y positiva que había conocido en su vida.

-6-

La semana pasó y, día a día, Rubén iba suavizando su carácter. Se encontraba mejor. Más fuerte. Su pierna comenzaba a parecerse a lo que había sido y eso le llenaba de positividad. Ya no era tan gruñón como al principio, aunque a veces a Daniela le mataba su prepotencia. Se creía el dueño del mundo simplemente por ser rico y estar como un cañón.

Cada día se sentía más atraída por él y decidió hacer algo al respecto. Llamó a su ex, Enzo. Estar con él la hacía disfrutar de buen sexo y, sobre todo, le confirmaba que no quería nada serio con ningún hombre.

Pero de lo que no se había percatado era de que el futbolista empezaba a observarla con disimulo y a valorarla como mujer. Daniela era graciosa, divertida, optimista, siempre estaba de buen humor y le sacaba una sonrisa. Y lo mejor, siempre le respondía con sinceridad, nada que ver con las mujeres que acudían a su casa en busca de fama y sexo. Ella era diferente, no le bailaba el agua y eso, unido a su continua sonrisa y entusiasmo vital, era lo que más le llamaba la atención: ella era real y sincera.

Uno de los viernes cuando ella llegó para comer, se sorprendió al ver que no había ninguna de sus conquistas. Solo la esperaba él y había cocinado unos espagueti carbonara. Comieron entre risas y decidieron reposar la comida sentados un rato ante el televisor.

—¿Qué te parece si vemos una película? —sugirió él.

—Una película dura mucho y tenemos que trabajar, mejor algo más corto.

—¿Qué clase de cine te gusta?

Ella apoyó su cabeza en el sofá.

—De todo un poco y sí, antes de que me lo preguntes, me chiflan las películas románticas. Al menos mientras las veo paso un rato agradable siendo testigo de cómo se fragua una bonita historia de amor que pocas veces tiene algo que ver con la cruda realidad.

Ambos rieron y él susurró:

—Ey, que yo no he dicho nada, sonrisitas.

—¿«Sonrisitas»? —se mofó ella—. Vaya... creo que me gusta más cuando me llamas «tocapelotas».

Mirándola directamente a los ojos, Rubén añadió:

—Eres la única persona que conozco que siempre está de buen humor y siempre sonríe.

—Me gusta sonreír.

—Pero, ¿tú nunca te enfadas?

Con un gesto de lo más cómico ella asintió.

—Me gusta ver la vida desde el lado positivo y será mejor que no me hagas enfadar, no te lo recomiendo. Cuando me enfado soy lo peor... de lo peor... de lo peor. Como dice mi padre: no tengo término medio, paso de ser un bomboncito dulce a un auténtico cardo borriquero.

Rubén soltó una carcajada justo en el momento en el que a ella le sonó el móvil y él pudo leer en la pantalla que era Israel quien llamaba: ¿quién sería ese Israel? Ella se levantó y contestó. La escuchó reír durante unos minutos y le prometió ir con él al cine. Cuando regresó, se sentó a su lado y Rubén encendió la televisión. Tirados en el sofá el futbolista fue cambiando de canal hasta que ella dijo de pronto:

—*Castle* ¡Dios que bueno! ¿Te gusta esta serie?

—No sé, ¿de qué va?

Encantada, le explicó que Richard Castle era un escritor que colaboraba con la policía de una manera muy curiosa y decidieron ver el capítulo. Ambos rieron divertidos. Ver a aquel escritor guasón e irreverente intentar ligar con la inspectora Becket mientras resolvían un asesinato era todo un espectáculo. Cuando el capítulo terminó, Daniela se levantó, le entregó las muletas a Rubén y dijo:

—Vamos... llegó la hora de martirizarte.

Divertido, se levantó y la siguió al gimnasio, tenían que trabajar. A las seis y media, y tras un intenso trabajo físico, Daniela se dio cuenta de la hora.

—Por hoy basta —le dijo entregándole una botellita de agua.

Él estaba agotado. El timbre de la puerta principal sonó y ella fue a abrir. No se sorprendió al ver aparecer a una pelirroja muy guapa. Haciendo caso omiso de Daniela, la recién llegada fue directa al gimnasio subida en sus impresionantes tacones. Rubén, que estaba secándose el sudor del pelo, le dio la bienvenida sorprendido.

—Hola, *bella*, ¿cómo tú por aquí?

La pelirroja, de melena por la cintura, se acercó con paso sinuoso al sudado futbolista y, sin importarle que la joven que entraba tras ella les viera, le dio un beso en los labios y murmuró con voz ronca:

—He venido a verte, hoy es día quince, ¿no lo recuerdas?

Daniela al ver el panorama, se secó las manos rápidamente y se despidió.

—Me voy, es tarde y he quedado para ir al cine. Hasta mañana a las diez.

Pero Rubén ya no la escuchaba, solo tenía ojos para aquella chica. Daniela casi se atraganta al ver cómo sus manos se posaban en las caderas de la pelirroja. Sin decir más, huyó de allí.

Se fue directa a la puerta, no sin antes tocar con cariño la cabecita de la perra, que se había acercado a ella para despedirse; salió de la casa, se metió en su utilitario rojo y se marchó.

Aquella tarde recogió a Israel y Suhaila, se los llevó al cine y a comer unas hamburguesas, estar con ellos le llenaba el alma y el corazón.

El sábado, cuando llegó a las diez, Rubén, que estaba con la perra en el exterior de la casa, le abrió la verja de entrada.

—¡Buenos días! —saludó ella con una sonrisa.

—*Buongiorno, bella*—respondió él mientras la observaba aparcar.

Cuando aparcó el coche se dirigió directamente hasta donde él estaba y señalándole con el dedo indicó sin perder su sonrisa:

—No vuelvas a llamarme *bella* en tu vida, ¿entendido? —Y sin dejarle responder, añadió—: Yo no soy una de tus tontas muñequitas sin nombre. Mi nombre es Daniela o a lo sumo tocapelotas, como sueles llamarme en ocasiones, pero *bella*, ¡no!, ¿entendido?

Y sin decir nada más, entraron en la casa y se dirigieron al gimnasio. Rubén no se atrevió a hablar después de la reprimenda que esta le echado nada más verlo. Aquella mañana la notaba cansada y decidió quedarse calladito, era lo mejor. Una vez en el gimnasio, comenzaron los ejercicios inmediatamente. En ocasiones resultaban muy dolorosos, pero eran necesarios para su recuperación. Sin descanso, los dos trabajaron durante horas, hasta que el futbolista llegó al límite.

—No puedo más. Por favor, ¿podemos dejarlo por hoy?

—Vale. —Su gesto dolorido y la amabilidad con que se lo suplicó fueron determinantes.

Daniela, tras beber un trago de su botella, y con mejor humor que cuando llegó, comenzó a guardar sus cosas en la mochila, cuando, como siempre, sonó el móvil de él.

—Me voy, seguro que tienes cosas que hacer —dijo ella sin querer perder tiempo.

Él cortó la llamada y acercándose a ella dijo:

—Quédate a comer.

—No, gracias.

Rubén se aproximó un poco más a ella. Ella no se movió y Rubén dio un paso más, insistiendo.

—Cocinaré para ti.

—¡¿Tú?!... ¡Ni lo sueñes!

Divertido, se secó el sudor.

—Soy un buen cocinero, ayer ya te lo demostré con los espagueti. Venga quédate ¿qué te apetece: pasta o carne?

—No, mejor no, y...

Rubén hizo ademán de cogerla del brazo pero ella, rápidamente, se apartó. Aquel brusco movimiento no pasó desapercibido para él, que, sin tocarla, insistió:

—Venga... quédate, por favor. No me gusta comer solo.

La cabeza de Daniela decía ¡márchate!, pero su corazón gritaba ¡quédate!; al final ganó el corazón y más al escuchar el modo en que él se lo estaba pidiendo.

—De acuerdo, pero como no me guste, no me lo como, ¿entendido?

—¡Pero que tocapelotas eres! —Rio al escucharla y al ver que se rascaba los brazos preguntó—: ¿Te apetece ducharte? —La joven le miró con sorpresa—. No te estoy proponiendo nada indecente. ¡Lo juro por mi vida! Te lo pregunto porque ambos hemos sudado y como yo voy a ducharme, si tú quieres puedes pasar al baño de la habitación de invitados y hacer lo mismo. Nada más.

—Te lo agradezco. Y sí, creo que una ducha me vendría genial.

El futbolista sonrió e indicó cogiendo su muleta.

—Vamos, sígueme.

Daniela le obedeció y accedieron a una parte de la casa desconocida para ella. Al entrar en la habitación principal no se sorprendió al ver aquella enorme cama justo en medio de la estancia. Rubén abrió un armario lateral, cogió un albornoz negro y una toalla y se los entregó.

—En la habitación de la derecha tienes un baño. Allí puedes ducharte.

—Déjame una camiseta de manga corta. La que llevo está sudada y no tengo otra de repuesto.

Rubén buscó en su armario y le entregó una gris; ella la cogió, salió de la habitación y se encaminó hacia la de invitados. El futbolista la siguió con la mirada, deseó ir tras ella y proponerle que se duchasen juntos pero sabía que lo único que conseguiría con eso sería que ella se marchara. Finalmente, se metió en su baño. Esa ducha le refrescaría las ideas.

Cuando Daniela entró en el baño cerró con pestillo. Colocó su frente en la puerta y se dio dos leves cabezazos: ¿qué estaba haciendo? Tras llamarse así misma todo lo peor, finalmente se despojó de su ropa y se metió en la confortable ducha.

Oh, Dios... ¡qué gustazo!

El agua corría por su piel y la refrescaba. Necesita enfriarse. Ver la enorme cama de Rubén le había resecado la boca en décimas de segundo. Tener tanta imaginación no era siempre bueno, y esa era una de las veces en que no lo era.

Cuando salió de la ducha se puso el enorme albornoz negro. Inconscientemente, lo olió y sonrió al ver que tenía su aroma. Pero cuando se quitó el albornoz y se miró en el espejo, la sonrisa se le borró del rostro. Cerró los ojos, sacó la crema hidratante de su mochila y se la extendió. Después se vistió y se peinó, dejándose la melena suelta. Cuando estuvo lista, fue hacia la cocina. Él ya estaba allí.

—¿Qué te parece filete de ternera a la plancha con champiñones y ensalada? —sugirió.

—Humm... ¡qué rico!

—Y de postre tengo yogurt, helado de mandarina y...

—¿Tienes plátanos?

Él asintió.

—¡Genial!

Mientras él se encargaba de los champiñones y la carne, ella preparó la ensalada.

—¡Qué bien hueles!

Daniela pensó en soltarle una fresca pero rectificó a tiempo, en el fondo le parecía divertido.

—Es por la crema hidratante, necesito ponerme toneladas porque tengo la piel muy delicada.

—Pues huele muy bien —insistió.

Conversaron con fluidez y cuando acabaron de preparar la comida, hambrientos, se sentaron en la mesa. Durante varios minutos comieron en silencio hasta que él dijo

—Por cierto, anoche vi varios episodios de *Castle*. Me está encantando esa serie, no sé cómo no la conocía.

—Normal. Tenía que venir yo a enseñártela.

Él sonrió mientras ella mordisqueaba el filete y preguntó:

—¿Más vino?

—¿Quieres emborracharme?

—¿Hay alguna posibilidad de que lo consiga? —planteó él con una sonrisa de lo más provocadora.

—Ninguna, *príncipe*. Y recuerda, cláusula seis, punto dos: nada de rollo entre tú y yo.

La cara de él cambió al recordar de lo que hablaba, y antes de que pudiera contestar, sonó el móvil de ella. Descolgó de inmediato y, sin moverse de su sitio, saludó en un tono afectuoso.

—Enzo, ¿cómo estás?

—¡Hola, Dani! —respondió el mencionado—. He llamado a tu casa pero no estabas.

—Estoy comiendo con un cliente. —Rubén puso cara de sorpresa—. ¿Ocurre algo Enzo?

—Solo llamaba para preguntarte a qué hora paso a por ti.

—¿Habíamos quedado hoy? —preguntó sorprendida.

Enzo soltó una carcajada y añadió.

—Dani, tú me llamaste hace unos días, ¿no lo recuerdas?

Llevándose la mano a la cabeza asintió y, sin importarle cómo la miraba el futbolista, asintió.

—Es cierto... es cierto.

—¿Quedamos o no?

La joven pensó en las posibilidades. Enzo significaba sexo. Y tras mirar a Rubén y sentir que la temperatura le subía por momentos, murmuró:

—Sí, necesito verte. Pero hacemos una cosa: ¿qué tal si cenamos en tu casa? —Y al escuchar al otro lado del teléfono un silbido cuchicheó—: Ya sabes, tú pones la *pizza* y del postre ya me encargo yo.

Rubén continuó comiendo impasible, mientras la oía reírse, a pesar de que aquella conversación tan descarada no le estaba haciendo ninguna gracia. Cuando Daniela colgó, le preguntó:

—¿Tienes Coca-Cola en la nevera?

Él asintió. Ella se levantó y cogió una.

—¿Quién es Enzo?

Daniela se sentó, abrió la Coca-Cola y tras dar un largo trago respondió.

—Mi ex.

—¿Tu ex?

—Sí, mi ex. Pero tenemos muy buen rollito entre los dos y cuando tenemos ganas de sexo le llamo o me llama. Si nos cuadra bien y si no, pues no pasa nada. —Al ver la reacción de su cara, le preguntó—: ¿Algo que objetar?

—No... no... tú sabrás. Pero me extraña lo que me dices.

—¿Te extraña tener buen rollo con un ex para tener sexo?, ¿por qué?

—Se me hace raro. Al fin y al cabo es un ex.

—Un ex muy... muy bueno en la cama, tengo que puntualizar.

Él no respondió, y para zanjar el tema, la joven volvió a dar otro trago a su bebida, saboreándola.

—Dios... como me gusta la Coca-Cola. —Y dejando la lata sobre la mesa preguntó—: ¿Qué tal tu visita de ayer?

—Bien, lo normal.

—La pelirroja natural es la de los días quince de cada mes, ¿verdad? —Al ver cómo la miraba, añadió con guasa—: Oye que me parece muy bien, que yo también tengo algún que otro amigo con día fijo.

—¿En serio?

—Sí.

—El entrenador, ¿por ejemplo?

—Por ejemplo —le respondió guiñándole el ojo.

Aquella conversación empezaba a incomodar a Rubén, que cambió radicalmente el tema.

—¿Puedo preguntarte algo?

Tras tragar lo que tenía en la boca ella levantó las manos y respondió.

—Si me vas a preguntar más cosas de mis amantes o de mis ex ¡definitivamente no!

—No, mejor cambiamos de tema. Es una curiosidad: ¿por qué llevas siempre ropa tan ancha?

—Porque me gusta.

—¿Y por qué siempre ropa deportiva?

—Repito: porque me gusta y porque mi trabajo me lo permite.

—Pero es poco favorecedora y nada femenina, ¿no crees?

—Los tacones los dejo para otros momentos. —Se acercó a él con gracia—. Entre tú y yo, soy una bomba sexual y por eso me camuflo tras la ropa.

Rubén rio sus ocurrentes respuestas e insistió:

—Pero ese jersey que llevas te desmerece. Estoy convencido de que es varias tallas mayor a la tuya, ¿a que sí?

—Odio que la ropa me apriete. Nunca me ha gustado. Y total, como mi trabajo no me exige ir elegante, prefiero ir cómoda. Por cierto, ¿vas a ir a la cena de Navidad que organiza el Inter?

—¿Tú vas a ir? —preguntó él muy sorprendido.

Daniela asintió y con gesto guasón, susurró:

—Esta semana he recibido la invitación. Imagino que habrán tenido la deferencia de invitarme por estar trabajando contigo, ¿no crees?

—Sí, me imagino que habrá sido por eso. Oye, ¿en serio vas a ir? —volvió a insistir.

—Sí —respondió con rotundidad—. Me muero por conocer a varios jugadores y esta es mi oportunidad.

—¿De qué jugadores hablas? —investigó él, ya muy serio.

—Wesley, Vid o Sinclair. ¡Oh, Dios! están buenísimos. —Suspiró abriendo desmesuradamente los ojos, de manera cómica.

Molesto por estar excluido de aquella lista de potentorros jugadores del Inter, Rubén se recostó en la silla.

—Son buenos tíos pero si no quieres problemas, aléjate de ellos.

Daniela sonrió y guiñándole el ojo masculló.

—Quizá me gusten esos problemas. Pero tranquilo, sé cuidarme solita. Soy una mujer del siglo XXI y yo elijo con quién estar. Además, no sé de qué te asustas si a ti te gustan todas las mujeres, ¿no?

—Todas no, solo las *bellas*. —Daniela rio aquel comentario—. Siento haberte llamado así esta mañana. Es la costumbre.

—¿Por qué es la costumbre?

—Es una manera de hacer que se sientan bien, aunque no recuerde sus nombres.

Alucinada al descubrir el origen de aquel apelativo asintió cuando él dijo:

—Y sí. Me gustan las mujeres guapas, *sexys* y de medidas perfectas.

—¿Tanto aprecias la perfección?

—Sí, adoro la perfección.

Rubén empezó a decir algo pero el sonido del móvil de Daniela le interrumpió.

—¡Hola, mamá!

—Daniela, ¿se puede saber dónde estás?

Sin levantarse de la mesa puso los ojos en blanco y respondió ante el gesto divertido de Rubén.

—Mamá estoy comiendo con Rubén Ramos en su casa.

—Pues tu padre no me ha dicho nada —gruñó la mujer—. ¿Le has llamado para decírselo o es que tampoco él sabe nada?

Con paciencia respondió.

—No, mamá, no he llamado a papá pero...

—¿Y qué estás comiendo? Como me entere que has comido un simple batido proteico de esos que tanto te gustan te juro que cuando te vea, te mato, ¿entendido, jovencita?

Rubén oía sin querer los gritos a través del teléfono y le dijo con sorna.

—Dile que te hice carne con champiñones. Seguro que eso la tranquiliza.

Daniela movió las manos y dispuesta a que Rubén no escuchara más comentarios, prefirió acabar con la conversación.

—Escucha mamá, cuando llegue a casa te llamo y no... no... mañana no puedo ir a comer, tengo una fiesta por la tarde y quiero estar descansada. Mamaaá. —Y al ver que continuaba sin escuchar dijo antes de colgar—: Hasta luego mamá.

Las carcajadas de Rubén resonaron por toda la casa hasta que al final contagió a Daniela. Cuando consiguieron tranquilizarse el futbolista preguntó:

—¿Por qué hablas tan bien español?

—Me crié en Madrid. Ya se lo comenté a tu madre el día que la conocí. —Y para no contarle más su vida, cambió de tema—. Por cierto, sé que jugabas en el Atlético de Madrid, ¿verdad?

—Sí, señorita...

—Qué pena, la verdad.

—¡¿Pena?! ¿Te apena que jugara en el Atléti? —preguntó sorprendido.

—No... eso no —sonrió—. Lo que me apena realmente es que en cuanto un jugador despunta en el Atlético, rápidamente otro equipo con más presupuesto se lo arrebata. Eso es realmente lo que me entristece. ¿Te gusta Milán y jugar en el Inter?

—Sí, y más de lo que pensaba.

Ella sonrió y él aprovechó para preguntar.

—¿Y que hace una madrileña como tú en Milán?

Aquella pregunta le tocaba directamente el corazón pero decidió ser sincera.

—Todo fue a raíz de la muerte de mi hermana Janet. Mi hermana y yo estuvimos con mis padres una vez de viaje en Milán y nos enamoramos de la ciudad. Siempre fantaseábamos con regresar y pasar una temporada aquí para dejar que los guapos italianos nos piropearan. Cuando ella murió, pasado un tiempo, decidí cumplir lo que siempre habíamos planeado. Y aquí estoy, ¡en Milán!

Sobrecogido por lo que acababa de confesarle, murmuró:

—Lo siento. No sabía que...

—No te preocupes. No tenías porqué saberlo.

—¿Y tus padres que tal llevan que vivas aquí?

Encogiéndose de hombros Daniela contestó:

—Bien, aunque mi madre ¡en su línea! ¿qué te voy a contar?

—Tu madre debe ser como la mía: súper protectora, ya la viste cuando vino a visitarme al hospital, le enseñó fotos mías de bebé a todas las enfermeras. Tranquila, no sabes cómo te entiendo.

Daniela dio un largo trago a su Coca-Cola

—Mamá es perfecta, ¡la mejor! Pero se preocupa demasiado por todo. Luis y yo a veces creemos que...

—¿Quién es Luis?

—Te podría decir que uno de mis amantes por darle más morbillo a la cosa, pero no, Luis es mi hermano mayor. Un amor. —De nuevo ambos rieron y Daniela decidió no hablar más de su familia. —¿Dónde tienes los plátanos?

El futbolista soltó una risotada señalando un frutero que había en un lateral y preguntó:

—¿Por qué comes tantos plátanos?

Divertida, cogió la fruta y, mostrándosela, le indicó mientras lo pelaba:

—Es una gran fuente de potasio, hierro y fibra. Además, es rico en vitamina B, combate la depresión, absorbe el calcio y mejora la calidad de los huesos. Y si a todo eso le sumas que me encantan, ¿por qué no comerlos?

—Me has convencido —dijo extendiendo la mano—, dame un plátano a mí también.

—¿Te apetece que veamos una peli? —propuso ella al comprobar la hora—. Tengo tiempo antes de marcharme.

Rubén aceptó rápidamente. Acabaron el postre, quitaron la mesa entre los dos y una vez pusieron el lavavajillas se encaminaron al espacioso y cómodo salón. Tras mirar las películas que podían alquilar en taquilla se decidieron por *Los juegos del hambre*.

Entretenidos, disfrutaron de la película mientras la comentaban. Y cuando terminó, Daniela se desperezó.

—Bueno, creo que ahora sí que me tengo que ir.

Cuando vio que se levantaba, Rubén se incorporó también.

—Pásalo bien esta noche con ese tal Enzo.

—¡No lo dudes!

Se puso el abrigo rápidamente sin mirarle. Quedaba con Enzo por él. Necesitaba quitárselo de la cabeza. Pero claro, eso nunca iba a confesárselo.

—¿Escuché antes que le decías a tu madre que mañana ibas a una fiesta?

—Sí. Es el cumple de una amiga, y oye, haz el favor de coger la muleta cuando te levantes —le regañó entregándosela.

—Vale, jefa —acató riéndose.

Ella recogió su mochila, se abrochó el abrigo y ambos caminaron hacia la puerta.

—Pásatelo bien.

—¡A tope!

—Conociéndote será una fiesta de café y pastitas, ¿no?

Daniela sonrió y se colocó un gracioso gorro oscuro.

—Por supuesto, esas fiestas son las mejores.

Ambos sonrieron y cuando Rubén abrió la puerta, ella murmuró:

—¡Dios, qué niebla!

La niebla era espesísima. Desde la puerta no se veía el coche de ella aparcado a escasos cinco metros. Daniela, tocó la cabeza de la perra a modo de despedida y se encaminó hacia su coche, entonces Rubén acercándose a ella le advirtió:

—Creo que no deberías conducir en estas condiciones. Quédate en mi casa ya has visto que hay sitio de sobra para los dos.

Quitándole importancia al tema respondió:

—Gracias, pero no. Tendré cuidado.

—Daniela. Yo te llevaría pero no puedo conducir y...

—Que no te preocupesss. Venga... ve dentro de la casa que vas a coger frío.

Rubén se dio por vencido. Ella se montó en el coche, arrancó y cuando Rubén le abrió la verja para que sacara su coche salió con precaución. Apenas se veía pero no iba a dar su brazo a torcer. Con Rubén no. El futbolista vio como el coche desaparecía pero cuando estaba cerrando la puerta de la casa, escuchó un enorme frenazo y posteriormente un golpe. No lo dudó, soltó la muleta y, como pudo, corrió a la pata coja hacia la entrada principal, no veía casi nada hasta que distinguió unas luces rojas traseras. Olvidándose de su pierna, corrió como pudo hacia las luces, al llegar, Daniela temblaba en el interior del vehículo. Justo delante de ella dos coches habían colisionado.

—Estoy bien... estoy bien... tranquilo —murmuró mientras salía del coche.

Con las manos temblorosas le entregó su móvil y dijo:

—Rubén, averigua si necesitan ayuda. Yo no puedo. Me tiembla todo el cuerpo.

Rubén comprobó que ella estaba perfectamente aunque eso sí, aterrorizada; llamó a los *carabinieri*, que llegaron minutos después, junto con una ambulancia. El golpe entre aquellos dos coches había sido feo pero sus ocupantes estaban bien. Daniela respiraba con más tranquilidad y el color había regresado a su cara.

—Da marcha atrás, mete el puñetero coche otra vez en mi casa y llama al tal Enzo para anular la cita. Y como digas que te vas a marchar con esta niebla, tú y yo vamos a tener un problema grave, y me da igual no ser tu amigo y solo tu cliente, ¿entendido?

Daniela lo sopesó. Intentar conducir con aquella niebla era de locos, por lo que hizo lo que él le pedía y metió el coche de nuevo en el interior de la parcela. Cuando finalmente cerró las puertas de la cancela Rubén sentenció:

—Vamos... hoy dormirás aquí.

Cuando entraron, el calorcito hizo reaccionar a sus cuerpos. Ella se quitó el abrigo y el gorro y le siguió al salón. Ya eran las siete y veinte de la tarde. Llamó por teléfono a Enzó y anuló la cita. Una vez colgó, él preguntó:

—¿Qué ocurre? —quiso saber Rubén al ver su gesto de derrota.

—Que tenía planes y me apetecían mucho. Además tengo mil cosas que hacer y...

—Las harás mañana o cuando sea. Hoy te quedas. Es de locos salir a la carretera con una niebla así.

Le gustara o no, él tenía razón y finalmente se dejó caer en el sofá, dándose por vencida.

—Hoy hay partido, ¿lo sabías, verdad?

—Por supuesto, soy un profesional, ¿por quién me has tomado? Pensaba ir al estadio pero el entrenador me llamó y me dijo que no acudiera —le informó Rubén.

Su equipo jugaba contra La Lazio y aunque no estuviera en el campo no se lo iba a perder por nada del mundo. Miró su reloj. El partido empezaba en una hora.

—Bueno, ya que vamos a pasar la tarde y la noche juntos, ¿qué te parece si jugamos a... —empezó a proponer Daniela.

—Mmmm... —susurró él con voz ronca—. Nunca pensé que te oiría decir eso.

Boquiabierta por cómo la miraba y, en especial, por lo que su cuerpo había experimentado al escuchar su insinuación, se levantó lentamente del sofá y dio un paso atrás. Pero antes de que ella pudiera decir nada, él soltó una carcajada.

—¡Que lo decía de broma, mujer! Anda, siéntate. Juguemos hasta que comience el partido.

Se sentó de nuevo, pero esta vez algo más separada de él, no se fiaba. Aunque realmente en quien no confiaba era en sí misma. Rubén era una tentación muy… muy grande y no quería parecerse a todas esas mujeres que iban a su casa de visita.

A partir de ese momento se sumergieron en jugar al Mario Bross de la wii. A veces ganaba él, otras ella, pero lo que estaba claro era que jugaban bastante bien.

Una hora después estaban ante la enorme pantalla de plasma del jugador mirando el partido. Los compañeros de equipo de Rubén se esforzaban por ser mejores que La Lazio. Durante el tiempo que duró el encuentro ambos gritaron y se desesperaron y Rubén fue consciente de que ella entendía de fútbol.

—¿Llevas mucho tiempo con mi entrenador?

—¡Falta! Eso es una falta como una catedral por favorrr —gritó ella, pero mirándole respondió—: ¿A qué viene ahora esa pregunta?

—Sabes demasiado de estrategia futbolística. Me tienes muy sorprendido.

La joven sonrió y se encogió de hombros.

—Simplemente me gusta el fútbol. Aunque siento decirte que aquí en Italia soy del Milán.

—¿Del Milán?

—Aja…

—¿*Rossonera?*

Divertida por que la llamara por los colores rojo y negro de su club respondió.

—Sí, *nerazzurro*.

—¡No me lo puedo creer! —se carcajeó divertido.

—Pues créetelo.

Durante un rato hablaron de los jugadores de Milan, pero él quiso volver al tema que le interesaba.

—Todavía no me has respondido si llevas mucho tiempo con el entrenador.

Daniela puso los ojos en blanco y para que se callara asintió.

—Sí, bastante. Y ahora, ¿qué te parece si seguimos viendo el partido?

Molesto sin saber realmente porqué, Rubén prestó atención a lo que sucedía en el terreno de juego. De pronto Beletti le dio un magnífico pase a su buen amigo Jandro quien, tras hacer un amago por la derecha, en excelente posición tiró a puerta.

—¡Goool!

Gritaron al unísono y sin darse cuenta, se abrazaron, espachurrándose de felicidad contra el sillón y solo cuando Daniela quedó bajo el cuerpo de Rubén ambos se dieron cuenta de lo comprometida que era la situación.

—Creo que nos estamos extralimitando.

—¿Por qué? —susurró a escasos centímetros de su boca.

El corazón de Daniela iba a dos mil por hora. Deseaba que la besara. Deseaba besarle y, asustada por lo que estaba a punto de ocurrir, quiso zanjar el acercamiento.

—Vamos, Rubén. Suéltame.

Durante unos instantes, el jugador dudó si obedecer la orden o no. Finalmente, la soltó y cuando ambos quedaron sentados frente al televisor, para romper la incomodidad, le lanzó una puya con su habitual chulería.

—Tranquila, guapa. No eres mi tipo. Me gustan las mujeres técnicamente perfectas.

Le dolió escuchar aquello, pero en vez de enfadarse, replicó:

—¡Anda, mi madre! Ni que tú fueras perfecto, ¿serás creído?

Rubén se calló. Lo que acababa de decirle era una grosería y ella no se lo merecía. Tampoco dijo nada. Se limitó a seguir mirando la televisión. Cuando el árbitro pitó el final del partido Rubén después de un buen rato de no tener coraje para hacerlo, le preguntó mansamente.

—¿Qué te apetece cenar?

—Cualquier cosa, por mí no te preocupes.

Los dos se levantaron y fueron hasta la cocina. Daniela abrió el frigorífico y miró en su interior. Allí había absolutamente de todo. Y cuando sintió que él se ponía tras ella se tensó.

—¿Quieres que haga pasta? —preguntó él.

—No.

—¿*Pizza*?

—¿Recién horneada con aceitunas negras, beicon y *mozzarella*?

—No, sería congelada —respondió el futbolista

—Entonces, paso.

Desesperado porque ella ni siquiera le miraba, insistió a sus espaldas.

—¿Te gusta el pavo, la lechuga y los tomates?

—Sí.

Ver que por fin había cambiado algo de su actitud le hizo sonreír e intentó que reinara el buen rollo.

—Muy bien, pues hacemos una ensalada o un sándwich, ¿qué prefieres?

Cuando él se quitó de detrás de ella respiró tranquila y cambiando su gesto le miró e indicó.

—Prefiero un sándwich, y si tienes mayonesa ¡mejor!

—¡Wooo mayonesa!... qué mujer más arriesgada.

Divertida por entender a qué se refería, se tocó el trasero y, haciéndole sentir culpable por lo de antes, añadió en tono jocoso:

—Tengo que cuidar mi gordo e imperfecto culo, ¿no crees?

—Daniela yo...

—Mira, guapo. —Le cortó con una sonrisa en los labios—. Tengo veintinueve años y soy una mujer adulta y segura de mí misma. Uso la talla 44 ¡Oh Dios, sacrilegio! ¿Cómo puedo usar esa talla? Por favor... Por favorrr... ¡que me quemen en la hoguera por ceporra! —Dramatizó haciéndole sonreír—. Pero ¿sabes? Estoy muy orgullosa de mi cuerpo y de mi persona. No necesito usar la talla 36, como las iluminadas de tus conquistas, para sentirme guapa y *sexy*, ni para conseguir que el hombre en el que yo me empeñe babee por mí, que te quede bien clarito...

—Pero yo...

—Ah... y no se te ocurra ofrecerme una Coca-Cola Zero o Light, porque yo solo la tomo normal y con mucho hielo, *¿capicci?*

Rubén la miró: su personalidad le arrollaba, pero pensaba disculparse. Entonces ella soltó una carcajada y le propinó un cómplice culetazo.

—Venga, colega que no pasa nada. Ya sé que no soy perfecta, pero oye... que conste que tú tampoco lo eres, aunque he de reconocer que tienes una buena percha.

Ambos rieron y comenzaron a preparar la cena mientras

charlaban en un ambiente más relajado. Una vez terminaron de preparar los sándwiches regresaron al salón, donde se sentaron y abrieron sus respectivas bebidas. Ella una Coca-Cola y él una cerveza. Hablaron de cine y ambos se sorprendieron al ver que eran forofos de *El Señor de los Anillos*. Y como Rubén tenía la trilogía en DVD, decidieron verla.

Mientras veían la primera parte, sonó el móvil de Daniela: era su madre otra vez, así que se levantó para hablar sin molestar y regresó al cabo de quince minutos.

—He parado la película —le informó Rubén.

—Oye... qué detalle ¡gracias! —Y guiñándole un ojo, cuchicheó—: Al final me vas a caer bien y todo.

—Tu madre, ¿bien? —Se interesó.

Daniela asintió moviendo la cabeza.

—Sí, como siempre: mamá oca controlando a sus polluelos.

Reanudaron la película y a la media hora, a ella le sonó el móvil de nuevo. Esta vez resultó ser un mensaje. Lo leyó de inmediato y sonrió.

Física y química 7´5. Buenas noches. Israel

Rubén cotilleó por encima del hombro.

—¿Israel es otro de tus amantes?

Ella se encogió de hombros, asintió y continuó viendo la película como si nada. Rubén se sentía atraído por la vida libertina que ella parecía tener.

—Pero tú, ¿cuántos amantes tienes?

—Los que me apetece. —Y al ver cómo la miraba, añadió—: Como verás no hay que ser futbolista, ni perfecta, para tener una vida sexual activa.

—Pero ¿qué sabrás tú de mi vida sexual?

Divertida por aquella pregunta, soltó una carcajada.

—Veamos, en la prensa cada semana sales con una monada ¡Uissss, perdón! *bella* diferente. Pero eso hasta cierto punto si no te conociera, pensaría que es tema de los *paparazzi*. Pero disculpa, melenitas...

—*¿Melenitas?*

—Ajá... melenitas —repitió divertida señalando su bonito

pelo—. Soy tu fisio, tengo ojos en la cara y cada día te espera en el salón una mujer técnicamente perfecta, según tú, cuando terminamos la sesión. Ah... y eso sin contar con la de el día quince de cada mes y porque estás jorobado con la pierna y hay niebla fuera, que si no, te aseguro que aquí sentadito viendo *El Señor de los Anillos* con una imperfección como yo de la talla 44, no estabas. —Rubén parpadeó—. Mira, como dice mi madre, Dios pudo haber creado al hombre antes que a la mujer, pero siempre hay un borrador antes de la obra maestra. Y ahora si no te parece mal, continuemos viendo la peli. Me interesa mucho más que seguir hablando de ti y de tu vida.

Tras aquel chorreo que lo dejó sin habla, el futbolista fijó la vista en la pantalla. Sí, iba a ser mejor ver la película.

Sobre la una de la madrugada andaban por la segunda parte de la trilogía y a Daniela le comenzó a entrar sueño. Intentó resistirse como pudo pero, al final, cerró los ojos y se dejó llevar por Morfeo. Cuando Rubén se percató, se levantó y le puso una manta por encima. Inconscientemente, ella sonrió y él la imitó. Detuvo el DVD, y el silencio, unido a la acompasada respiración de Daniela, resultó muy agradable para sus oídos. Con deleite, la observó y se sorprendió al sentir que quería besarla. ¿Se había vuelto loco? Con tranquilidad recorrió su rostro y lentamente, cuando se cercioró que estaba profundamente dormida se acercó más a ella y tocó con cuidado aquel ondulado pelo rubio. Pero rápidamente, volvió a su lugar, al notar que ella se movía y se despertaba.

—Diosss ¡que calambreee!

—¿Qué te ocurre? —preguntó asustado.

—Me ha dado un calambre horroroso. ¡Qué dolorrr! —gritó agarrándose la pierna derecha.

Él le tomó la pierna y comenzó a masajearla, ella intentó resistirse pero el futbolista no se lo permitió.

—Dame un minuto y el calambre desaparecerá.

Sus ojos y los de ella conectaron. Él continuó masajeando en el punto justo y cuando todo pasó, la joven murmuró:

—Graciasss.

Estaban demasiado cerca y él murmuró con voz ronca.

—De nada. Ha sido un placer ayudarte. —Y al percatarse que se había quedado mirándola como un tonto, continuó—: Te habías quedado dormida.

Daniela, incorporándose, parpadeó con gracia.

—¿Cómo me has dejado hacerlo? Estábamos viendo la película.

—Es tarde. Creo que deberíamos ir a dormir —sugirió divertido por su naturalidad.

—Me parece una idea estupenda. Dime... ¿dónde duermo yo? —preguntó somnolienta, mientras se soltaba el cabello.

Rubén sonrió y ella, adelantándose a lo que él estaba pensando, cuchicheó divertida:

—¡Ni lo sueñes!

El futbolista soltó una carcajada.

—Puedes dormir en la habitación de invitados, la del baño en el que te has duchado esta tarde, pero también puedes dormir conmigo. —Y levantándose para acercarse más a ella murmuró—: Soy un icono sexual nena, aprovéchate de mí ¡que yo me dejo! Piénsalo. Tú... yo... una cama, estamos solos, sexo... ¿qué te parece?

El cuerpo de Daniela se calentó en décimas de segundo. Imaginarse en sus brazos era algo morboso y, sin duda placentero, pero se quitó la idea de la cabeza enseguida, y le indicó muy segura de sí misma.

—No dudo que seas un icono sexual para otras, pero lo siento, no para mí. Eso sí, si fueras Viggo Mortensen o Gerald Butler ¡no te escapabas!

De nuevo le dejó sin saber qué decir ante aquel espectacular rechazo. Le acababa de dar calabazas a lo grande. Mientras ella, entregándole la muleta, añadió con pitorreo.

—Vamos, icono sexual... venga, que te llevo a la camita.

Rubén, por primera vez en su vida no supo qué decir. Nunca nadie se había resistido a una oferta así y no le gustó en absoluto esa sensación.

—¿Me prestarías un pijama o algo para dormir? —le pidió ella.

Rubén asintió y ambos entraron en su habitación. Él se encaminó hacia una cómoda y abrió un cajón, de allí sacó unas prendas y se las entregó.

—Te van a quedar muy grandes.

Ella las cogió. De pronto se puso nerviosa. El silencio, estar en aquella habitación y cómo Rubén la miraba, la desconcertaban por momentos, pero trató de disimular, hechizada momentáneamente por su mirada.

—No importa, no pretendo seducir a nadie esta noche.

—¿Esta noche? —murmuró en un tono demasiado íntimo. Un calor recorrió su cuerpo al sentir su mirada y, en especial, su voz. Rubén era tan *sexy*, tan apetecible que en cualquier otra situación habría mandado a hacer puñetas el pijama, le habría agarrado del cuello y le habría besado.

El futbolista, al ver por primera vez la duda en ella, aprovechó y se acercó aún más.

—Ahora no.

—¿Ahora no? —repitió él.

—No.

Él, desplegando todas sus armas de seducción, preguntó con voz ronca sin separarse.

—¿Y eso por qué?

—Soy tu fisio. No creo que sea bueno mezclar el trabajo con...

—¿Sexo?

Aquella aclaración tan tajante la hizo reaccionar. Él tenía razón, aquello era solo sexo.

—Sexo y trabajo no es un buen cóctel: mejor olvídalo.

—Somos dos personas libres. ¿Por qué he de olvidarlo?

—Yo no soy libre, créeme.

—Si lo dices por tus amantes, a mí eso no me importa, yo...

—No lo digo por eso Rubén. —Le cortó y manteniendo su eterna sonrisa, con dulzura, aclaró—: Ahora no debo, es solo eso; quizá otro día.

—Quizá sea yo entonces quien no quiera otro día.

Con seguridad, Daniela clavó sus ojos en él y dijo con chulería:

—Dudo que tú rechaces sexo, principito.

Nunca fue una chica tímida. Siempre había sido dueña de su vida y de su sexualidad. El problema era que aquel tipo le resultaba terriblemente apetecible, *sexy*, morboso... Intuía que el sexo con él debía ser pasional, pero ahora, justo ahora, no le convenía. Si hubiera sido un hombre al que supiera que no iba a volver a ver nunca más, no se lo habría pensado, pero no era el caso. Por ello tras meditar su respuesta, dijo antes de desaparecer:

—Que duermas bien. Hasta mañana. —Y salió de aquella habitación como alma que lleva el diablo. Cuando entró en la suya, cerró la puerta y se horrorizó al ver que no había pestillo. Entró en el baño y se puso el pijama, le gustó el tacto, aunque lo que más le gustó al meterse en la cama fue su olor: olía a él, a Rubén.

-7-

Unos golpes en la puerta la despertaron. De pronto fue consciente de donde estaba y más cuando los golpes volvieron a sonar.

—Bella durmiente del bosque, el desayuno está preparado en la cocina.

Daniela miró el reloj: las once y media. Madre mía, ¿pero cuánto había dormido?

—Vale… en cuanto me duche, voy.

Apoyado en la puerta, él insistió:

—Deja la ducha para después y ven a tomar el café.

La joven saltó de la cama. Entró en el baño y no se sorprendió al ver un cestito en el lavabo con un cepillo de dientes sin estrenar. Lo abrió y lo utilizó, tentadora, miró la ducha pero al final decidió hacer lo que él había sugerido, así que abrió la puerta y se dio de bruces con él.

—Estaba esperándote.

Sorprendida asintió y caminando ante él añadió.

—Gracias, ahora vamos a desayunar, ¡tengo un hambre atroz!

Rubén la siguió y aprovechó para observar su trasero con detenimiento. No estaba tan mal bajo su pijama oscuro. Tras el desayuno en el que ella le demostró lo cargada de pilas que estaba nada más levantarse, la joven regresó a su cuarto y sin demora abrió su bolso. Sacó un pastillero y se tomó una píldora, luego se duchó y se vistió ya con su ropa. Hizo la cama y dejó el pijama sobre ella. Cuando regresó al salón le sorprendió la presencia de Jandro quien, al verla allí, levantó una ceja.

—No pienses cosas raras, que no. —Quiso aclarar ella.

—Yo no he dicho nada —replicó él estupefacto.

Rubén sonrió al ver la cara de los dos y ella añadió:

—No me he acostado con tu amiguito, así que, deja de mirarme con esa cara de lelo. Y para tu información, si me quedé aquí a pasar la noche fue porque había mucha niebla.

Jandro miró a su amigo y este aclaró:

—¡Que es mi fisioterapeuta, colega! No seas mal pensado.

Jandro asintió. Nada le hubiera sorprendido más que Rubén

se hubiera liado con la fisio. No era su tipo en ninguno de los sentidos, pero divertido por cómo lo miraba ella preguntó:

—¿Te gustan los disfraces?

Sin saber el motivo de la pregunta, Daniela asintió.

—El doce de enero doy una fiesta de disfraces en mi casa por mi cumpleaños. ¡Estás invitada!

—Gracias por la invitación. —Sonrió Daniela cogiendo su mochila.

Dicho esto, se encaminó hacia la puerta, cogió su abrigo y se lo puso. Rubén se levantó y la siguió mientras Jandro, en la cocina, trasteaba para ponerse un café.

—¿Te vas?

Sorprendida por aquella pregunta soltó una carcajada.

—Pues va a ser que sí. Ya no hay niebla y quiero llegar a mi casa.

Rubén asintió y al ver que se ponía su gorro se acercó a ella.

—No olvides que mañana tienes que regresar.

—Pues claro, ¿por qué lo voy a olvidar?

—Lo digo por esa fiesta a la que vas a asistir.

—Tranquilo, el té y las pastas son relajantes —le dijo ella entre carcajadas.

Asintió con la cabeza mientras procesaba la puyita.

—En serio, Rubén, muchas gracias por haberme acogido en tu casa; espero poder devolverte el favor algún día.

—Podrías devolvérmelo ahora mismo —sugirió él hechizado por el desparpajo y la gracia en los movimientos de ella.

—¿De qué hablas?

Ambos se miraron. Un extraño silencio les envolvió mientras se escuchaba a Jandro tararear. Estaba claro que entre ellos había surgido cierto morbo y justo cuando él fue a besarla, ella levantó una mano y dijo dando un paso atrás:

—No.

Sin más, abrió la puerta y salió. Él se quedó mirando el picaporte como un idiota, hasta que lo tocó, abrió la puerta y vio que ella llegaba hasta su coche. Sin la muleta, fue tras Daniela y cuando la alcanzó, sin tocarla le preguntó:

—¿Por qué te resistes?

Dándose la vuelta, tragó el nudo de emociones que tenía en la garganta.

—No me resisto. Simplemente intento no meterme en líos.

Desde su intimidatoria altura, Rubén añadió.

—Sé que te atraigo, ¿a qué esperas?

—Lo tuyo es increíble —se mofó para quitarle hierro al asunto—. Estás tan endiosado que crees que cualquier mujer te...

—Es sexo, Daniela —cortó—. Déjate de endiosamientos y gilipolleces porque sabes perfectamente a lo que me refiero.

La cabeza de Daniela comenzó a dar vueltas. Él tenía razón. Pero había ciertas cosas que él no sabía. Aquel no era un buen momento para liarse con nadie y menos con un famoso futbolista que, con seguridad, le partiría su ya resentido corazón. Así que, con una frialdad que sorprendió incluso a ella misma, le quiso aclarar:

—Escúchame, voy a ser muy clarita: me gusta tanto el sexo como a ti y aunque hay momentos en los que tu cuerpo me abre el apetito, mi respuesta es «no, ahora...no».

La rotundidad de sus palabras calentó aún más la sangre de Rubén

—Pero, ¿por qué ahora no? ¿Lo dices por el entrenador?

Ella negó con la cabeza intentando mantener la frialdad.

—No, Rubén. Ya te dije ayer que a mí eso no me condiciona porque él no dirige mi vida. Y ahora haz el favor de entrar dentro con Jandro y utilizar la maldita muleta o todo nuestro trabajo no habrá servido para nada.

Estupefacto, sin poder creer que ella cambiara de tema así, al final se dio por vencido y, sin decir nada, entró en su casa dando un portazo. Daniela lo miró, suspiró, y cuando él le abrió la verja desde el interior, se marchó. Era lo mejor.

Cuando llegó a su casa y soltó la mochila maldijo: ¿Por qué había tenido que decir aquello? Estaba arrepintiéndose por aquello cuando le sonó el móvil, era su madre.

—¡Hola, cariño!

—¡Hola, mamá!

—¿Dónde estás? ¿Sigues en casa del tal Rubén?

Recostándose en el sillón se tapó con la mano la cara y murmuró:

—No, mamá. Ya estoy en casa. Y antes de que comiences a darle vueltas a la cabeza de por qué me quedé ayer en su casa, te diré que fue por la niebla, ¿entendido?

Daniela sonrió al oír un resoplido al otro lado del teléfono. Su madre ¡la gran casamentera!

—No pensaba preguntarte nada —se defendió—. Bueno, a lo que voy, que para eso te he llamado, ¿cuándo vas a...?

—Mamá —la cortó en seco—. Hasta después de las navidades no tengo que ir.

—Pero...

—Mami, por favorrr —murmuró mimosa—. Tengo cita el siete de enero. Hasta entonces no debes martirizarte, ¿vale?

—¿Ese día te hacen las pruebas, cariño?

—Sí, mamá —mintió. No quería que nadie la acompañara.

—De acuerdooo.

Estuvieron hablando durante diez minutos hasta que Daniela decidió acabar la conversación. Una vez hubo colgado, se tumbó en el sofá y cerró los ojos. Durante unos segundos se permitió recordar el momento en el que Rubén y ella habían estado abrazados. Pensó en su mirada, olió su aroma y... se durmió.

Cuatro horas después se despertó sobresaltada. Se incorporó y vio que eran las cinco de la tarde. Sin muchas ganas de comer se metió de nuevo en la ducha. Tenía que reactivarse. Lo necesitaba. Después se arregló el pelo, se puso un bonito vestido y unos tacones y tras darse un último vistazo en el espejo salió de su casa. Se iba de fiesta con sus amigas. Una fiesta en la que no abundarían ni el té ni las pastitas.

-8-

Cuando Daniela llegó con sus cinco amigas al restaurante situado en la via Monte di Pietà, entraron y fueron directamente hacia su mesa. Eran clientas habituales y sus dueños siempre las trataban con cariño.

Para no variar se pusieron hasta arriba de *pizza*, tortelli di zucca, picatta milanesse y, de postre, tiramisú. Felices, salieron del restaurante y decidieron ir a La Fragola para tomar algo. A la media hora de llegar, una de sus amigas les presentó a unos jóvenes. Rápidamente, el buen rollo reinó entre todos.

—Uisss, ese tal Doménico te mira mucho Antonella —se mofó Daniela.

La mencionada sonrió y cuchicheó.

—Yo creo que a ti te mira el otro, el del polo azulón, ¿cómo se llamaba?

—Ricardo. —Y, tajante, añadió—: no me pone nada.

Ambas rieron y Antonella dijo:

—A ti el que te pone es el futbolista.

—¿Quién? —preguntó Dani sonriendo.

—No lo niegues. Te conozco y sé que ese tipo de guaperas de pelito largo es lo que siempre te ha gustado.

—Eh... mi ex, Enzo, tiene el pelo corto ¿no lo recuerdas?

—Oh, Enzo... que tipo más divino, pero idiota profundo, no lo olvides. Aún me acuerdo ese fin de semana que nos fuimos con su amigo Lorenzo a Nápoles ¡qué pasada de viaje!

Mencionar aquel episodio las hizo sonreír.

—Fue algo bonito mientras duró, ¿no crees?

—Sí... pero ya sabes que a mí, después de Enzo, los rollitos no me han durado más de dos o tres meses, no quiero que...

—Eso debe cambiar, Dani ¿por qué te empeñas en cortar algo cuando te va bien?

Daniela dio un trago a su bebida y sin perder su eterna sonrisa cuchicheó.

—Porque yo no soy libre ¡ya lo sabes!

—Tonterías. Tú eres libre, como lo soy yo. La diferencia es que tú te marcas unos tiempos absurdos y...

—Wooo ¡me encanta esta canción! Vamos a bailar —cortó Dani al escuchar *Papi* de Jennifer López.

Antonella suspiró. Hablar con su amiga sobre aquello era inútil, así que decidió seguirle el juego y comenzó a bailar junto a ella, pero al regresar a la barra, volvió a la carga.

—Sigo pensando que el futbolista te atrae.

Daniela suspiró, su mejor amiga tenía razón: ¿por qué negarlo? Y tras dar un trago a su bebida indicó:

—¡Tienes razón! Rubén es *sexy*, tentador y un bombón de tío, pero también es un canalla prepotente que solo mira por lo que a él le gusta y...

—Pues mira tú por lo que a ti te gusta, ¿quién te lo impide? —Y al ver que no le contestaba añadió—: Vamos a ver Dani, seamos realistas y partamos de la base de que no vas a permitir que su cercanía dure más de dos meses.

—Ni cuatro días —admitió divertida.

—Vale... vale... ni cuatro días. Pero piensa: él te gusta. Es un bombón y, lo más importante, es un hombre y tú sabes que él no dirá que no a lo que tú quieres hacer con él, ¿verdad?

—Ajá... pero déjame decirte que a él le van las mujeres técnicamente perfectas. Vamos lo que comúnmente tú y yo conocemos como la típica que no tiene cerebro, ni sabe decir dos frases seguidas pero que tiene un cuerpo tentador. Además...

—¿Y quién dice que tu cuerpo no es tentador?

—Me lo digo yo —se mofó Daniela— y lo que es peor, me lo dijo él.

—¡Será cretino! por no decir algo peor...

Daniela soltó una carcajada y acercándose a su amiga añadió.

—El primer día que me vio dijo que tenía un trasero enooorme y unos pechos inexistentes. Admitámoslo Antonella, nosotras somos mujeres de la talla 44 y, si me apuras, de la 46 después de las navidades. Y creo que a tipos como él que lo tienen todo con chasquear los dedos, solo les gustan las mujeres de unas cuantas tallas menos.

Ambas rieron cuando Antonella dijo:

—Si yo fuera tú y ese tipo me atrajera tanto, le demostraría que con mi talla 44 puedo ser mucho más *sexy*, interesante y explosiva que otras con diez tallas menos.

—Ganitas me dan en ciertos momentos, te lo puedo asegurar.

—Pues hazlo... Date ese capricho. ¿Por qué él se lo puede dar y tú no?

Daniela miró a su amiga y después de que su sonrisa se desvaneciera musitó:

—Ahora no puedo. Ya sabes que ahora yo...

—Lo sé, pedorri... lo sé... —Y al ver su gesto, afirmó—. Pero sé que todo va a salir bien.

—¡Eso espero! ¡Positividad!

Antonella levantó su copa.

—Brindemos por la positividad y porque después cumplas tu morboso y caliente antojo con ese futbolista.

Chocaron sus copas, dieron un trago y Daniela murmuró divertida.

—Si todo sale bien, que saldrá, me voy a dar un capricho.

—¡Bien!

—Seré yo la que lo busque a él y seré yo la que disfrute del manjar de su fibroso cuerpo. Dios ¡está buenísimo!

—¡Wooo nena... que te veo lanzada!

Ambas rieron y Daniela, antes de salir a bailar con Ricardo que tiraba de ella, afirmó:

—Como dices, un capricho es un capricho, ¿por qué no dármelo?

Aquella noche terminaron en el famoso bar Tequila, un karaoke en el que todos lo pasaron maravillosamente bien y donde bebieron algo más de la cuenta.

-9-

Al día siguiente la cabeza le daba mil vueltas. Demasiada marcha y demasiado tequila para su cuerpo. Cuando llegó a su casa eran cerca de las diez de la mañana. Horas después, dando vueltas en la cama miró el reloj y, al ver que eran las tres y diez, saltó de la cama y se vistió a toda prisa. Tenía que estar en casa de Rubén a las cuatro.

Entró en casa del futbolista a las cuatro y media. Este la miró con el ceño fruncido y señalando el carísimo reloj que llevaba en la muñeca siseo.

—Llegas tarde, son las cuatro y media.

—Lo sé, disculpa, me he dormido.

—¿Te has dormido?

—Te lo acabo de decir.

—Pero, ¿a qué hora te acostaste?

Mientras caminaban hacia el gimnasio, murmuró divertida.

—Sobre las diez de la mañana más o menos.

Impresionado, la asió del brazo y la paró para interrogarla levantando la voz.

—¿A las diez de la mañana? ¿De esta mañana?

—¡Diosss...! ¡No grites! —suplicó tapándose los oídos.

Sin más, los dos entraron en el gimnasio. Rubén arrinconó la muleta y se sentó en la camilla. Ella se quitó las gafas de sol, dejó su mochila y tras deshacerse del abrigo fue a hablar cuando él la interrumpió:

—Vaya cara que tienes, creo que te pasaste de té y pastitas. Al recordar lo bien que lo había pasado, sonrió, se frotó las manos para calentárselas e indicó:

—Ha sido una buena juerga. La necesitaba antes de...

Pero de pronto se paró; ¿qué iba a decir? ¿se había vuelto loca?

—¿Antes de qué? —le preguntó Rubén muy intrigado.

—Antes de que acabe el año —consiguió responder.

Con gesto ceñudo él sin pestañear siseó.

—Llevo años sin pegarme una juerga así. Como muy tarde me acuesto, muy ocasionalmente, y si estoy de vacaciones, a las cuatro, ¿pero a las diez de la mañana? —la reprendió después de observarla fijamente durante varios segundos.

Sin poder evitarlo, ella soltó una carcajada, y más al recordar lo que había hablado con su amiga Antonella. Eso le dio calor y se abanicó.

—¿Dónde fuiste? Si se puede saber, claro.

Daniela colocó la pierna lesionada dentro de un aparato y con una sonrisa guasona que iluminó su rostro, añadió:

—Cené con mis amigas en una pizzería que hay en via Monte di Pietà y después fuimos a un local, La Fragola, ¿lo conoces?

Rubén asintió. Había ido un par de veces con Jandro y algún otro amigo.

—Cuando salimos de La Fragola Ricardo propuso ir...

—¿Pero no habías ido con tus amigas?

—Sí, pero allí conocimos a un grupo de hombres divertidísimos con los que nos fuimos a tomar algo a el Tequila, ¿te suena?

Esta vez negó con la cabeza y ella, divertida, dijo:

—Es un lugar muy divertido donde todos beben tequila con sal y limón.

—Vaya... por fin entiendo tu aspecto —se mofó él.

—Allí la gente bebe, disfruta y canta en el karaoke.

—¿Y tu cantaste?

Sin poder evitarlo, soltó una carcajada.

—Ni te imaginas lo bien que nos quedó a Doménico y a mí el dueto que hicimos de *La Bamba*. ¡Aisss Dios...! —le confesó muerta de risa—. Si nos llegas a ver subidos encima de una mesa ¡hubieras flipado!

Sorprendido por conocer aquella faceta alocada de la joven, que nunca imaginó, zanjó el asunto.

—No lo dudo.

El teléfono de Rubén sonó y Daniela se lo pasó. Durante un rato le escuchó hablar en italiano con Bimba de la cena organizada por el Inter, prevista para ese mismo sábado. Cuando colgó, la miró y le preguntó:

—Dijiste que acudirías a la cena del día veintiuno, ¿verdad?

—Ajá...

—¿Irás acompañada?

—Por supuesto. —contestó con una sonrisa nada angelical.

—¿Por Enzo? —la interrogó Rubén, muy tenso.

—No creo que le lleve a él, supongo que llevaré a otra persona.

—¿Tu amante, Terminator, no se enfadará al verte en brazos de otro?

—¿El entrenador? —Daniela soltó una risotada y respondió—: No, no te preocupes. Él también irá acompañado. Está casado, no lo olvides.

—¡Qué fuerte lo tuyo! Tu frialdad en este tema, me deja sin habla.

—¿Sabes? Me encanta dejarte sin habla.

Ambos se quedaron callados y se esforzaron en los ejercicios.

El viernes a las ocho de la mañana Daniela estaba sola en la clínica. Se mordía los labios. Estaba muy nerviosa y cuando la enfermera la hizo pasar, tomo airé y la siguió. No había más remedio.

Al día siguiente, sábado, era la cena de Navidad del Inter y allí estarían las estrellas del equipo con sus acompañantes, los directivos y cientos de periodistas.

Cuando llegaron Rubén y Jandro y dos jóvenes preciosas, los *flashes* les cegaron. Cientos de *paparazzi* les esperaban en la puerta del hotel para fotografiar el momento. Vestido con un elegante traje oscuro, con seguridad y provisto de una sola muleta Rubén tomó por la cintura a Bimba, la modelo del momento en Italia. Tanto él como ella eran guapos y famosos y los *paparazzi* se volvieron locos.

Diez minutos después tras pasar por el *photocall* que el Inter había colocado en el vestíbulo del hotel, decidieron dirigirse a la sala donde se daba el cóctel. La gente del Club y, sobre todo sus compañeros, le saludaron con cariño al llegar. Verle andar con una sola muleta y su buen estado físico presagiaban que su recuperación era inminente.

Tras saludar a todos, Jandro, Rubén y las dos guapas modelos se acomodaron en un lateral de la barra donde pidieron algo para refrescar sus gargantas y desde donde Rubén vio llegar al entrenador Norton con su mujer, lo que le hizo recordar que Daniela tenía que estar por allí; la buscó con interés pero no la vio. Norton y su mujer se acercaron para saludarles.

La mujer de Norton era de piel oscura como él. Tenía una sonrisa encantadora y poseía unos enormes ojos negros, vivarachos, que observaban todo. Una vez les abrazaron se encaminaron a saludar a otros futbolistas cuando alguien dijo:

—Rubén ¡te veo estupendo!

Al volverse, el joven se encontró con su representante futbolístico, Toni Terón, acompañado de una guapa mujer. Tras chocar las manos, él respondió.

—Tío… mi lesión va bien.

—Lo sé… y me alegro muchísimo. —Sonrió y antes de marcharse tras la joven que le acompañaba le dijo—: Mañana te llamo, ahora no puedo hablar. Tengo que discutir contigo unas clausulas para la publicidad que te he contratado con Reebok.

Rubén se despidió con un apretón de manos, justo cuando Jandro le preguntó:

—¿Esa que llega no es tu fisio?

Ruben miró pero no la vio. Había demasiada gente y Jandro murmuró señalando con el dedo.

—Mamacita Güey…, vaya con tu tocapelotas.

Él miró hacia donde señalaba su amigo y se quedó totalmente perplejo. Sin palabras: ¿aquella era Daniela? Por primera vez la veía con algo que no era ropa deportiva y tremendamente ancha. Llevaba un bonito vestido negro de cuello cisne que dejaba uno de sus hombros y un brazo al aire y le quedaba muy *sexy*. Su pelo, aquel que siempre llevaba recogido en una coleta alta, bailaba alrededor de su cabeza a cada paso que ella daba y cuando se fijó en su rostro tuvo que parpadear. ¡Estaba impresionante!

Daniela era una auténtica belleza que nada tenía que envidiar a la mujer que estaba junto a él. Al revés, sus curvas eran tentadoras. Muy tentadoras. Sin poder dejar de mirarla, observó que iba del brazo de un joven atractivo. Ambos reían y parecían pasarlo bien. Inconscientemente miró al entrenador y a su mujer, que conversaban en un lateral del salón y se sorprendió al ver que Daniela y su acompañante se dirigían hasta ellos. ¿Se había vuelto loca? Boquiabierto vio como aquella inconsciente saludaba al entrenador y le daba dos besos a su mujer.

Hablaron durante un rato hasta que uno de los directivos se les unió y Norton le presentó a la joven y a su acompañante. De pronto la mujer de Norton se acercó más a Daniela y dijo algo que hizo que aquella cambiara su sonriente rostro por otro nada cordial. Rubén vio cómo ella negaba con la cabeza y, sin más, caminaba hasta la barra y la escuchaba decir.

—Por favor, una Coca-Cola.

—¿Zero? ¿Light? —preguntó el camarero.

Daniela sonrió y cuando fue a responder, Rubén que ya se había acercado hasta ellos, indicó:

—Si te preocupa tu integridad física, ponle una Coca-Cola normal. Ah, y con mucho hielo.

Al escuchar su voz, la joven se giró a mirarle. Rubén estaba impresionante con aquel traje oscuro, su camisa celeste y la corbata del Club. Instantes después se les unió Jandro.

—Daniela, ¡qué linda te veo!

La joven, agradecida, paseó su mirada por el piropeador.

—Gracias, tú también estás muy guapo, Jandro.

—¿Me reservarás un baile?

—Y dos, guapetón ¡faltaría más!

Jandro sonrió y al ver la cara de su amigo decidió quitarse de en medio. Rubén, que no se había movido, sin darle tregua, murmuró acercándose a ella.

—Sigo pensando que lo tuyo es muy fuerte.

—¿Por qué?

Mirando al entrenador que hablaba con el acompañante de Daniela y el directivo, se fijó en que su mujer no les quitaba ojo y respondió.

—Cómo se te ocurre acercarte a tu amante. Joder, ¿no ves que está acompañado por su mujer?

—¿Y?

Alucinado, abrió los ojos hasta que casi se le salieron de las órbitas, pero cuando iba a responder, la mujer del entrenador, aquella impresionante mulatona, se acercó a ellos y, parándose ante la joven dijo señalándola con el dedo:

—Tú y yo tenemos que hablar.

Daniela, al escucharla, la miró y dejando pasmado a Rubén respondió:

—Ahora no.

—¿Cómo que ahora no? —insistió aquella.

Rubén, estupefacto, miró a los lados y vio al entrenador acercarse con gesto incómodo. ¡Allí se iba a armar la marimorena! Entonces la tocapelotas de la fisio, ladeó la cabeza y con descaro respondió:

—No creo que este sea el momento ni el lugar adecuado.

Justo entonces llegó el entrenador y, cogiendo a su mujer del brazo, susurró:

—Rachel... Ahora no.

—¿Cómo que ahora no?

—Rachel —insistió el entrenador manteniendo la calma—. Por favor...

La mujer cruzó una mirada de lo más significativa con su marido y después con Daniela, que bebía de su Coca-Cola tranquilamente. John Norton tomó a la mujer del brazo y consiguió apartarla de allí, aunque no pudo evitar el gesto de enfado de ella al marcharse

—¡Qué fuerte... qué fuerte!— cuchicheó Rubén al ver aquello.

El acompañante de Daniela, se acercó con gesto incómodo y sin prestar atención al futbolista, preguntó:

—¿Por qué no me lo habías dicho?

Daniela le miró y tras suspirar, murmuró:

—Cielo... no empieces tú también.

El muchacho asintió, se tocó el pelo con impaciencia y preguntó:

—¿Y ahora qué Pitu?

Ella, encogiéndose de hombros, obvió a Rubén y respondió:

—Lo de siempre... ya sabes. ¡A esperar!

El joven, apesadumbrado, la miró y, acercándose más a ella, preguntó:

—¿Estás bien?

Daniela miró hacia donde estaba el entrenador hablando con su mujer y susurró.

—Sí, tranquilo, cielo.

Cuando aquel se fue, Rubén, molesto porque ella no le hubiera presentado a su acompañante, cuchicheó:

—¿Cielo?... ¿Pitu?... ¡Pero seréis horteras! —La joven sonrió y Rubén, añadió—: A ti te debe de faltar un tornillo o algo peor. ¿Cómo se te ocurre aparecer por aquí? ¿No te has dado cuenta de que ella, la mujer del entrenador, sabe lo vuestro y estás poniendo en un compromiso a tu amante? Joder... que es el entrenador del Inter de Milán, ¿no piensas en los cotilleos que esto puede generar en la prensa?

—Oh... cállate...

—¿Que me calle? —protestó al ver su impasibilidad.

Y antes de poder replicar, el entrenador Norton se acercó hasta ellos y sin importarle que Rubén escuchara, murmuró:

—Escucha, Dani...

—Ahora no, por favorrr —protestó molesta.

El entrenador, al ver el rechazo de ella, suavizó el tono de voz e insistió:

—Pitufa, escucha. Creo que...

—Pero, vamos a ver... ¿en qué idioma hablo?

Norton cruzó una mirada con un alucinado Rubén que no entendía nada de nada y menos eso de ¿Pitufa? y añadió:

—Vale, sé que no es momento ni lugar, pero deberías ir y hablar con tu madre. Ella esta preo...

—Papá, ya conoces a mamá. Se preocupa por todo. Si como, porque como. Si sonrío, porque sonrío y si estoy muy callada porque no hablo ¡me va a volver loca!

—Lo sé Pitu... lo sé. Tu hermano me acaba de decir lo mismo.

Rubén ni pestañeaba «¿Papá?», «¿Mamá?», «¿Hermano?».

—Mamá es el dramatismo personificado y me da igual lo que quiera. Simplemente le he dicho que este no es sitio para hablar de algo que sabe que no me apetece.

—Dani por favor entiéndela... —susurró el entrenador.

La joven cerró los ojos. Miró al desconcertado futbolista que tenía a su derecha y finalmente dijo:

—Vale, papá... ahora voy a tranquilizarla. Dame dos segundos.

El entrenador al ver cómo les miraba Rubén, movió la cabeza con complicidad y tras darle un beso a la joven en la mejilla se alejó. Daniela dio un largo trago a su bebida y al dejarla, miró al sorprendido futbolista con una divertida sonrisa.

—¿Sabes, Rubén? soy rubia ¡pero no tonta! —Y sin dejar que él respondiera añadió con mofa—: ¡Qué fuerte el concepto que tienes de mi, qué fuerte! Y ahora te dejo, mis padres y mi hermano requieren mi presencia. Y que sepas que me encanta dejarte sin palabras.

Sin más, se alejó dejándole totalmente descolocado. Daniela, su tocapelotas particular ¿era la hija del entrenador y su mujer? ¿Aquel era su hermano? Como un tonto, miró al camarero y le pidió una cerveza. Todo aquel tiempo le había estado tomando el pelo dejándole creer que su padre y su hermano eran sus amantes y él se lo había creído como un capullo.

Jandro acercándose a su amigo, apremió:

—Vamos a sentarnos a la mesa, colega. Están a punto de servir la cena.

Pero Rubén no se movía y Jandro preguntó

—¿Qué te pasa? ¿Por qué tienes esa cara?

—¿Tú sabías que la tocapelotas es la hija de Norton?

Alucinado, miró hacia el grupo y murmuró:

—¡¿Su hija?!

Rubén asintió. Que le hubiera vacilado todo aquel tiempo no le había hecho ninguna gracia. Ninguna mujer le vacilaba. Terminó su cerveza y se dirigió a Bimba, tomándola por la cintura.

—Venga... vamos a ocupar nuestros asientos.

Durante la cena, Rubén observó desde su mesa como el rumor de que aquella joven era la hija del entrenador se extendía entre los jugadores. Nadie lo sabía y eso le hizo sentirse menos tonto. Pero él, ¿cómo podía ser que él no lo supiera?; ella había ido los últimos meses a su casa diariamente y nunca le había sacado de su error. Con gesto duro observó que, uno por uno, todos los jugadores del Inter pasaban por la mesa donde ella estaba sentada para presentarse.

Menudos ligones pensó mientras observaba como la miraban.

Horas después constató que nadie del Club sabía de su existencia. Ella se había ocupado de ocultarlo y Norton de obviarlo. Algo que no era difícil partiendo de la base de que Norton y su mujer eran negros y ella era blanca.

Pero lo más curioso era que nadie, ni siquiera quienes la habían visto en el hospital, la relacionasen con la chica destartalada que le había tratado todos los días en su casa. Incluso él se sorprendió al ver el potencial sexual de Daniela solo con un vestido negro y unos tacones.

Tras acabar la cena, una orquesta comenzó a tocar swing para amenizar la velada y observó que varios de sus compañeros corrían para bailar con ella.

Bimba, la modelo que lo acompañaba, aceptó gustosa bailar con el médico del Club mientras Rubén permaneció sentado. Su curiosidad se centró en Daniela, que de pronto se había vuelto el centro de atención de la mayoría de los compañeros del equipo. La vio bailar con esos a los que ella consideraba *sexys* y atractivos y le molestó: ¿por qué tenía que molestarle? Estaba ensimismado en sus pensamientos cuando el entrenador se sentó junto a él.

—¿Todo bien, muchacho?

Rubén asintió y sin querer evitarlo preguntó:

—¿Por qué nunca me había dicho que ella era su hija?

Norton miró a la joven divertirse en la pista y cuchicheó:

—Me lo prohibió. Mi pequeña siempre ha sido una niña muy independiente y le gusta ganarse todo por sí sola. Es una luchadora ¡una guerrera! Por eso ni en el hospital donde trabaja lo saben, aunque me imagino que ya se han enterado. —Sonrió al ver al director del hospital en la fiesta—. Sinceramente me ha sorprendido que aceptara la invitación del Club. Sabía que en el momento en que pusiera un pie aquí, todos sabrían que es mi hija.

Boquiabierto Rubén asintió atónito con mil preguntas en la cabeza cuando Norton prosiguió.

—Y sí. Es adoptada. Mi mujer y yo somos negros y ella es blanca. Daniela y Luis son hermanos de sangre y mi mujer y yo les adoptamos cuando eran pequeños en Madrid. Ellos junto a mi hija Janet me han hecho el padre más feliz de la Tierra. Y por ellos doy mi vida aunque a veces...

Al escuchar aquello Rubén recordó lo que Daniela le había contado en referencia a Janet. Eso le apenó y murmuró:

—Señor no hace falta que diga más.

—Lo sé, muchacho... lo sé. Es solo que necesitaba disculparme contigo en particular por no habértelo comunicado. Sé que no estuvo bien, pero Dani es muy convincente cuando quiere y yo sabía el excepcional trabajo que podía hacer con tu pierna. Mi hija es una buena fisioterapeuta y confío mucho en ella. —Ambos asintieron y este añadió—: Quería y quiere hacer su trabajo sin que te sientas presionado porque ella sea mi hija. Por lo tanto, no cambies tu actitud con ella a partir de hoy, ¿entendido?

—Claro, señor... claro —asintió Rubén.

Dicho esto Norton se levantó y se marchó junto a su mujer.

Las horas pasaban y Daniela continuaba riendo y confraternizando con los jugadores del Inter. Parecía pasárselo muy bien.

Rubén, dada su falta de movilidad, simplemente se limitaba a observar y a hablar con todo el que se acercaba para charlar con él. Pero su humor iba a peor a pesar de que Bimba le había estado haciendo arrumacos hasta que, horas más tarde, se cansó de sus desplantes y se marchó de la fiesta. Casi lo agradeció. No le apetecían morritos.

Hasta hacía solo unas horas, Daniela, la fisio había sido única y exclusivamente solo para él, pero ahora todos requerían su atención para bailar, reír o charlar con ella, y cuando la vio caminar hacia donde él estaba y sentarse a su lado siseo molesto.

—Vaya... veo que mi tocapelotas, alias la pitufa para otros, también se cansa.

—Soy humana, *príncipe*. —Y mientras se llenaba una copa de agua, le susurró—: Tus compañeros me tienen destrozada. Pero, ¡Wooo, qué buenos están algunos vistos en vivo y en directo!, ¿cómo no me lo habías dicho? Wesley es simplemente: ¡impresionante!

Aturdido por su desparpajo, iba a hablar cuando ella le cortó:

—Como habrás visto, mis amantes no son quienes tú creías: ¡error! —se mofó muerta de risa—. Adoro a mi padre y a mi hermano pero vamos ¡no son mi tipo! —Y dando un trago a su copa añadió—: Pero sí son mi tipo algunos que he visto por aquí. Por favorrr... ¡Pero qué marcha tiene Wesley! Está soltero, ¿verdad?

—Sí.

—Bien... quizá acepte su proposición de pasar con él un fin de semana.

Embobado porque le contara aquello fue a replicar cuando esta añadió:

—¡Dios, Rubén, qué suerte tienes! Verles desnudos en la ducha tiene que ser ¡increíble! El próximo día que vayas, te voy a dar una cámara de fotos para que inmortalices esos morbosos y *sexys* momentos, ¿vale?

Harto de escucharla, protestó.

—¡Por el amor de Dios!, ¿quieres callarte ya?

Alucinada por aquel arranque, apoyó la copa en la mesa y centrándose exclusivamente en él, le preguntó, cruzándose de brazos.

—Vamos a ver, ¿qué te pasa?

Sin saber realmente que era lo que le pasaba, murmuró:

—¿Se puede saber porqué me has tomado el pelo todo este tiempo?

—¿A qué te refieres?

—A John Norton.

—Veo que ahora que sabes que es mi padre ya no le llamas Terminator. —Achinando los ojos fue a contestar cuando ella, poniéndole un dedo en los labios murmuró en un tono suave—: Vale... vale... te entiendo. No te dije antes lo de mi padre porque no suelo ir diciéndolo. Durante muchos años he visto como la gente se acercaba a mí por ser la hija del entrenador Norton y cuando me mudé a Milán decidí omitir ese dato, para que quien me quisiera, lo hiciera por ser simplemente yo ¡Daniela!

—¿Ese dato?

—Oh, sí... no dramatices. Eso es solo un pequeño dato. Un detalle. Tampoco exageres que no es para tanto.

Estaba ansioso por decirle cuatro cosas, pero se mordió la lengua. Bebió de su copa de champán y siseó.

—Daniela, no olvides que yo juego en el equipo en el que tu padre es el entrenador.

—Lo sé, me consta.

—¿Llevas meses acudiendo a mi casa para tratarme y...?

Sin dejarle continuar, le volvió a poner un dedo en la boca y cuchicheó.

—Respira... respira o te va a dar algo y te aseguro que de eso no te voy a poder tratar. Y ahora, por favor, piensa en lo que te he dicho. Si hubieras sabido que mi padre era el míster, nuestro trato hubiera sido diferente. Por lo tanto, no te enfades y entiéndeme, ¿vale?

Sentir su dedo en su boca le hizo querer chuparlo pero se contuvo. No estaría bien. Y molesto porque ella se tomara a guasa aquello fue a protestar cuando Francesco se acercó hasta ellos y, cogiendo a la joven de la mano, dijo con galantería.

—*Signorina, vuoi ballare con me?*

Rubén miró a su compañero, a quien no le importó que él reaccionase con cara de mala leche, así que Franceso tiró de la joven; ella, divertida, sin pensar en el que se quedaba en la silla, le siguió a la pista para bailar salsa.

Rubén decidió dar por terminada la fiesta hacia las dos de la madrugada. No estaba de humor, así que le pidió a Jandro que le llevara a casa.

-10-

El domingo por la mañana el humor de Rubén había mejorado. Cuando se levantó, se tomó un café mientras leía la prensa. Allí aparecía él agarrado a Bimba junto a varios de sus compañeros. Después se metió en el gimnasio e hizo algunos estiramientos. Eso le vendría bien.

Cuando acabó, puso música. Coldplay siempre le hacía venirse arriba. Se metió en la ducha y, de pronto, sonó su móvil. Ni se inmutó. No quería hablar con nadie. Diez minutos después, mientras se vestía, volvió a sonar el móvil. Esta vez sí lo cogió: era su representante, Toni Terón, con quien comentó algunas cláusulas de un contrato para anunciar ropa deportiva.

—Verdaderamente te vi bien anoche —le confesó Toni.

—Sí, estoy contento, creo que la fisio está haciendo un buen trabajo —reconoció Rubén masajeándose la pierna derecha.

—Por cierto, hablando de la fisio, ¿no crees que sus honorarios son excesivos? Vamos... Ni que te recubriera la pierna de oro cada vez que te ve.

—Su trabajo lo vale. Tú mismo has visto lo bien que estoy.

—Lo sé... lo sé... También te quería comentar el tema de los pagos a la fisio, creo que te lo podrías desgravar al tratarse de algo así.

Sin saber a qué se refería Rubén se sentó en una silla y murmuró:

—¿Algo así? ¿A qué te refieres?

—Los pagos que me ordenaste gestionar semanalmente, van íntegramente a una cuenta de una Institución llamada Casa della nonna.

—¡¿Casa della nonna?! —repitió sorprendido Rubén

—Es un hogar para niños sin familia. Qué pena macho, esas cosas me pueden.

Escuchó lo que su representante le estaba comunicando con asombro y antes de colgar le pidió la dirección de aquel lugar. Sobrecogido, se puso a investigar con su portátil, leyó todo lo que encontró de la casa de acogida, mientras se daba cuenta de que Daniela acababa de sorprenderle, otra vez: el dinero que él le pagaba no era para ella, era íntegramente para aquellos niños. Ella y sus secretos.

Llamó a un taxi y decidió visitar aquel centro. No tenía nada mejor que hacer. Cuando el taxista paró ante el chalé a las afueras de Milán se estremeció al ver el aspecto añejo del lugar. Necesitaba unas buenas reparaciones exteriores y viendo aquello se imaginó como estaría la casa por dentro. El taxista, emocionado por llevar a Rubén Ramos, no cabía en sí de gozo y le propuso esperarlo. Rubén aceptó y ayudado por su muleta, salió del taxi.

Cuando abrió el portón para entrar en el jardín, varios niños de diferentes edades le miraron: era un extraño, pero como ocurría en la mayoría de las veces, en cuanto le reconocieron, corrieron hasta él.

—¿Eres Rubén Ramos? —preguntó un crío morenito con gafas.

—¿El delantero del Inter? —insistió alucinado otro chaval algo mayor.

Con una gran sonrisa, asintió y murmuró:

—Sí, colegas, ese soy yo, pero cuidado que llevo la muleta.

La algarabía que se organizó en ese momento fue espectacular. Los críos se arremolinaban a su alrededor deseosos de preguntar cientos de cosas. Era tal el tumulto que se organizó que una mujer salió para ver qué pasaba y al ver la revolución que había causado el desconocido, preguntó extrañada:

—¿Qué ocurre chicos?

—Es Rubén Ramos, *nonna*. El futbolista del Inter —gritó uno de los pequeños.

—*Nonna*... *Nonna*, es el delantero del Inter —voceó emocionado otro chaval—. Es Rubén Ramos.

La mujer, al escuchar aquello, le miró y le reconoció. Era difícil no hacerlo. La cara de Rubén estaba en un montón de vallas publicitarias y, además, salía constantemente en la televisión anunciando artículos deportivos.

Emocionada por aquella visita, le invitó a entrar al hogar. Rodeado por los chavales, Rubén llegó a la cocina, donde se encontraba la *nonna*, que hizo salir a los muchachos al jardín para poder quedarse a solas:

—Quiero que sepa que es muy grata su visita joven...

—Por favor, señora, habléme de tú.

La mujer sonrió, puso dos tazas sobre una mesita y añadió:

—¡Perfecto Rubén! En ese caso te tutearé si tú me llamas *nonna*. Y ahora siéntate y tómate un café, ¿solo o con leche?

—Solo, por favor.

Mientras la mujer calentaba el café, Rubén sonrió al ver a los chavales asomarse por la ventana. Les saludó y ellos le respondieron con sonrisas. Una vez que la mujer dejó los dos cafés sobre la mesa, se sentó frente a él.

—Espero que tu pierna esté mejor.

—Oh, sí señora... lo está, gracias.

—Ahora que te tengo frente a mí, quiero darte las gracias por lo mucho que nos estás ayudando todo este tiempo. Desde que tus ingresos llegan a nuestra institución hemos podido comprar varias camas nuevas para los chavales, ropa, libros, cuentos y, sobre todo, comenzar a arreglar la casa. Como verás, está vieja como yo, y necesita una buena reparación. Le dije a Dani que te lo agradeciera, lo hizo, ¿verdad?

Conmovido por la sinceridad que veía en la mujer asintió y sin sacarla de su error murmuró:

—Sí, Daniela me lo dijo.

—Oh, Dani... qué personita más encantadora. —Sonrió—. Desde que llegó a esta casita no ha dejado de apoyarnos en todo lo que ha podido y hasta que llegaron tus ingresos ella, junto a otras chicas que vienen a echarnos una mano, han sufragado los libros de los muchachos para que vayan al colegio. Y quiero que sepas que cuando me comentó que había hablado contigo y que tú, amablemente, le habías prometido que colaborarías con nosotras durante unos meses, me quedé sin palabras. Ayudas de este tipo, así porque sí, no se reciben todos los días y... ¡Oh, Dios! Tengo que decirte, muchacho que nos ha llegado en el mejor momento. Este año mis niños van a tener unas bonitas navidades y, por supuesto, un regalo para cada uno.

Turbado por lo que escuchaba, fue incapaz de contradecirla. Se sentía como un miserable por no aclarar aquello mientras aquella amable y entrañable mujer le estaba abriendo su corazón. De pronto, la puerta de la amplia cocina se abrió y una cara conocida para el futbolista apareció. Allí estaba la pequeña morenita de ojos impactantes del hospital. Al verle, su cara de sorpresa se iluminó y, acercándose a él, le dijo mientras le entregaba un folio.

—He hecho un dibujo. Toma, te lo regalo.

—Suhaila, no molestes tesoro —la reprendió la *nonna*.

Rubén le indicó que no le estaba molestando y la cría le cogió de la mano, se la apretó del mismo modo que cuando se vieron en el hospital y, sin más, decidió sentarse en su regazo. Rápidamente, Rubén la acomodó en la pierna sana para que la lesionada no sufriera ningún golpe y esta dijo señalando con su dedito:

—Esto es un árbol de Navidad con bolas verdes, ¿te gusta el verde?

—Sí, es un color muy bonito.

La *nonna*, al escuchar la algarabía del exterior se levantó y dijo mirándole.

—Discúlpame un momento, Rubén. Voy a ver qué hacen esos fierecillas.

Él asintió y la cría, atrapando toda su atención, dijo:

—El verde es mi color preferido.

Rubén sonrió y la pequeña añadió tocándole el pelo.

—Voy a ser peluquera, ¿lo sabías?

Divertido por ello, Rubén abrió los ojos.

—Oh... qué maravilla. Espero que cuando seas peluquera me cortes el pelo.

—Vale —asintió la pequeña.

Durante unos segundos ambos se miraron hasta que la cría preguntó:

—¿Te duele la pierna?

—No, ¿y a ti?

La pequeña se tocó su pierna vendada.

—Un poquito. Pero soy una chica fuerte. Dani siempre me lo dice.

Él sonrió y ella continuó con sus preguntas.

—¿Cómo te llamabas?

—Rubén.

—Eres guapo —le sorprendió la niña acariciándole con curiosidad la barbilla.

Conmovido por la pequeña respondió:

—Tú sí que eres guapa Suhaila.

—El dibujo es para que lo pongas en tu nevera con imanes.

—Lo pondré, muchas gracias.

—No me has dicho si te gusta mi dibujo.

—Es precioso... maravilloso ¡me encanta! —sonrió ampliamente el futbolista.

—¿Tienes novia?

—No.

—¿Quieres ser mi novio?

Rubén, al escucharla, soltó una carcajada. Aquella cría y su mellada sonrisa le hacían sonreír. Le dio un candoroso beso en la mejilla, y justo cuando iba a responderle, entró un jovencito.

—Suhaila, no molestes al señor —le recriminó.

—Es mi novio.

—¡Suhaila! —le reprochó el crío, mirándola fijamente.

Rubén sonrió. Aquel muchacho tenía los mismos ojos vivarachos de la niña y respondió:

—No te preocupes, no me molesta.

El joven sonrió y, acercándose a ellos con algo de vergüenza, le pidió:

—¿Me firmaría un autógrafo?

—Por supuesto, ¿cómo te llamas?

—Israel.

—Yo quiero que me firmes otro papel —pidió la cría.

—Señor, ¿podría poner en el papel «para Suhaila e Israel»?, mi hermana es muy pesadita

Cuando el futbolista terminó de firmar el papel y se lo tendió, el muchacho, mirándolo como si de una cápsula espacial se tratara murmuró:

—Gracias, señor.

—No me llames «señor», Israel, ¿de acuerdo?

El crío, anonadado porque el astro del fútbol fuera tan cercano, asintió. Después, hizo una seña con la cabeza a la pequeña, que rápidamente se bajó de su pierna y se marchó cogida de su mano. En ese momento entró la *nonna* y Rubén se levantó. Debía marcharse, pero antes de irse preguntó:

—¿Podría darme la dirección de la casa de Dani? —Y mintiendo añadió—. La estoy llamando pero no me coge el teléfono.

La mujer cogió un bolígrafo y un papel y lo apuntó. Tras despedirse de la anciana y de todos los niños que acudieron a él, les prometió regresar otro día. Ellos saltaron encantados.

Al llegar a la vía Pietro Mascagni pagó al taxista y se hizo una foto con él. El hombre se lo agradeció con una estupenda sonrisa y un apretón de manos. Se quedó solo ante el portal y se caló la gorra con la intención de no ser reconocido. Miró el portero automático y cuando iba a llamar al piso quinto, salió un vecino y decidió entrar sin llamar.

El ascensor se detuvo en la planta quinta, de pronto dudó: ¿qué hacía allí?, pero las puertas se abrieron, y sin pensar en nada más, se dirigió hacia la puerta «C» y llamó al timbre.

Cuando la puerta se abrió la cara de Daniela era todo un poema ¿qué hacía aquel allí?, y sin darle tiempo a decir nada preguntó:

—¿Quién te ha dicho dónde vivo?

Rubén sonrió y, apoyándose en la puerta, lo aclaró:

—Ahora ya todo el mundo sabe quién eres, ¿por qué me iba a resultar difícil averiguar dónde vive la hija de mi entrenador?

—¡Vaya por Diosss!

Él sonrió y preguntó:

—Por cierto, ¿qué tal terminó la fiestecita anoche?

—Bien —rio ella al recordarlo—. Terminó muy bien.

Sin poder retener su lengua siseó en un tono suave.

—Por lo que pude ver, algunos de mis compañeros se morían por bailar contigo.

—Y yo con ellos. —Y antes de que él dijera nada más cuchicheó—: Y por cierto, sin tener la talla 36 ni ser técnicamente perfecta, ya viste que, cuando quiero, los hombres babean por mí.

Al ver el cariz que estaba tomando la conversación, Rubén decidió cambiar de tema. Él no era nadie para decir esas cosas.

—Me hubiera gustado que me dijeras quién era tu padre y...

—¿Y perderme tu cara al descubrirlo? ¡Ni hablar!

Estaba claro que ella tenía contestación para todo. Finalmente preguntó:

—¿Puedo pasar?

Extrañada, le indicó que entrara y él, apoyado en su muleta, pasó al interior. Se fijó en la decoración: la casa tenía las paredes pintadas con vivos colores y estaba llena de plantas. No dijo nada y se limitó a seguirla hasta el salón, cuando llegaron, ella le miró y preguntó:

—¿Qué quieres?

Rubén soltó la muleta, se sentó en una silla y respondió:

—De momento, si no es mucha molestia, un poco de agua.

Sin entender qué hacía allí, la joven salió por la puerta en busca de lo que le había pedido, mientras él miraba a su alrededor y escuchaba la música. Reconoció la voz de Alejandro Sanz, y eso le agradó, mientras, inconscientemente canturreaba.

Mi hembra, mi dama valiente se peina
la trenza como las sirenas
y rema en la arena, si quiere.
Ay mi hembra, tus labios de menta te queman
mejor con los míos si ruedan, mejor tu sonrisa si muerde
Ay mi hembra...

Se quitó la chaqueta de cuero, se levantó y la dejó sobre la silla. Se fijó en las fotografías que había en una estantería. Se sorprendió al ver a Suhaila e Israel, sonrientes, en compañía del entrenador y su mujer. En otra foto estaba al entrenador con tres jóvenes; le gustó reconocer a Daniela con el pelo azul.

—¿Cotilleando?

Al escuchar la voz de la joven, el futbolista dejó de canturrear, se giró y al ver la sonrisa de ella, respondió:

—Vale, me has pillado. Soy un curioso, pero solo estaba viendo las fotos de tu familia.

Sin moverse de su sitio, la joven murmuró:

—Eso es lo que hace falta en tu casa, fotos de tu familia. No solo esa maxifoto tuya celebrando un gol, ¡egocéntrico! Por cierto, ¿estabas cantando un tema de Alejandro Sanz?

Rubén asintió y, sorprendiéndola, dijo:

—Me gusta su música, ¿tan raro es?

Le miró impresionada; él se quedó mirando una foto de una bonita puesta de sol y quiso cambiar de tema.

—Esto, ¿dónde es?

Acercándose hasta él, tomó el marco de la foto.

—Es un pueblo llamado la Orta de San Giulio, está en la provincia de Novara. Es un lugar tranquilo al que voy para perderme siempre que puedo. Allí tengo una amiga que regenta un pequeño hotel con mucho encanto, Il Rusticone, te lo aconsejo para cuando quieras perderte.

Una vez ella hubo acabado de hablar, él cogió otra foto y enseñándosela, le preguntó:

—¿En serio te teñiste el pelo de azul?

Ella soltó una carcajada, dejó la foto de la puesta de sol en su lugar y mirando la que él le enseñaba, con cariño, cuchicheó:

—Fui el conejillo de Indias de mi hermana Janet. —La señaló en la foto—. Ella estaba estudiando peluquería y mira cómo me dejó el pelo.

Divertido, recordó que la pequeña Suhaila también quería ser peluquera y ella añadió.

—Por eso mi padre y mi hermano me llaman pitufa —aclaró divertida sin contarle realmente la verdad—. Fue un disgusto para mamá en su momento. Janet se puso el pelo verde y yo azul. Cuando lo recuerda hoy en día le hace mucha más gracia que entonces.

Ambos volvieron a reír hasta que Rubén se fijó en cómo ella miraba la foto. La chica morena que estaba entre su hermano y ella debía ser Janet y murmuró, tocándole la mejilla con ternura:

—Siento mucho lo de tu hermana. Debió de ser terrible.

—Sí, lo fue —suspiró—. Janet era maravillosa, loca, divertida, mi gran compañera de travesuras y mi mejor amiga. Su pérdida ha sido irreparable para todos nosotros. Pero la vida sigue y como ella diría: «¡el *show* debe continuar!.»

—¿Qué le ocurrió?

—Un accidente de tráfico un día de nieve. Íbamos juntas, un camión perdió el control en la M-30 de Madrid y... bueno... el resto te lo puedes imaginar.

Separándose de la estantería, Daniela dejó el vaso de agua sobre la mesa. No quería recordar. Él la siguió, lo cogió y dio un gran trago, horrorizado por haber tocado un tema tan delicado. Cuando dejó el vaso sobre la mesa, ella, volviendo a sonreír, le miró y preguntó:

—Muy bien, ¿qué haces aquí? No recuerdo ni haberte dado mi dirección ni haberte invitado a mi casa.

—Quería verte.

—¿Y para qué querías verme?

—¿Por qué no me dijiste lo de La casa della nonna?

—¡¿Qué!? ¡¿Cómo dices?!

—Doña Secretitos, ¿acaso creías que no iba a enterarme de a dónde iba destinado mi dinero?

—¿Tú dinero? Oh, no... querrás decir ¡mi dinero! —aclaró levantando la voz—. Yo trabajo para ti y, como comprenderás, con el dinero que gano puedo hacer lo que me dé la realísima gana.

—Por supuesto —respondió al ver que ella se ponía a la defensiva—. Me refiero solo a que me hubiera gustado que me contaras que absolutamente todo lo que ganas atendiéndome a mí lo inviertes en ese lugar. Y antes de que digas nada, que te conozco, creo que es la cosa más maravillosa que he visto hacer a una persona y quiero que sepas que estoy tremendamente orgulloso de ti porque eso me hace saber que tienes un gran corazón.

Aquellas palabras la desarmaron y, más aún, cuando él añadió:

—Vengo de allí ahora mismo. He conocido a la *nonna* y a algunos chavales. Hasta Suhaila me ha hecho un dibujo que llevo en el bolsillo del abrigo. Ah, por cierto, me ha pedido que sea su novio. —Ella sonrió—. ¿Qué es realmente lo que le ocurre a Suhaila?

—Osteosarcoma. —Al ver que él la miraba sin entender continuó—: Es un tipo de cáncer de huesos.

—¡¿Cáncer?! —repitió el futbolista, con un semblante realmente preocupado.

Al ver su gesto, Daniela supo lo mucho que le asustaba aquella palabra «cáncer», por ello quiso tranquilizarlo quitándole hierro al asunto.

—Tranquilo, la operaron hace unos meses y se está recuperando muy bien.

—¿Cáncer? ¿Esa niña tiene cáncer?

—Sí.

Totalmente desencajado, dijo muy apenado:

—¡Dios mío, pobre cría! Cáncer, ¡qué horror!

—Tranquilo, ella está bien.

—¿Y por qué la niña está en La casa della nonna?

—¿Y dónde quieres que esté?

—Pues en su casa.

Daniela suspiró y mirándole directamente a los ojos aclaró:

—La casa della nonna es su casa, Rubén. Los niños que has visto son niños abandonados, sin hogar. Niños que han crecido sin unos padres y que, para su desgracia, son demasiado mayores para que la gente los quiera adoptar. —La cara del futbolista se descomponía más y más a medida que ella le iba dando información—. Esos pequeños han estado en varias casas de acogida, pero al final regresan al mismo lugar de donde salieron. Suhaila y su hermano Israel son de esos niños. En estos años ellos han pasado por tres familias de acogida, pero cuando esas personas son conscientes del problema que tiene la niña, terminan devolviéndolos al centro.

—No me lo puedo creer —reconoció conmocionado.

—Pues créetelo, Rubén. La gente quiere adoptar niños técnicamente perfectos. —Esto le tocó el corazón, mientras ella añadía—: Adoptar a un niño con problemas no es fácil, te digo esto porque tampoco quiero dar a entender que la gente es mala. Suhaila y su hermano Israel se quedaron huérfanos de padres, la madre era marroquí y el padre italiano, y son dos luchadores de la vida. Deberías conocer a Israel. Es estudioso y se ha empeñado en ser médico para curar a Suhaila, una princesita encantadora. Son maravillosos, unos niños estupendos que aceptan la vida como les viene a pesar de todo lo que les ha tocado vivir.

Asombrado por lo que acababa de oír, tragó el nudo de emociones que se había formado en su garganta.

—Lo siento... yo... yo no sabía...

—Lo sé, Rubén... lo sé. No te preocupes.

Rubén estaba conmocionado aún por todo lo que acababa de saber, cuando ella, sin darle tregua, le interrogó:

—¿Le has contado a la *nonna* que soy yo quien dona ese dinero semanalmente? Dime por favor que no le has dicho la verdad.

Él la miró sin entender nada y se encogió de hombros; ella se retiró el pelo de la cara, y añadió:

—Escucha Rubén, si le hubiera dicho que ese dinero era mío, la *nonna*, no lo hubiera aceptado. Pero tratándose de ti, no ha habido problema. Eres una estrella en Italia, el toro español, un gran jugador de fútbol y ella sabe que tú te puedes permitir eso y más. Y ahora, dime que no la has sacado de su error.

—Me da vergüenza admitirlo pero no he sido capaz de decirle la verdad, y...

—¡Bien! ¡Bien! —Aplaudió cortándole. Y cogiéndole del brazo, preguntó cambiando de tema—: ¿Tienes planes para comer?

—No...

—Te invito a una estupenda ensalada con tomatitos *cherry* y una increíble a la par que sabrosa tortilla de patata española con cebollita que acabo de hacer, ¿te apetece?

—¿La has cocinado tú?

—Ajá...

—Wooo... no sé si arriesgarme —se mofó él.

—Arriésgate, te aseguro que te encantará. —Y al ver la guasa en su mirada, cuchicheó—: Eso sí, yo la como con mayonesa y *ketchup*, pero vamos, tú puedes tomarla como quieras. —Y al ver cómo la miraba, añadió—: Digo lo de la mayonesa, porque para mantener estas curvas y este cuerpazo que Dios me ha dado hay que esforzarse.

Rubén soltó una carcajada. Esa mujer era increíble.

—Daniela... basta ya con eso. Yo...

—Tranquilo, *príncipe*... soy consciente de mis imperfecciones. —Y sin darle tiempo a decir nada más, continuó—: Quédate a comer, te prometo que te chuparás los dedos.

Rubén, divertido por su acogedora hospitalidad, sonrió y finalmente dijo:

—De acuerdo, veamos si esa tortilla de patata está tan buena como la de mi madre.

Diez minutos después, degustaban la tortilla en la mesa de la cocina.

—Buenísima, cocinas mejor de lo que yo pensaba.

Daniela soltó una carcajada y murmuró:

—Eso es porque estás comiendo mi plato estrella. Si un día quieres decir todo lo contrario, ven y te haré fetuccini al pesto. ¡Me salen asquerosos!

—¿Puedo llamarte «Dani», como parece que te llaman todos? —se animó a pedirle él, notando el magnetismo que sentía entre ellos en ese momento.

—Vale, pero que conste que te lo permito porque has comido de mi tortilla y te lo mereces.

Hablaron y hablaron. Daniela se enteró de que dos días después él viajaba a España para pasar las navidades con su familia y no regresaría hasta el día cuatro de enero. Se alegró por él aunque se mofó diciendo que descansaría de ver su cara durante ese tiempo. Ambos rieron.

Cuando terminaron de comer, se engancharon a la retransmisión de un partido de tenis. Jugaba Nadal y los dos le animaron. Después de un esfuerzo espartano, el español ganó y lo celebraron con unas cervezas. Sin ganas de marcharse, notando que ella se sentía a gusto con su presencia, y al ver que tenía la trilogía de *El Señor de los Anillos*, propuso ver la última película. La que no habían terminado de ver en su casa. Ella aceptó encantada y tirándose en el sillón, como dos buenos amigos, comenzaron a verla. A mitad de la película, Daniela apretó al *stop*.

—¿Quieres algo de beber?

—Otra cervecita no estaría mal, pero esta vez sin alcohol, ¿puede ser?

—Por supuesto, ¡marchando!

La joven desapareció del salón y, de nuevo, Rubén sonrió. Qué fácil era sonreír con Daniela. Tirado en el sillón observó que a ella le gustaba leer. Había una enorme estantería repleta de libros y otra con muchos CD de música. Se asombró al ver música de todos los estilos: española, inglesa, italiana, americana, aunque lo que más llamó su atención fue la enorme colección de Elvis Presley, tenía su discografía completa.

Cuando ella regresó, traía dos cervezas y un bol con palomitas. Al verla, regresó al sillón y dijo mientras cogía el botellín que ella le entregaba.

—Veo que te gusta mucho Elvis.

—Por supuesto. —Y al ver que él se reía chocó su cerveza contra la de él, y añadió—: La música del Rey es de lo mejorcito que hay para levantar el ánimo. Cuando quieras te lo demuestro.

Sin más, dio al *play* de la película. Ambos se sumergieron de nuevo en la historia mientras comían palomitas y bebían cerveza. Así estuvieron hasta que llegó el final y, tras un buen rato de charla, ella miró distraídamente su reloj: eran las nueve y media de la noche.

—Bueno, creo que es hora de que te marches.

No daba crédito: ¿lo estaba echando?

Al ver su cara de pasmado, ella sonrió. Lo cierto es que había pensado invitarle a cenar, pero en el último momento había decidido que era mejor que no; sería demasiado, él se montaría su película y esperaría un buen postre. Por eso, se levantó del sillón, se desperezó y le entregó la muleta.

—Vamos, te llevaré a tu casa.

Estupefacto por cómo le estaba echando, se negó:

—No... Es tarde y no quiero que andes sola con el coche.

—Uisss ¡pero qué galante! Si al final vas a ser un caballero y todo. —Le tomó el pelo.

—En serio, Dani, no quiero que andes sola por la calle a estas horas por mi culpa.

Volvió a mirar el reloj:

—¿Cómo que «a estas horas»?, que son solo las nueve y media de la noche.

—Llamaré a un taxi, no te preocupes —insistió el futbolista.

—¡Ni lo sueñes! Y antes de que sigas diciendo tonterías, déjame decirte que soy una mujer independiente acostumbrada a salir por la noche sola y...

—Pero si podemos evitarlo, ¿por qué hacerlo?

—Porque yo quiero. Si yo estuviera en tu casa con muletas, ¿a que tú te ofrecerías a llevarme a casa? —Él asintió y ella zanjó el asunto—. Pues no se hable más.

Cuarenta minutos después estaban frente a la casa de Rubén. Se tenían que despedir, pero ninguno de los dos parecía querer hacerlo, hasta que finalmente él dijo:

—¿Irás a la fiesta de disfraces de Jandro?

—No.

—¿Por qué?

—Sencillamente, porque yo no pinto nada allí.

—Me gustaría verte disfrazada. Seguro que estás muy *sexy* —le susurró seductor Rubén.

—*¿¡Sexy?!* —Una risotada estalló en su boca, casi se atragantó al pronunciar aquello.

—A las mujeres os encanta disfrazaros de sirenitas, princesas o *sexys* cleopatras. A todas os gusta lucir vuestros encantos en esas fiestas. No me digas que no.

Aquel comentario la hizo reír. Era cierto que cuando había asistido a alguna fiesta con sus amigas a todas les gustaba ir provocativas y *sexys*. Iba a lanzarle un dardo por respuesta cuando él propuso:

—¿Quieres pasar a tomar algo?

—No.

—Podemos cenar, creo que en el frigorífico tengo un...

—No, es tarde. Debo regresar a casa. Por cierto, que lo pases bien en España, cuídate la pierna y ¡hasta el año que viene! —Y apremiándolo para no acabar tirándose a su cuello para comérselo a besos, se mofó—. Vamos... vamos *princesito*, baja del carruaje antes de que se convierta en calabaza. Te he traído sano y salvo hasta tu castillo y ahora he de regresar al mío de una pieza.

El tono de su broma no le vino bien. Deseaba estar más tiempo con ella y mirándola, le aclaró:

—Que sepas que no me hace ninguna gracia que seas mi taxista. Y que te quede claro que esto es algo que no se va a volver a repetir, ¿entendido?

—No sabía que fueras tan tradicional. —Y muerta de risa cuchicheó—: ¿De verdad me estás diciendo que una mujer no puede llevar a un hombre a casa?

—Exacto.

Ella no pudo reprimir una carcajada de lo más sensual. Echó la cabeza hacia atrás de tal manera que su cuello se volvió dulce y tentador. Rubén, desesperado al sentir que su entrepierna se endurecía por segundos, fue a decir algo cuando ella se le adelantó:

—¡Dios...! lo que hay que oír en pleno siglo XXI. —Y cambiando el tono de su voz preguntó—: ¿Te bajas para que pueda marcharme antes de que digas más tonterías?

Y entonces ocurrió: Rubén alargó su mano, cogió la nuca de Daniela, la atrajo hasta él y la besó. Metió su lengua en el interior de su boca y la degustó como llevaba días deseando hacer. Daniela era dulce, suave, tentadora y lo mejor de todo, ella no lo rechazó. Durante unos minutos, se saborearon con delicadeza y morbo, hasta que ella reunió fuerzas y dándole un empujón, lo separó.

—Si vuelves a besarme, te juro que...

Y lo hizo de nuevo. La besó. Quería más. Aquel beso había abierto su apetito voraz y Rubén insistió. Atontada por su propio deseo, Daniela le respondió. Enredó sus dedos en el bonito pelo del futbolista y disfrutó, pero cuando sintió que las manos de él subían por su cintura en dirección a sus pechos lo separó con todo su pesar y le amenazó:

—Vuelve a hacerlo y dejo de ser tu fisio.

—Me deseas tanto como yo a ti —susurró rozando sus labios con el aliento de sus palabras—. Reconócelo y entra en mi casa para que podamos hacer lo que ambos deseamos.

La tentación pasó por su cabeza. Le deseaba: sí, y era consciente de ello, pero respondió.

—¡Ni lo sueñes!

—Dani...

—Ah, no... tú ya no me vuelves a llamar Dani —dijo empujándole para separarse de él—. Así es como me llaman mis amigos y tú, con lo que acabas de hacer, me has demostrado que de amigo mío tienes bien poco; así que vuelvo a ser Daniela para ti.

—Pero ¿qué estás diciendo?

Y sin contestar a lo que él demandaba ella prosiguió.

—Me alegra no tener que volver a verte por un tiempo, porque si tuviera que verte mañana, tú y yo acabaríamos muy mal. Solo te pido una cosa: cuando regreses cambia el chip conmigo porque esto no va a volver a ocurrir, ¿entendido? Él no contestó. Solo la miraba con deseo y ella le ordenó entre dientes—: Y ahora baja del puñetero coche para que me pueda ir si no quieres que sea yo quien te eche a patadas.

Desconcertado por todo lo que aquel beso le había hecho sentir, abrió la puerta, bajó y cuando cerró, ella arrancó de inmediato y se marchó acelerando.

Tres minutos después, cuando entró en su casa y su perra le saludó, se tiró en el sillón y blasfemó, con la entrepierna endurecida todavía.

—¡Maldita tocapelotas!

-11-

Las navidades en Madrid fueron una auténtica locura para Rubén
Lo pasó bien con su familia a excepción de los momentos en los que su madre se empeñaba en mimarlo como a un chiquillo. Sus dos hermanas, como siempre, en su línea, no paraban de discutir.

En los días que estuvo allí acompañó a su hermana Olivia a una de las pruebas del vestido de novia. Estaba espectacular y no pudo evitar reír cuando su madre comenzó a llorar emocionada por ver a su niña tan guapa.

Una noche, Rubén salió con sus dos hermanas y su cuñado a tomar unas copas. Camuflado tras su gorra pasaba desapercibido para muchos, aunque en cuanto alguien le reconocía, una multitud le pedía fotos y autógrafos. Al principio le pareció divertido, pero tras más de diez años como futbolista ya se había hecho tantas fotos y firmado tantos autógrafos que si podía evitarlo, lo evitaba. En esos momentos, y sobre todo si iba acompañado de su familia, la fama le resultaba cansina.

Cuando llegaron al local en el que sus hermanas habían quedado con los amigos de toda la vida, Rubén volvió a ser el chico de siempre. Abrazó a sus amigos, brindó con ellos y disfrutó de una noche estupenda sin agobios y sin autógrafos. Algunos de sus amigos, envalentonados, se subieron al escenario y cantaron en el karaoke. En ese momento, le vino a la mente la imagen de Daniela, se la imaginó sobre una mesa, cantando *La Bamba*, le hubiera encantado vivirlo con ella.

—Vaya, hermanito, ¿y esa sonrisita de bobo?

—Me hace gracia pensar que Olivia se va a casar —respondió divertido mirando a Malena.

—Desde luego es la digna sucesora de mamá.

—¿Por qué dices eso? —se mofó Rubén.

—El otro día la vi haciendo ganchillo y después croquetas ¡no te digo más! —le confesó.

Ese comentario hizo que ambos estallaran en carcajadas. Estaba claro que los tres hermanos eran totalmente diferentes: Olivia aunque era la más pequeña, era la más convencional, Rubén, el deportista, y Malena, la mayor, la pasota.

—¿Y tú? ¿Algo nuevo por Milán?

—No...

—¿Ninguna chica especial?

—Ninguna —respondió de inmediato. Aunque, sin saber porqué no podía apartar a Daniela de su mente, aunque intentara negarlo.

—Mientes. Hay alguien —le espetó Malena que no le había quitado ojo. Por la tensión de su cara y su ceño fruncido supo que no estaba siendo del todo sincero.

—¡No!

—Ese «¡no!», me lo acaba de confirmar. Ya sabes que soy algo bruja y estas cosas las veo a la legua, así que desembucha.

—¿Tú estás tonta? —rio aquel desentendiéndose de las deducciones de su hermana.

—Hermanito, como se suele decir hoy por hoy, ¡soy rubia pero no tonta!

Aquel comentario, que había escuchado antes de Daniela, le hizo reír y ella prosiguió, agarrándole del brazo para acercarse más a él.

—Ese entrecejo tuyo se ha fruncido y eso me hace saber que has pensado en alguien, no lo niegues. ¡Dime quién es!

—¡Ni lo sueñes!

Pronunciar aquella frase le volvió a hacer sonreír como un tonto ¿pero qué le estaba pasando? Y ante la mirada inquisidora de su hermana, quiso aclarar:

—Vamos a ver Malena, hay alguien que me atrae. Es diferente, y en el fondo me hace la vida imposible, pero...

—Dime su nombre

—No.

—¡Dímelo, tontorróoon! —insistió suplicante.

Tras un cruce de miradas, finalmente él murmuró, antes de dar un trago a su cerveza.

—Dani.

Boquiabierta, alucinada y fuertemente impresionada; entre risas, le comentó casi chillando.

—¿No jorobes que te has cambiado de acera? ¿Te gustan los tíos? Diosssss... esto a mamá la mata.

Al escucharla soltó una sonora carcajada y aclaró.

—A ver, que se llama Daniela. Y antes de que sigas diciendo tonterías déjame decirte que...

—¿La fisioterapeuta?

Rubén maldijo al acordarse de que habían hablado por teléfono y su hermana añadió:

—No diré nada más, solo con oír su nombre en tu boca ya sé que es especial para ti. Y tranquilo, lo que tenga que ser, será.

Ambos dieron un trago a sus bebidas y para cambiar de tema, él preguntó:

—¿Y tú qué hermanita? ¿Alguna víctima a la vista?

—Me estoy viendo con un tipo que es puro sexo y fuego ¡increíble! —le confesó Malena con una sonrisa pícara.

Rubén soltó una enorme carcajada. Si alguien le divertía en el mundo, esa era su hermana mayor. Su manera de ver la vida, tras su divorcio, tan distinta a la del resto de su familia, podía con él.

—¿Va a venir «Don Sexo y Fuego» por aquí esta noche?

—¡Nooo! Ni se lo he comentado —se mofó Malena—. Quiero que esté lejos de la familia. Es un rollito y prefiero que nadie se haga ilusiones. Si Olivia lo ve, con lo alcahueta que es, comenzará con eso de «dile que venga a cenar a casa» y no ¡me niego! Ya lo hice una vez con el atontado aquel y no lo volveré a hacer más. Como dice papá: «¡uno y no más Santo Tomas!» Por cierto, y cambiando de tema, creo que pronto te voy a ir a visitar, mamá y Olivia con el tema boda, comienzan a saturarme.

—Mi casa es tu casa, hermanita.

—Gracias, cielote, ¡eres un amor! —le susurró cuando le abrazaba.

Recordar la historia de su hermana con su ex, el atontado, le hizo suspirar. Su hermana, tras su divorcio, había retomado las riendas de su vida con una fuerza que dejó a todos, en especial a su madre, sin palabras. Lo primero que hizo fue marcharse un año de viaje para encontrarse a sí misma y sorprendió a todos cuando supieron que vivía en una paradisíaca playa de Jamaica trabajando en una clínica dental. Cuando regresó, pasó de ser «la plácida Malena» a Malena «la pasota», que, muy a menudo, sacaba a su progenitora de sus casillas, por su actitud libre e irreverente; incluso le había dado por hornear pasteles de marihuana, algo que su madre no podía concebir.

La fiesta terminó sobre las cuatro de la madrugada y cuando Rubén llegó a la casa de sus padres cayó derrotado.

En esos días le escribió un par de mensajes a Daniela para felicitarle las navidades, pero ella no le contestó. Aquella maldita tocapelotas se había metido en su mente de una manera que comenzaba a preocuparle, y más cuando se vio escuchando canciones de Alejandro Sanz y pensando en ella, ¿qué le había ocurrido?

Daniela, por su lado, pasó unas bonitas navidades rodeada por su familia en Milán y cuando recibió aquellos mensajes de Rubén, estuvo tentada de contestarle. Le apetecía mucho. Aún recordaba su boca, sus labios, sus besos. Pero no... No debía.

Los días pasaron y con ellos la Navidad y Rubén regresó a Milán. Como era de esperar, su madre lloró en Barajas como si fuera la primera vez que se iba a Milán y él tuvo que consolarla. Para Teresa, el que su niño, su adorado niño, viviera tan lejos, la mataba. Pero entendía lo que todos le decían: el niño era un futbolista famoso y debía aprovechar esta gran oportunidad, y en especial, la vida.

El cinco de enero, al día siguiente de llegar a Milán, Rubén llamó a Daniela pero no la localizó. Quería que acudiese a su casa para retomar la rehabilitación y cuando le saltó el buzón de voz, le molestó. La llamó varias veces durante el día y nada, no hubo manera de hablar con ella.

Al día siguiente, el resultado fue el mismo: no conseguía dar con ella. Molesto porque ella no le devolviera las llamadas, blasfemó. No estaba acostumbrado a ir tras una mujer y aquella tocapelotas, sin proponérselo, lo estaba consiguiendo. Llamó a su compañero Jandro, que pasó a recogerle, fueron a la tienda del campo de fútbol del Inter y luego se dirigieron a La casa della nonna. Los pequeños se volvieron locos al ver entrar a aquellos dos astros del fútbol. Suhaila corrió hacia Rubén y él, feliz, la acogió entre sus brazos. Los niños estaban encantados con los regalos y la *nonna* se lo agradeció mucho.

Pero allí tampoco estaba Daniela. Según la *nonna*, dos días antes les había dicho que no regresaría hasta el nueve de enero, pero no le había dicho dónde estaría hasta entonces. Antonella, sorprendida por ver al jugador allí preguntando por su amiga, no supo cómo reaccionar y se quedó sin habla. Aquel hombre era un lujo para la vista, y su amigo, el tal Jandro, un guasón muy atractivo.

Antonella observó cómo los dos astros bromeaban con los muchachos, incluso en un par de ocasiones, se sorprendió al ver que Jandro la miraba y le sonreía. Aquellas miradas provocaron que Antonella se sintiera especial, aunque cuando el futbolista se insinuó y le pidió su teléfono ella se negó a dárselo: ella no era de esas.

Cuando por fin consiguió dar esquinazo a todos, Antonella llamó por teléfono a Daniela y le explicó todo sobre la extraña visita. Ella le dio órdenes de no decir dónde estaba y la obedeció. Se lo debía a su amiga.

Los jugadores pasaron una bonita mañana con los pequeños y, en especial, Rubén con Suhaila, que de nuevo se cogió a su mano y no la soltó. Se marcharon al mediodía y prometieron regresar muy pronto. Al llegar al coche, Rubén le pidió a Jandro que lo llevara hasta la casa de Daniela. Allí llamó al portero automático con insistencia, pero nadie le abrió.

Daniela escuchó los timbrazos mientras hablaba con Antonella por teléfono.

—¿Por qué ha tenido que venir a mi casa?

—Aisss Dani, no lo sé. Pero lo que sí sé es que ese hombre te quiere ver. No ha parado de hacerle preguntas a la *nonna* sobre ti y ¡oh, Dios...! Tenías que haber visto cómo ha jugado con todos los niños. Por cierto, con Suhaila se le cae la baba.

Daniela, desesperada, resopló y al escuchar un nuevo timbrazo cuchicheó:

—No pienso abrirle. No quiero tener nada que ver con él.

—Pero Dani, eres su fisioterapeuta. Me imagino que él querrá retomar sus sesiones y...

—Lo sé... luego le enviaré un mensaje al móvil diciéndole que hasta el ocho no podré seguir atendiéndole, pero vamos, ¡que ya se lo dije antes de marcharme de vacaciones!

—Hazlo y, con seguridad, te dejará tranquila. Y cambiando de tema, ¿estás bien?

—Sí.

—¿A qué hora tienes que ir mañana?

—A las nueve tengo la cita.

—¿Irá tu madre contigo?

La joven sonrió y al ver por la ventana que Rubén y Jandro se montaban en el coche y se marchaban, añadió:

—Y mi padre y mi hermano ¿realmente crees que alguno se lo perdería?

Cuando acabó de hablar con Antonella, fue hasta el equipo de música y puso a tope su canción preferida de Elvis Presley.

It´s now or nerver, come hold me tight
Kiss me my darling, be mine tonight
Tomorrow will be too late
It´s now or never my love won´t wait.

Sentándose en su sillón preferido, cerró los ojos: necesitaba tranquilizarse. Llevaba dos días con unos dolores terribles de estómago y de cabeza y sabía que eran por los nervios. Pensar en volver a pasar por lo que ya había pasado en otras ocasiones no era agradable. Y no por lo que implicase para ella sino más bien por lo que suponía para su familia y las personas que la querían.

Durante horas estuvo tirada en aquel sillón escuchando la voz de Elvis. Él siempre la había animado hasta en los peores momentos y al final, con la fuerza de sus canciones y la potencia de su timbre de voz, lo consiguió.

Aquella noche se sumergió en la bañera durante más de una hora. Cuando acabó, cogió el móvil para mandarle un mensaje a Rubén, ya estaba casi convencida, pero al final, se arrepintió. Prefirió llamarle, le apetecía escuchar su voz. Tras dos timbrazos, él atendió el teléfono.

—¿Se puede saber dónde te metes?

—¡Feliz Año Nuevo! Que alegría volver a oír tu melodiosa y siempre agradable voz ¡la echaba de menos!

Rubén captó la ironía y su peculiar sentido del humor y acabó sonriendo.

—¿Estás de fiesta? Escucho música.

—Sí —le respondió subiendo el volumen del equipo de música.

—¿Dónde estás?

—En una fiesta en casa de unos amigos. Espera que salgo a la terraza para que podamos hablar.

Sin más, abrió la puerta de su terraza y ya con el sonido de la calle, se interesó por él.

—¿Qué tal tus vacaciones en España?

Rubén se tiró en su sillón y apoyando la cabeza en el respaldo, respondió.

—Bien, mi familia está estupendamente y lo pasé genial, ¿y tú?

—Muy bien también, mamá nos ha cebado a todos con sus guisos, pero por lo demás genial, como tú.

Tras un incómodo silencio, el futbolista dijo:

—Oye... te quería pedir perdón por lo que ocurrió el último día que nos vimos. Yo creo que...

—No te preocupes, ya está olvidado. ¿Cómo va tu pierna?

—Bien... creo que la vas a encontrar mucho mejor. En Madrid me visitó el fisioterapeuta que te comenté e hicimos los ejercicios que tú me indicaste, según él, la recuperación de la lesión va viento en popa.

—Me alegra saberlo. Estoy segura de que pronto estarás dándole patadas al balón.

—Vienes mañana, ¿verdad? —le preguntó animado por lo que acababa de oír.

—No, creo que no podré ir a tu casa hasta pasado mañana, en principio —le comentó apoyándose en la barandilla de la terraza.

A Rubén no le gustó lo que estaba oyendo y, levantando la cabeza del respaldo del sillón, incómodo, apostilló:

—¿Crees?

—Sí.

—¿Pasado mañana?

—Eso he dicho.

—¿Y por qué? —insistió malhumorado.

—Tengo cosas que hacer y...

Levantándose del sillón, replicó molesto:

—Me da igual lo que tengas que hacer Daniela, te quiero aquí mañana y...

—Lo siento, pero no va a poder ser —cortó con rotundidad—. Si quieres despedirme, estás en tu derecho, y lo entenderé. Ya sabes que por mi parte no vas a tener ningún problema; es más, si quieres, ahora mismo te puedo recomendar a algún compañero, conozco a excelentes fisioterapeutas que estarían encantados de atenderte hoy mismo.

Molesto por aquello cabeceó, ¿por qué ella siempre andaba con secretos?

—No quiero a otro fisio, quiero que seas tú quien continúe con mi recuperación.

—Pues con suerte quizá me tengas pasado mañana allí —le contestó Daniela, con una sonrisa.

—¿Con suerte?

—Sí.

—¿Qué es eso de «con suerte»? Te voy a cambiar el nombre por «Doña secretitos».

Daniela soltó una carcajada por su ocurrencia; realmente le tenía muy intrigado.

—Mira Rubén, mi vida privada no te interesa, por lo tanto, pasado mañana ya veremos.

Instantes después, un silencio más que significativo anunciaba la despedida.

—Te dejo.

—Estamos hablando Daniela —increpó molesto.

—Lo sé, pero Enzo quiere bailar conmigo.

—¿Enzo? ¿Es que estás con Enzo?

Ella sonrió, mientras abría la puerta de la terraza para que la música tuviera más presencia. En ese momento sonaba *Jailhouse Rock*, de su amado Elvis.

—Recuerda, estoy en una fiesta y quiero bailar.

Malhumorado por no poder continuar con la conversación, y celoso por saber que estaba con su ex respondió antes de colgar.

—Pásalo bien.

Cuando Daniela escuchó el sonido hueco del teléfono se quedó ensimismada mirando al frente: ¿qué narices le estaba ocurriendo con aquel hombre? Ella no se colgaba fácilmente de nadie, pero con Rubén era diferente. Al final, entró en su casa, cerró la puerta de la terraza y tras lanzar el móvil hacia el sillón, comenzó a bailar aquel maravilloso *rock and roll* mientras gritaba:

—¡Voy a pasármelo bien!

-12-

A las ocho y media de la mañana Daniela iba en el coche con su hermano, con su padre y su madre. Los cuatro, como una familia unida, se dirigían hacia la clínica donde a Daniela le tenían que dar los resultados de unas pruebas. Había llegado el momento: el tan temido momento.

La tensión en el coche era latente, aunque ella intentaba bromear y hacerles reír. Como siempre en esos casos Rachel, la madre de Daniela, a pesar de su imponente estatura, parecía pequeñita, era como si el miedo la encogiera, la atenazaba, de hecho. Aparcaron, y en el momento en que caminaban hacia la entrada principal, Daniela notó que le costaba respirar, le faltaba el aire; su padre la agarró del brazo y le susurró al oído:

—¿Estás bien, pitufa?

—Sí, gran jefe —respondió recuperando la sonrisa y el resuello.

Aquella broma entre su padre y ella surgió cuando su hermana le compró una peluca azul y siempre, siempre, les hacía sonreír.

Fueron hasta la consulta de Oncología. Daniela había acudido tantas veces en los últimos años que algunas enfermeras eran prácticamente amigas. Tras despedirse con un beso de sus padres y de su hermano, se marchó acompañada de una enfermera. Su familia la esperaría en una sala privada.

Rachel vio alejarse a su hija y se hundió, no pudo más y comenzó a llorar. Su cabeza se negaba a aceptar que todo comenzara otra vez. Su preciosa hija luchaba contra el miedo a volver a tener cáncer de mama. Un maldito tumor que se le había reproducido ya en varias ocasiones. Daniela llevaba dos operaciones, muchas sesiones de quimio y radioterapia y, sobre todo, mucho sufrimiento, pero Daniela era fuerte, una luchadora, una guerrera y nunca se quejaba, aunque cada seis meses había que repetir todo y tocaba despejar miedos.

Daniela, con la frialdad que la caracterizaba en esas ocasiones, se desnudó y se dejó hacer. Lo más doloroso lo había hecho tres semanas antes, cuando fue sola a la clínica. Aquel día la doctora solo iba a hacerle una exploración rutinaria pero no podía evitar sentir pánico por si algo volvía a ir mal.

Veinte minutos después, regresó donde estaba su familia, que la recibió con los brazos abiertos. Antes de que la vieran, Daniela trató de recomponerse, intentó volver a ser la chica chispeante de siempre. Pero el miedo invadía todo su cuerpo y se reflejaba en sus ojos. Unos ojos que su familia, y sobre todo su padre, conocían muy bien y que sabían que estaban sufriendo a pesar de su sonrisa.

El oncólogo, acompañado de otra doctora les pidió que pasasen a la consulta. Daniela tomó la mano de su madre, expectante. Raquel se la apretó dándole fuerzas. En silencio, durante unos minutos que se hicieron eternos, los médicos cotejaron las pruebas anteriores con las actuales y, tras valorarlas, anunciaron:

—Todo está bien, Daniela. Los marcadores tumorales son favorables. Tienes que seguir con la medicación, una única toma al día de Tamoxifeno.

—De acuerdo —asintió la joven con el corazón a mil.

—Dentro seis meses nos volvemos a ver.

Rachel, al escuchar los resultados, se tapó la cara con las manos y comenzó a llorar, aliviada, mientras el entrenador se levantaba para abrazar a su hija. Daniela, en ese momento, soltó una risotada y su hermano aplaudió feliz. Una vez se marcharon los doctores, cuando la familia se quedó a solas, abrazados los cuatro, acabaron llorando de alivio. Todo estaba bien y era lo que importaba.

-13-

El ocho de enero había llegado. Daniela estaba sentada en el porche de La casa della nonna, con una sonrisa de oreja a oreja. Tras el agobio por la incertidumbre, por fin respiraba aliviada. Todo iba bien, otros seis meses de felicidad que pensaba aprovechar al máximo.

Sentadas en la parte delantera de la casita mientras los niños jugaban, Daniela apretó los puños y cuchicheó.

—Estoy feliz... feliz... feliz.

—Y yo, cielo, que estés bien es una noticia excelente para comenzar el año —le respondió Antonella, emocionada, cogiéndole la mano.

—Tengo cinco meses para vivir locamente y...

—...un mes para agobiarte antes de las nuevas pruebas —acabó la conversación su amiga.

El teléfono advirtió que tenía un mensaje:

Mañana pon el despertador y no te duermas. ¡Te espero!

Lo leyó en voz alta y ambas rieron.

—Te pone mucho ese jugador, ¿verdad?

—¿Pero tú le has visto? —cuchicheó Daniela levantando mucho las cejas.

—Sí, hija, sí. En el anuncio de Reebok se le ve una tableta de chocolate increíble. Por cierto, ¿es de verdad?

—Palabrita del niño Jesus que es de verdad... Y lo mejor: ¡no engorda!

Ambas rieron y Antonella murmuró:

—La verdad es que el tío está que cruje.

—Pero que cruje... que cruje... y recruje.

Antonella, al ver el gesto pecaminoso de su amiga, le dio un codazo y muerta de risa murmuró:

—Daniii, ¿puedo darte un consejo?

—Vas a hacerlo aunque te diga que no, así que, ¡adelante!

Tras soltar una risotada Antonella miró directamente a su amiga a los ojos y musitó:

—Por lo que te ha ocurrido, me has enseñado que la vida hay que vivirla día a día, ¿verdad?

—Sí, *signorina*.

—Pues bien, aprovecha al máximo estos meses antes de que te vuelva a entrar el agobio. Vívelos a tope y no dejes para más adelante lo que puedas disfrutar hoy. Si ese tipo te gusta ¡ve a por él! Devora esas tabletas de chocolate.

—Creo que para disfrutar con él me sobran meses. —Rio divertida—. Este amiguito será de los que, tras un par de citas calentitas, dirá *¡ciao, signorina!* —ambas rieron y, aclaró—: Es justo lo que necesito: sexo fácil, sin complicaciones y divertido.

—¿Como Enzo?

—Exacto. Algo que sea como lo que tengo con Enzo.

Antonella iba a comentar algo pero Daniela se le adelantó:

—Creo que Rubén estará totalmente recuperado de su lesión muy pronto y retomará su vida normal, por lo que le perderé de vista y todo será más fácil. Lo nuestro es algo físico y, tras un par de encuentros morbosos, tendremos suficiente. Al fin y al cabo, es un tipo muy solicitado por las mujeres más guapas del país y no creo que se centre mucho en mí. En definitiva, quiero sexo y él estoy segura de que no me lo va a negar.

Antonella sonrió, le encantaba ver a Daniela con tanta fuerza, tan enérgica, y colocándole el pelo tras la oreja, añadió:

—¡Vamos...! Sígueme.

Sin saber a cuento de qué, hizo lo que su amiga le pedía, cuando entraron en la casa, Antonella le entregó el bolso y las llaves del coche.

—Ve a verle ahora mismo, sé que lo deseas: me lo dicen tu cara, tus ojos, tu manera de sonreír cuando hablas de él y su tableta de chocolate, ¿a qué estás esperando?

—¿Ahora? ¿Quieres que vaya a verle ahora?

—Sí, señorita, ahora mismo. Llámale para saber si está en su casa y ve a verle, ¿por qué esperar a mañana?

Daniela dejó el bolso sobre la mesa y murmuró:

—No, ahora no, seguro que está acompañado, no quiero jorobarle ningún plan.

Antonella volvió a coger el bolso y se lo colgó en el hombro.

—Soy tu amiga y repito ¡no pierdas el tiempo!, llámale y, si está solo, ve a verle; haz el favor de no dejar para mañana lo que puedas hacer hoy. Es más, pregúntale el número de teléfono de Jandro.

—¿Jandro? —Rio al escuchar el nombre.

—Sí, me gustó y creo que voy a llamarlo.

Daniela soltó una risotada mientras marcaba el teléfono de Rubén; dos timbrazos y él atendió la llamada.

—¡Hola, tocapelotas!

—Uisss... mal comenzamos. ¿Estás en casa?

—Sí, ¿por qué?

—¿Solo?

Sin entender la pregunta, Rubén repreguntó:

—¿Y a ti qué te importa?

—Es por ir a visitarte, estoy cerca y he pensado en pasarme, pero no quería cortarte el rollo si estás con alguna de tus amiguitas.

Rubén, que estaba sentado solo en el salón jugando a la Play, dijo rápidamente.

—Puedes venir, no interrumpes nada.

—De acuerdo. —Sonrió mirando a su amiga—. En un rato paso a verte.

Al colgar el teléfono Antonella preguntó con premura:

—Por favor, dime que llevas ropa interior decente o me va a dar algo.

Sin recordar qué se había puesto al salir de casa, Daniela se desabrochó la camisa y comprobó que llevaba un bonito conjunto en tono rosa chicle.

—Quizá no es el más *sexy*, pero creo que puede valer.

Ambas rieron y Antonella soltándole la coleta indicó:

—Déjate el pelo suelto, ganas mucho.

—Vaya... Gracias, mujer.

—Esas botas no son de lo más *sexy*, la verdad. —Le dejó caer Antonella clavando su mirada en las botas militares de su amiga.

Daniela las miró y aclaró al saber lo que Rubén pensaba de sus horribles botas.

—Lo sé... ¡le horripilan! Pero las botas se quitan; lo *sexy* es lo que hay debajo.

Ambas rieron y, diez minutos después, conducía su coche en dirección a la casa de Rubén Ramos.

Cuando llegó a la puerta con el coche, está se abrió y Daniela metió su coche en el interior de la parcela. Al bajar, se sorprendió al ver que Rubén y su perra salían a recibirla. Estaba guapísimo con aquella camiseta negra y el pantalón vaquero: pura tentación.

—¡Hola *Locaaa*!—saludó cariñosamente a la perrita que, al verla, le hizo una fiesta como recibimiento.

Rubén las observaba y de pronto se sintió feliz. Desde que Daniela le había llamado para anunciar su visita, una sensación desconocida pero muy agradable se instaló en su interior y, como un niño chico, había estado mirando el reloj cada dos por tres. Y de pronto estaba allí: preciosa con su vaquero de camuflaje y su bomber color caqui, parecía una chiquilla.

Una vez acabó de jugar con la perra, Daniela se levantó del suelo y le miró fijamente a los ojos de un modo especial.

—¡Feliz año! —le espetó, y sin más. se acercó hasta él y le plantó dos besos en las mejillas.

Tras ese fugaz contacto, Rubén supo lo que quería de ella: algo difícil de conseguir pero tentador, muy tentador. Un día cualquiera se había convertido en un día estupendo, especial, solo porque ella había aparecido por su casa y eso era algo que él no podía obviar.

Cuando entraron en la casa, Daniela se quitó su bomber, la dejó sobre una silla y, cuando se volvió para mirarle, se quedó sin palabras al ver que él le tendía un paquetito.

—Tu regalo de Reyes.

—¿Me has comprado un regalo? —preguntó alucinada.

—Sí, y vas a aceptarlo. Por favor, dime que sí.

Con una amplia sonrisa ella asintió y empezó a desenvolverlo. Al ver que se trataba de un colgante con la inicial de su nombre murmuró:

—Es precioso, ¡gracias! —y sin más, le correspondió con otro beso en la mejilla.

Pero al separarse de él, en lugar de volver a su posición inicial, se quedó algo más cerca y, sin previo aviso, hizo lo que tenía que hacer: le besó, llevó sus labios junto a los de él e introduciendo sus dedos en las presillas de los vaqueros para tenerle sujeto, le acercó a su cuerpo y lo devoró. Rubén, sorprendido por aquel arranque inesperado, no desaprovechó la oportunidad y, tirando la muleta al suelo, la agarró por la cintura y la acercó más a él.

Durante unos segundos se besaron con los ojos cerrados hasta que de pronto él, echándose hacia atrás murmuró:

—¿Qué estás haciendo, Dani?

—Lo que me apetece —afirmó de puntillas—. Ya te dije que cuando quisiera sexo te lo haría saber y es exactamente eso, sexo, lo que quiero ahora. —Rubén quedó bloqueado por el arrojo y la determinación de ella, y estaba a punto de reaccionar cuando ella volvió a la carga—. ¿Me vas a decir ahora que no quieres?

Él estaba excitadísimo por el magnetismo que veía en su mirada.

—Te comería toda.

—Pues cómeme.

Él sonrió, ella también; y volvió a besarle con ímpetu, deseosa de conseguir su objetivo. Le empujó y le hizo sentar en una silla, acoplándose sobre sus piernas, se colocó encima de él, a horcajadas y agarrándole por el pelo como tantas veces había deseado, susurró:

—Hoy es hoy, no pienses en mañana, ¿de acuerdo?

Aquel asintió como un bobo y se dejó besar. Pocas veces había dejado que una mujer tomara la iniciativa, pero le gustaba ver a Daniela tan sensual, le enloquecía sentir sus labios sobre los suyos, sus manos enredándose en su pelo y, sobre todo, su olor y su proximidad.

En décimas de segundo, su entrepierna se endureció, ¿cómo no iba a reaccionar así con Daniela sobre él? Ella, que fue consciente de su efecto en él, sonrió y, de inmediato, le sacó la camiseta negra por la cabeza. Con deleite, tocó su fibroso torso desnudo y repasó con su dedo índice los trazos del tatuaje de su hombro que tantas veces había visto pero que nunca se había atrevido a recorrer de ese modo.

Su boca chupó su hombro con deleite mientras él le desabrochaba la camisa y esta caía al suelo. Enloquecido por la efusividad de ella el futbolista posó sus manos en su trasero y con fuerza la apretó contra él mientras le decía en el oído.

—Vamos a la cama, preciosa.

Daniela asintió, se levantó y juntos caminaron entre besos hacia su habitación. Él cerró la puerta y, mirándola, turbado por el deseo, le pidió entre arrumacos, con voz ronca:

—Desnúdate.

Daniela sonrió al oír aquello y con actitud provocativa, le ordenó:

—Después de ti.

Uno frente al otro fueron despojándose de sus ropas hasta quedar totalmente desnudos y entonces ella, por primera vez, le vio un tatuaje en el que nunca había reparado: una estrella que enmarcaba su pezón derecho.

—¡Que *sexy* tu tatuaje!

—¿Te gusta? —susurró él sin dejar de mirarla. Ella asintió y, con voz profunda, añadió—: Es todo para ti preciosa, disfrútalo.

La respiración de Daniela se aceleró, era todo para ella, aquel hombre, al desnudo. Era tremendamente varonil y ver su duro e hinchado pene ante ella, dispuesto a entrar en acción, le resecó la boca, pero al ver cómo su mirada recorría su cuerpo, dijo:

—No soy perfecta, pero llegados a este punto, es lo que hay y...

No pudo decir más, él dio un paso adelante y, pegándola a su cuerpo, la besó. Saboreó sus labios mientras sus manos recorrían con ansia su espalda y bajaban hasta las cachas de su trasero y se lo apretaban.

Aquel simple gesto le demostró que Rubén ardía de pasión y eso la enloqueció. Daniela enredó sus dedos en aquel cabello que tanto le gustaba y se dejó hacer. Las manos del futbolista pululaban por su cuerpo sin inhibición y eso la excitó.

Ansiaba chupar aquel pezón, enmarcado por el tatuaje de una estrella. Lo buscó con su boca, su lengua paseó alrededor, lo mordisqueó levemente hasta que notó la excitación en la dureza del pezón y lo sopló. Rubén se estremeció, disfrutaron de sus cuerpos sin moverse del sitio hasta que él la cogió en brazos. Daniela se asustó.

—¿Qué haces?

—Llevarte a la cama.

—Rubén, tu pierna... ten cuidado.

—Tranquila —musitó besándola.

Una vez llegaron a la cama, él se sentó en el borde dejándola a ella encima. El roce de su vagina con el duro pene le atizaba el deseo. Rubén, encantado, le chupó primero un pezón y después el otro, mientras ella no dejaba de observarle. Con mimo, pasó su mano por la fina cicatriz de su pecho derecho, y sin reparar en ella, continuó su asolador ataque.

Los minutos pasaron mientras ambos se calentaban sobre la cama inspeccionando sus cuerpos, hasta que él dijo:

—Saca de la mesilla un preservativo.

Ella se levantó, abrió el primer cajón y sacó tres de una caja que ya estaba abierta.

—Esto es solo para ir abriendo boca.

Divertido por aquello, sonrió, le quitó uno, lo abrió con los dientes y, tras ponérselo, la hizo sentar de nuevo sobre él y, agarrando su pene, lo guio hasta su dulce placer. Una vez él comenzó a entrar por donde ambos querían, se miraron a los ojos y él susurró:

—Vamos, demuéstrame de lo que eres capaz, tocapelotas.

Aquella provocación la hizo reír y moviendo las caderas hacia delante, se clavó totalmente en él, y cuando Rubén dio un respingo hacia atrás, cuchicheó:

—Prepárate, *principito*.

Pero él ya no pudo contestar: los movimientos de cadera que ella ejercía sentada a horcajadas sobre él eran maravillosos, gustosos, placenteros. Sabiendo lo que hacía, Daniela clavó sus manos en aquellos fuertes hombros y comenzó a bajar y a subir sobre él. Ella marcaba el ritmo mientras él no paraba de gemir. Rubén intentó hacerse dueño de la situación en varias ocasiones, pero ella no se lo permitió. Cada vez que la agarraba de la cintura para moverla a su antojo, Daniela le besaba de tal forma que le hacía perder las fuerzas y de nuevo era ella quien lo manejaba.

Sin poder hacer nada más que quedar a merced de sus deseos y disfrutar de todo lo que ella le hacía sentir, se dedicó observarla y la carne se le puso de gallina al ver que ella, enloquecida de placer, cerraba los ojos y echaba la cabeza hacia atrás. Su miembro entraba y salía con facilidad proporcionándoles a ambos miles de oleadas de placer hasta que finalmente, Daniela le miró extasiada.

—Ahora, tú.

No hizo falta decir más. Rubén la agarró por la cintura y, con dureza, la introdujo más en él, ambos chillaron: una y otra vez repitió aquella acción hasta que ella se desmadejó entre sus brazos y él, tras dos empellones más, se dejó ir.

Agotado, Rubén cayó en la cama y ella quedó encima. Durante varios minutos ambos permanecieron quietos y en silencio procesando lo que acababa de pasar. Daniela, relajada, con la cabeza apoyada en su pecho, cerró los ojos y sonrió. Entonces Rubén notó el cosquilleo de su risa, mientras enredaba sus dedos en la melena de ella, haciendo que levantara la cabeza y obligándola a mirarle.

—¿Qué te hace tanta gracia?

No le quitaba ojo al tatuaje de su pezón.

—Lo creas o no, yo me iba a tatuar esa estrella en mi ombligo.

—¿En serio? —rio él.

—Te lo prometo, por eso cuando lo he visto me ha gustado tanto.

Divertido por aquella mágica coincidencia, tiró de ella hasta tenerla a su altura y, retirándole el pelo de la cara, preguntó con curiosidad:

—¿Por qué hoy?

—¿Por qué hoy, qué? —Le había entendido, pero quiso ganar tiempo para poder pensar la respuesta—. Supongo que porque estoy contenta y me apetecía sexo contigo, nada más, como tú dijiste, somos solteros, sin compromiso y el sexo ¡es sexo! Aunque quiero que te quede clara una cosa.

—¡Tú dirás! —murmuró él mordiéndole el lóbulo de la oreja.

Con la carne de gallina por lo que le hacía sentir, como pudo, respondió.

—Esto solo será siempre que yo quiera, que te quede claro.

Rubén soltó una risotada y apretándola más contra él, respondió:

—Creo que no va a ser así. —Y sin dejarla protestar, la volvió a besar y, al abandonar su boca, dijo enseñándole los dos preservativos que quedaban—: Ahora quiero yo.

Enardecida por el deseo que aquel hombre le hacía sentir, Daniela cerró los ojos y se dedicó a disfrutar del morbo de aquel instante. Rubén, ávido de ella, bajó hasta sus piernas y abriéndolas tomó todo lo que quería y ella le daba, hasta que se puso el preservativo y, de nuevo, culminó.

Una hora después, agotados y sudorosos, tras haber disfrutado de tres asaltos, se encaminaron a la ducha. Se refrescaron entre besos y jugueteos y, cuando salieron del baño, ella dijo:

—Quiero decirte dos cosas, pero me da un poco de vergüenza.

Sorprendido porque ella se mostrara tan pudorosa tras lo ocurrido entre ellos, le preguntó revolviéndole el pelo.

—Tú dirás, vergonzosa.

Enrollándose en una esponjosa toalla, Daniela dijo:

—Lo que ha ocurrido entre tú y yo, debe quedar solo entre nosotros, ¿entendido?

—Por supuesto, pido la misma discreción por tu parte, ¿y lo segundo?

Daniela sonrió y con cara de circunstancias, murmuró:

—Las tripas no paran de rugirme, ¿comemos algo?

Rubén soltó una carcajada y secándose con la toalla con vigorosidad, añadió:

—Por supuesto, vamos a vestirnos y te preparo lo que quieras.

Entre risas, se pusieron la ropa interior. Luego Dani se puso la camisa y se calzó las botas mientras él solo se ponía los vaqueros.

—Vaya botas ¡son tremendas!

Daniela levantó la pierna y divertida añadió.

—No son como las que suelen utilizar tus conquistas, ¿verdad?

Rubén, divertido, negó con la cabeza y dándole un rápido beso, lo reconoció.

—Pues no, para que te lo voy a negar.

Llegaron hasta la cocina entre bromas. Allí Rubén preparó unas tortillas francesas mientras ella aliñaba una suculenta ensalada.

Tenían un hambre atroz. El sexo abría el apetito y comieron con voracidad mientras charlaban cordialmente.

—¿En serio estuviste en el concierto que Beyoncé dio aquí, en Milán?

—Sí, ¿no me digas que tú también?

Rubén asintió y los dos se carcajearon. Hablaron de música, de cine, de sus gustos y aficiones y mientras Daniela se terminaba el yogurt él dijo:

—Si sigues chupando de esa manera la cucharita, creo que voy a por otros tres preservativos.

—¿En serio? —respondió ella repitiendo el gesto, esta vez mucho más seductoramente, sin sutilezas.

Divertido por su naturalidad, Rubén se levantó y fue hasta su equipo de música, quería refrescar un poco sus ideas. Ella dejó el yogurt sobre la encimera y se acercó a él.

—¿Qué música vas a poner?

—Estoy entre Coldplay o Maroon5, ¿qué prefieres?

—¿No tienes nada de Elvis?

Animado, la miró, la agarró por la cintura y le respondió dirigiéndose a su boca.

—Pues no, no tengo nada de Elvis.

—Pues no sabes lo que te pierdes —murmuró besándolo.

Gustoso, aceptó aquel beso con sabor a yogurt.

—¿Qué te parece si nos olvidamos de la música y regresamos a la cama?

Ella sonrió, la oferta era realmente muy tentadora, pero le propuso.

—Me parece una idea excelente, pero antes quiero que escuches a Elvis.

—¿A Elvis?

Ella asintió y, desasiéndose de sus brazos, vestida únicamente con su camisa y unas braguitas, dijo mientras se cubría con un plumífero azulón de él.

—Voy a por música.

—¿Te has vuelto loca? ¿A dónde vas?

—Voy un segundo a mi coche.

—Te vas a congelar, Dani. Ni se te ocurra salir o...

Pero sin escucharle, salió de la casa y antes de que él llegara a la puerta para recriminarla, ella ya entraba corriendo mientras gritaba.

—¡Diosss, qué fríooo!

Alegre por su locura, soltó una carcajada y, ella le abrazó en busca de calorcito mientras saltaba para atemperarse. Ese contacto, esa cercanía, ese momento, a Rubén le pareció mágico. Su naturalidad, su olor, el tacto de su piel, todo en ella era distinto, especial. Rubén metió sus manos bajo el chaquetón de plumas para acercarla más a él y al bajarlas y tocarle el trasero, lo notó congelado.

—Te dije que hacía frío, loca...que estás muy loca.

—Mira... ahora sí que me llamo como tu perra.

Rubén volvió a reír y ella, soltándose, se quitó el plumas quedándose solo vestida con la camisa y las bragas. Se dirigió hacia el equipo de música e introdujo un CD, reprodujo la canción número dos y dijo, mientras comenzaba a sonar *It´s now or never...*

—Para mí esta es la mejor canción de Elvis y siempre me la pongo cuando necesito tomar una decisión. Escucha su voz y el sentimiento con el que la canta.

It´s now or never,
come hold me tight
Kiss me my darling
Be mine tonight
Tomorrow will be too late
It´s now or never
My love won´t wait

Uno frente al otro escucharon la canción; ella cerró los ojos para cantarla. Sin ningún tipo de sentido del ridículo, le agarró las manos mientras cantaba en un perfecto inglés. Sin querer romper la magia del instante, la observó cantar. Daniela era diferente, divertida y chispeante, algo que él apreciaba más de lo que ella podía imaginarse.

Cuando la canción acabó, la atrajo hacia él y la besó, le devoró los labios con deseo; y ella no opuso ninguna resistencia, vibraba con su contacto. Se saborearon con deleite cuando empezó a sonar otra canción de Elvis.

—¿A que es una chulada esa canción?

—Sí, reconozco que es bonita, casi tanto como tú.

—Wooo ¿eso ha sido un piropo? ¿Estás enfermo? —Él rio y ella cuchicheó—: Dios, esta noche no duermo, Rubén Ramos me ha dedicado un piropo.

Él volvió a reír, después le dio un beso y al final dijo:

—Me ha sorprendido lo bien que cantas en inglés.

—Hablo español, inglés e italiano.

—Vaya... además de ser una estupenda tocapelotas y fisioterapeuta, eres trilingüe.

—Ajá... ¿Tú no sabes hablar inglés?

Rubén soltó una carcajada y cuchicheó besándola en el cuello.

—Soy nefasto, lo he intentado mil veces, pero siempre llego a un punto en el que me estanco y al final lo dejo. Pero tú me puedes enseñar, ¿no crees?

—Vale... pero te saldré cara.

Al decir aquello ambos rieron y él preguntó:

—¿Qué quiere decir el título de la canción que hemos bailado?

—*It´s now or never* quiere decir «es ahora o nunca».

—Mmmmm... tentador título —murmuró mordiéndole el cuello.

Ella soltó una risotada y Rubén la besó. Tras ese beso llegó otro e instantes después excitados la volvió a coger entre sus brazos y la llevó hasta su cama; cuando la soltó, la miró con sensualidad y se tumbó sobre ella.

—No sé cómo lo haces pero me estás volviendo loco.

—Te dije que tengo encantos ocultos —se mofó.

—Dame tus pies. Voy a quitarte esas botas antes de que me des una patada con ellas.

—Son precisamente para eso. El que se pasa conmigo, las prueba —le comentó con sorna mientras él la descalzaba.

Extasiado por lo que ella le hacía sentir, una vez le quitó las pesadas botas, acercó sus labios hasta su pecho derecho y se introdujo el pezón en la boca, endureciéndolo con el contacto de sus dientes; segundos después, hizo lo mismo con el otro pecho y, cuando ella soltó un gemido de placer, se movió y, quitándole las manos de sus pechos, murmuró tomando el mando de la situación.

—Túmbate.

Él hizo caso y ella se sentó sobre él. Las manos de Rubén volaron por la espalda de ella.

—Me encanta la suavidad de tu piel y tu olor. —Ella sonrió mientras él bajaba su mano. Al llegar a su trasero y apretarlo, cuchicheó—: Tienes un culito redondo y...

—¿Gordo? —preguntó mirándole.

Él no contestó de inmediato, así que ella se incorporó como si tuviera un resorte en la cintura.

—Ya te dije, que soy lo que ves... nada más.

Rubén quiso agarrarla para que volviera a tumbarse sobre él, no quería romper la magia de aquel precioso momento, pero ella, con un movimiento rápido, se levantó y se alejó de la cama. Tumbado, la observó mientras ella se volvía a poner la camisa y preguntó:

—¿Se puede saber qué te pasa ahora?

—Odio que me mires así.

—¿Así? ¿Cómo?

—Como si estuvieras buscando mis hoyitos de la celulitis. —Bloqueado por aquel cambio de humor tan radical fue a decir algo cuando ella añadió—: Sí, tengo celulitis como la mitad de las mujeres del mundo, ¿y qué? —Él no contestó y ella prosiguió—. Rubén, que nos conocemos ya, que sé lo que piensas de mí y de mi cuerpo aunque nos hayamos acostado.

Molesto por lo que acababa de escuchar, clavó su mirada en ella y con voz ronca, susurró:

—Creo que hablas sin saber.

—¿Sin saber?

—Sí, sin saber —asintió—. Cuando he hablado de tu trasero, era para decir algo bonito, no para que te lo tomaras como te lo has tomado.

Sorprendida por aquello, le miró y añadió:

—Te recuerdo que me dijiste que te gustan las mujeres técnicamente perfectas. Que la perfección para ti es un elemento muy importante y...

—¿Tan superficial crees que soy?

—¡Sí, joder! —Resopló.

Pasmado, se sentó en la cama y preguntó boquiabierto:

—¿Has dicho «joder»?

—Sí, ¿qué pasa? ¿algo que objetar?

Cada vez más estupefacto por la reacciones de ella, añadió:

—Te juro que hoy me estás dejando sin palabras, primero me llamas, luego vienes a mi casa y me seduces, y ahora te pones de mal humor por algo que tú presupones que yo iba a decir de tu trasero, incluso te enfadas y dices tacos... Increíble.

Daniela iba defender su punto de vista, cuando de pronto le sonó el móvil. Caminó hasta la mesilla y, al ver que era Antonella atendió la llamada.

—¿Qué ocurre?

—Aisss Dani, siento cortarte el rollo

La angustia en la voz de su amiga la inquietó y preguntó:

—¡Dios, no me asustes!, ¿qué pasa?

—Se trata de Israel, me ha dicho la *nonna* que hoy llegó del colegio muy enfadado y que después le vio irse con el pandillero ese con el que hemos tenido problemas.

—¡¿Luppo?!

—Sí, ese.

—¿Qué se ha ido con Luppo?, ¿con ese delincuente?

—Sí.

—Yo lo mato cuando lo encuentre —siseó mirando a su alrededor en busca de su ropa—. ¿Dónde está? ¿Sabes dónde se ha ido?

—Le han visto en los billares de via San Vittore. Ay, Dani, es que yo no puedo ir a buscarle, estoy sola en la casita con los niños. La *nonna* se ha ido al médico con Francesco y Chelso y no puedo irme y dejar al resto de los niños solos. He llamado a Gina pero está fuera de Milán, y a Agustina no la encuentro. Lo siento, pero solo te he podido localizar a ti.

—No te preocupes, has hecho bien —dijo poniéndose los calcetines—. Iré a por él y lo llevaré de vuelta a casa, no te preocupes.

—Dani, ten cuidado que te conozco.

Tranquila contendré las ganas que tengo de matar a ese hijo de su madre.

—Dani, no me asustes que cuando te enfadas eres muy bruta.

—Tranquila, Antonella, no pasará nada.

Cuando colgó, Rubén, que había escuchado la conversación telefónica desde la cama, al ver que ella se vestía en un periquete, la interrogó:

—Y ahora, ¿se puede saber a dónde vas?

—Tengo que resolver algo importante, así que, nuestra fiestecita sexual ¡se acabó!

Su tono de voz... Nunca le había escuchado aquel tono y, acercándose a ella, la agarró del mentón para que lo mirara.

—Si te vas por lo que no he dicho de tu trasero yo...

Echándose hacia atrás, se liberó de su mano y respondió cortante.

—Mira, Rubén, no me voy por esa tontería, mi trasero me importa tres pitos, aunque mira, no me lo recuerdes o me voy a enfadar, ¿de acuerdo?

Era la primera vez desde que la conocía que la veía seria de verdad, sin su perenne sonrisa.

—¿Qué ocurre?

—Ya te lo he dicho, tengo cosas que solucionar —respondió mientras se ponía los vaqueros de camuflaje.

Estaba cansado de que ella no estuviera siendo clara con él, así que la empujó hacia la cama; ella cayó sobre el colchón y él la retuvo, sentándose a horcajadas sobre ella.

—O me dices que pasa o de aquí no te mueves.

—¡Suéltame!

—¡Wooo...! pero si mi tocapelotas tiene genio. Vaya,vaya —se mofó al escucharla.

Daniela se revolvió, pero Rubén la tenía bien cogida y al final gritó descolocándolo totalmente.

—Suéltame, ¡maldita sea! No estoy jugando, tengo que ir a buscar a Israel antes de que se meta en problemas.

—¿Israel, el hermano de Suhaila?

—Sí, me ha llamado Antonella para decirme que Israel se ha marchado con Luppo, ese muchacho es un pandillero de lo peor que te puedas echar a la cara, un delincuente que ha enrolado en sus filas a dos niños que se criaron en la casita: Teo y Mikel, ellos ahora son mayores de edad y pasan droga para ese sinvergüenza por un miseria y me niego a que haga lo mismo con Israel.

—¿Y por qué no llamas a los *carabinieri*?

—Porque ellos no van a hacer nada, que Israel esté con Luppo no es un delito. Pero para mí, que se relacione con él, significa que está buscando nuevos chavales e Israel tiene catorce años y...

La soltó de inmediato y empezó a ponerse los vaqueros y una camisa.

—Te acompaño.

—No —negó ella levantándose.

La cogió del brazo, la detuvo y, con un gesto tan serio como el de ella, insistió:

—Espérame, Dani.

—Estás lesionado y no quiero que te pase nada por mi culpa. No vienes, no te lo permito.

Rubén resopló y, con furia en la mirada, siseó lentamente.

—He dicho que te acompaño.

La joven soltó un gemido de frustración y salió de la habitación; Rubén se vistió a toda prisa, a tiempo para alcanzarla cuando ella salía de la casa, sin mediar palabra, se montaron en el coche de la joven y fueron hasta la via San Vittore. Una vez aparcaron, caminaron hacia uno conocidos billares.

—¿Estás bien? —preguntó Rubén apoyado en su muleta antes de entrar.

Sin hablar, ella asintió, pero por el gesto de su cara, él sabía que mentía, estaba desconcertado: ¿dónde estaba la sonrisa perpetua? Y sin dejar que se moviera, murmuró:

—Daniela... me estás preocupando.

Ella sonrió, pero su sonrisa no fue cálida, al revés, fue fría y se soltó de él con brusquedad.

—No te preocupes, sé a quién me enfrento.

Cuando ella abrió con fuerza la puerta de aquellos billares, varios jovencitos les miraron con curiosidad. Entre ellos se encontraban Mikel y Teo que, al verla, bajaron la mirada avergonzados. Daniela les miró furiosa pero no les dijo nada. Ellos eran mayores de edad y habían decidido la vida que querían llevar, pero la cara de muchos de aquellos chavales cambió al reconocer a Rubén Ramos, aquel era el delantero del Inter, ¿qué hacía allí esa celebridad?

Daniela escaneó con la mirada el local hasta que vio a Israel al fondo sentado con Luppo, hablaban mientras tomaban unas cervezas. La indignación invadió su cuerpo y se dirigió a ellos como un toro miura. Rubén, impresionado, la siguió ante la atenta mirada de todos. De pronto vio que ella se paraba ante una maquina de hielo, la abría y cogía una bolsa.

—¿Para qué quieres el hielo? —preguntó Rubén.

—Tranquilo, para ti no es —respondió furiosa.

Con la bolsa de hielo en la mano continuó andando hacia donde estaban los muchachos y cuando estuvo lo suficientemente cerca, gritó:

—¡Israel!

El muchacho dio un salto en su asiento y se volvió: ¿qué hacía ella allí? Daniela, al ver cómo la miraba, siseó:

—¡Ven aquí ahora mismo!

El muchacho, al escuchar su tono de voz, sorprendido, se levantó y ella gritó de nuevo:

—¡Israel, joder, como tenga que ir yo a por ti lo vas a lamentar!

Israel se acercó a ella y preguntó:

—¿Qué haces aquí?

—No, Israel, ¿qué haces tú aquí? —No recibió respuesta—. ¿Sabes que lo único que puede darte este idiota son problemas y aun así estás aquí?

El muchacho movió la cabeza y tras mirar a un desconcertado Rubén, pasmado junto a ella, cuchicheó bajando la voz.

—Lo sé, tienes razón, Dani.

Luppo, sonriendo, se levantó y abriendo los brazos, cuchicheó:

—Vaya... vaya... pero si es la princesita mala leche, ¿vienes a verme a mí, preciosa?

—Pues va a ser que no, imbécil —siseó Daniela.

—Si tanto te gusto, vente conmigo al cuarto trasero, prometo darte lo que has venido a buscar. —Le dejó caer con una sonrisa que no gustó nada a Rubén.

Israel, al escuchar aquello, se volvió con furia, pero antes de poder decir nada, Rubén pronunció alto y claro.

—Ten cuidado con lo que dices, no sea que con quien te metas en ese cuarto trasero sea conmigo y sea yo quien dé lo que estás buscando.

El delincuente soltó una risotada; Daniela cogió a Israel del brazo y lo puso tras ella cuando siseó:

—Mira Luppo, no hagas que me enfade más y cierra esa bocaza que tienes.

—¿O qué? —se enfrentó aquel con descaro.

Daniela, con una fría sonrisa, dio un paso adelante y le amenazó con una chulería impresionante.

—Como te vuelvas a acercar a cualquiera de mis chicos, te juro que te corto las pelotas. Te lo dije una vez y no soy persona a la que le guste repetir las cosas.

—¿Quieres quedarte otra vez sin coche? —se mofó aquel.

Su tono, su cara y sus palabras hicieron que Daniela lo fulminara con la mirada, y acercando su rostro al de él, le advirtió:

—¡Atrévete!

Rubén no entendía nada, ¿pero qué pasaba allí? Sorprendido al escucharla hablar con esa dureza, la miró. ¿Pero dónde estaba la dulce Daniela? Luppo, aquel maldito delincuente, sonrió desafiante. Se acercó más a ella, pero Daniela no se inmutó. Israel fue a meterse por medio, cuando Rubén cogiéndole del brazo, le hizo retroceder, e interponiéndose entre Daniela y aquel idiota dijo en tono intimidatorio:

—Como te acerques más a ella o le toques un pelo, te las verás conmigo, ¿entendido?

Luppo, al reconocer a Rubén sonrió, pero mirando la muleta cuchicheó:

—Ten cuidado tú, no salgas peor de como entraste.

A Rubén no le dio tiempo a responder, Daniela se puso delante de él y con todas sus fuerzas le dio una patada en la entrepierna a Luppo, que cayó doblado al suelo con un gran gesto de dolor. Israel y Rubén se miraron alucinados: ¿pero qué había hecho aquella loca? Ella, sin cambiar su gesto, le plantó la bota militar sobre el trasero y, sin agacharse, le tiró la bolsa de hielo.

—Toma, la necesitarás. Y recuerda, si no quieres vértelas conmigo, aléjate de mis chicos y de mi coche.

Dicho esto, cogió a Israel del brazo y, con paso firme y seguro, salió del local ante la cara de asombro total de Rubén y de todos los que los observaban.

-14-

Mientras Daniela hablaba a solas con Israel en la habitación de La casa della nonna, Rubén se sentó con los más pequeños alrededor de una mesa para pintar. Estar con niños siempre le había gustado y todos se desvivían por estar con él. Suhaila se sentó a su lado y mientras los otros peques le enseñaban sus dibujos, ella le cogió de la mano y se la apretó mientras le preguntaba.

—¿Mi hermano hizo algo malo?

—No, preciosa.

—¿Entonces porque Dani está enfadada? Si ella nunca se enfada.

A través de la cristalera de la puerta observó cómo Daniela, que estaba sentada frente a Israel, hablaba con gesto serio mientras hacía aspavientos. Sin más, el futbolista miró a la pequeña e indicó:

—Dani no está enfadada. Solo está preocupada por tu hermano.

Con gesto serio, la niña miró hacia la cristalera de la puerta y, acercando su mejilla al hombro de él, cuchicheó:

—Yo no quiero que Dani se enfade con nosotros. Ella es muy buena y...

Conmovido por el puchero de la pequeña, Rubén la sentó en su regazo y, cogiéndole la barbilla, le susurró:

—Eh..., yo no quiero que mi chica llore, ¿entendido? —La pequeña asintió y él, al ver aquel gesto insistió: —Te prometo que Daniela no está enfadada, créeme, ¿vale? —Le confirmó al ver que ella no estaba muy convencida.

—¿Me lo prometes?

—Te lo prometo.

Al escuchar aquello, la cría sonrió.

—Me gusta ser tu chica —contestó Shulaila, dándole un beso en la mejilla mientras le agarraba con fuerza de la mano.

Rubén se quedó sin palabras, conmocionado por el contacto, aceptó su beso y sonrió. Aquella manita buscando cobijo en la suya le enterneció de tal manera que le dio pena tener que soltarla cuando Daniela acabó de hablar con Israel y tuvieron que marcharse.

Al salir, Daniela se fijó en cómo Rubén miraba a la niña y eso le tocó el corazón. Pena, veía pena en su mirada, una pena que ella nunca quería dar.

La pequeña, al verla, soltó a Rubén y fue a enganchase a las piernas de Daniela que rápidamente la cogió entre sus brazos.

—Rubén me ha prometido que no estabas enfadada con nosotros.

Daniela y Rubén intercambiaron una rápida mirada y ella respondió.

—Pues claro que no, cariño, solo me preocupo, no quiero que os pase nada.

La pequeña miró al futbolista y este le guiñó un ojo, e instantes después, dijo:

—¿Sabes que soy la chica de Rubén?

—¡No me digas! Eso no lo sabía. ¡Yupi... Yupi... Hey! —le respondió Daniela divertida.

—Yo soy su chica, porque tú eres su novia, ¿verdad?

Al escuchar aquello, el gesto de Daniela cambió, y mirando al futbolista que se había sorprendido tanto como ella ante el comentario de la cría, murmuró:

—No, cielo, no soy su novia, solo soy su amiga.

Quince minutos después, por fin pudieron dejar a la niña convencida. Cuando salían de la casita, Rubén preguntó:

—¿Qué le ocurría a Israel?

Daniela apretó el mando de su coche con fuerza y le miró fijamente.

—Un imbécil de su colegio se metió con él.

—¿A qué te refieres?

—Por lo visto hoy hablaron en clase sobre qué querían hacer en un futuro. Y él dijo que quería ser médico para curar a su hermana. Pues bien, a la salida, un chico con el que no tiene buen rollo le dijo que él nunca podrá ser médico, porque era un muerto de hambre —le respondió Daniela furiosa por la rabia que le provocaban ese tipo de injusticias.

—¡¿Cómo?! —preguntó Rubén sorprendido.

Metiéndose en el coche, mientras se ponía el cinturón Daniela, añadió:

—Los chavales son muy crueles y, nos guste o no, hay ciertos obstáculos que Israel, y los niños como él, tienen que superar. Siempre habrá granos en el culo o niños de papá que les recuerden que ellos no son nadie para luchar y conseguir sus sueños. Por eso Israel hoy llegó enfadado del colegio. Él se esfuerza en sacar buenas notas para intentar cumplir su sueño, pero luego...

Al ver que los ojos de Daniela se llenaban de lágrimas, Rubén se asustó, la abrazó y la consoló. Pasados unos minutos en los que sintió que su respiración se normalizaba, la soltó, y sin hablar, la joven arrancó el coche.

Con el gesto menos tenso, Daniela condujo hasta la casa del futbolista y, cuando llegaron a la puerta, se paró. Rubén la miró y preguntó:

—¿No vas a pasar?

—No, la fiestecita sexual se acabó; te lo dije, ¿no lo recuerdas?

Se quedó pasmado por todo lo que había ocurrido, pero en especial por la tristeza que veía en su mirada y sin dejar de mirarla fijamente, murmuró:

—No te estoy diciendo que pases para que te acuestes conmigo.

—¿Ah, no?

—No.

La joven soltó una risotada y torciendo el gesto susurró.

—Si fueras Pinocho... tu nariz ya saldría por el parabrisas.

Fascinado por cómo ella era capaz de enfadarle y hacerle reír casi simultáneamente, la miró.

—Son las siete y media de la tarde y, simplemente, pensé que te agradaría tomar algo conmigo, solo eso. —Ella no dijo nada y él añadió—: Prometo no ponerte un dedo encima, no hablar sobre nuestra fiestecita de sexo y no insinuarme, ¿te vale con esas promesas?

Daniela, finalmente sonrió y dijo:

—Anda, dale a tu bonito mando de Armani para que se abra el portón y pueda meter el coche, pero a las nueve como muy tarde me voy, ¿entendido? —aceptó finalmente ella con un suspiro.

Tras aparcar el coche entraron en la casa, *Loca*, les hizo un recibimiento de los suyos: alegría, lametazos, saltos y acrobacias. Una vez la perra se tranquilizó, se quitaron los abrigos y los dejaron en la entrada; al entrar en la cocina, Dani se fijó que allí estaba todavía su yogurt. Lo cogió y lo tiró a la basura.

—¿Quieres una Coca-Cola o una cerveza? —preguntó Rubén abriendo el frigorífico.

—Una Coca.

Daniela se encaminó al salón y sonrió al ver los cojines tirados en el suelo. Rubén le leyó el pensamiento, pero calló: había prometido no mencionar ciertas cosas, así que se limitó a sentarse en el sofá. Ella tomó asiento frente a él y tras dar un trago a su Coca-Cola, murmuró:

—Uf... ¡qué rica!

Rubén sonrió y, sorprendido por todo lo que había ocurrido aquella tarde, dijo señalándole los pies:

—Esas botas son peligrosas, ¿lo sabías? —Daniela asintió, y él le confesó—: Quiero que sepas que esta tarde en esos billares me has sorprendido.

—¿Por qué?

—Porque he visto a una Daniela que no conocía —le confesó extrañado por tener que explicárselo.

—Ya te dije que era mejor no hacerme enfadar, porque cuando estallo, soy lo peor, de lo peor, de lo peor... Paso de ser la Pitufina de mi padre, a la bruja mayor del reino —susurró ella en un tono demasiado tentador, con su dulce sonrisa de siempre.

—¿Puedo preguntarte algo?

—Claro.

—¿Por qué has sido tan agresiva con ese muchacho?

—El término «muchacho» es demasiado bondadoso para referirse a ese sinvergüenza —le contestó muy seria—. Luppo es una mala persona: utiliza a los chicos para pasar droga. Hace un par de años, Mikel y Teo, dos muchachos de La casa della nonna cayeron en sus redes. Intenté sacarles por todos los medios, pero no pude competir con el dinero que les daba Luppo. Y una noche, cuando quemaron mi coche...

—¡¿Quemaron tu coche?! —le interrumpió horrorizado Rubén.

—Sí, delante de La casa della nonna. Hubo un antes y un después de aquello: todos me obligaron a dar el tema por zanjado. Tres días después Luppo me estaba esperando fuera de la casita, para seguir intimidándome. Lo cierto es que no pude contenerme y le dije que como volviera a acercarse a uno de mis chicos, se las iba a ver conmigo; cosa que, como has visto, ha pasado.

—Pero Daniela, ¿no tienes miedo?

—Claro que tengo miedo —respondió con una sonrisa—. Pero Israel necesita ver que alguien se preocupa por él y, sobre todo, que le dé confianza, que crea en él y en sus sueños. Hoy le he demostrado ante sus ojos que me la estaba jugando por él y que, por su culpa, me podría haber pasado algo, y sé que eso le va a marcar. Estoy convencida de que, a partir de ahora, se lo pensará dos veces antes de volver a acercarse a Luppo y a su dinero fácil.

—Estás loca, lo que has hecho ha sido una temeridad. Tú sola no puedes...

—Lo sé —le cortó.

—Ahora entiendo porqué ese idiota dijo eso sobre lo de quemarte el coche.

—El coche es una cosa material y me da igual; Israel es lo único que me importa de verdad. —Quiso puntualizar Daniela, arrugando la nariz.

Sus convicciones y su entrega ponían los pelos de punta a Rubén. A medida que la iba descubriendo, quería saber más y más de su fondo, de sus principios y valores. No podía compararla con ninguna de sus amiguitas ocasionales: era imposible. Todas las otras eran unas sosas aburridas que solo pensaban en aparecer en las portadas o en las pasarelas internacionales, mientras Daniela era una mujer que vivía con pasión y entrega en el mundo real.

—Creo sinceramente que si la gente buena se ayudara más entre sí, el mundo iría mejor. El problema es que vivimos en una sociedad en la que el eslogan es: «¡Sálvese quien pueda!» Y poco puede hacerse. Y esos chicos, los niños que nadie quiere, necesitan sentirse queridos. En general son niños invisibles para la gran mayoría de la sociedad, por la problemática que cargan en sus mochilas, pero alguien se tiene que ocupar de ellos. Y sinceramente Rubén, si yo puedo conseguir que alguno, el día de mañana, sea una persona de provecho, lo voy a hacer, porque sé muy bien de lo que hablo.

—Tu padre me contó que os adoptó, a ti y a tu hermano Luis.

Sorprendida por aquella confidencia, sonrió y preguntó:

—¿Cuándo te ha contado el Gran Jefe eso?

—La noche de la cena del Club, se acercó a mí y me pidió disculpas por no haberme dicho antes que eras su hija, según él, tú se lo prohibiste.

Daniela sonrió y tras dar un trago a su bebida añadió:

—Mi hermano y yo éramos niños como los que viven en La casa della nonna, niños que nadie quiere. Vivimos hasta con cuatro familias de acogida: nueva casa, nuevas normas, nuevas personas...pero al final, siempre regresábamos al lugar de donde habíamos salido.

—¿Por qué?

—Yo era algo complicada —dejó en el aire Daniela, sin querer revelar toda la verdad ni entrar en detalles.

—Seguro que eras un trasto y por eso te devolvían, ¿verdad? —intentó bromear Rubén.

Aquellas palabras tocaron el corazón de Daniela y con una triste sonrisa, murmuró:

—Pues sí, tienes razón, era un trasto que daba muchos problemas, demasiados al parecer, pero un día, conocimos a... y todo cambió y...

No pudo continuar. De pronto, los recuerdos acudieron en manada y tuvo que parar. No quería llorar delante de él ni de nadie, así que se levantó rápidamente y caminó con premura, hacia el perchero.

—Me tengo que marchar, es tarde y quiero llegar a casa.

El futbolista, conmovido por la tristeza de sus ojos encharcados, se sintió fatal por su comentario ¿cómo podía ser tan tonto? Sin demora, la siguió y cuando la alcanzó, la agarró del brazo y la abrazó. Dócilmente, ella se dejó envolver por ese abrazo, lo agradeció. Estuvieron unos segundos sin moverse ni decirse nada, hasta que notó que ella dejaba de temblar y su respiración se acompasaba, culpable y avergonzado por ser el causante de sus lágrimas, le suplicó.

—Discúlpame ojalá no hubiera dicho esa tontería.

—No pasa nada, no te preocupes, todos tenemos un pasado y tú no conocías el mío.

—Soy un auténtico imbécil, un bocazas, no puedo verte llorar y no quiero que ser yo quien te traiga a la mente esos malos recuerdos. Dime que estas bien, por favor.

Daniela respiró hondo y asintió. Tragó el nudo de emociones

que se agolpaban en su garganta y, sin separarse todavía de él, murmuró:

—Estoy bien, sí. Solo ha sido un momentito tonto: a veces recordar es demasiado doloroso. Porque sé de qué va todo esto, por eso me frustra tanto pensar que otros niños se puedan sentir tan perdidos como yo estuve en mi infancia. Es una sensación tan dolorosa que soy incapaz de olvidarla.

Sin dejar de abrazarla en ningún momento, separó un poco su cabeza para poner su mano en la nuca de Daniela y besarle la frente con cariño. En ese momento supo que no quería dejar de tenerla cerca.

—Quédate esta noche.

—No, Rubén.

—Por favor, Daniela, quédate conmigo.

Su aterciopelada voz, sus manos alrededor de ella, su aroma tan masculino pudo con todas las barreras que estaba acostumbrada a interponer y que justo ese día, en ese momento, habían desaparecido. Ese hombre le gustaba mucho, demasiado, y mirándole a los ojos, cedió.

—De acuerdo, pero...

—Si tú no quieres, no te tocaré. Quiero dormir contigo.

Aquello la hizo sonreír y, apretándose más a él, le besó y añadió, dejándole sin aliento.

—Quiero que me toques, y tocarte; quiero que me hagas el amor y hacértelo yo a ti. Y por último, pero no menos importante, quiero que acabemos con la caja de preservativos que tienes en tu mesilla.

El futbolista soltó una carcajada, aquella era la sorprendente Daniela, la mujer que, día a día, se estaba ganando su corazón y a la que comenzaba a tener miedo. Ella, sin imaginarse en qué pensaba él, saltó a sus brazos, para que la cogiera al vuelo.

—Ah... y quiero que me descalces, ya sabes que estas botas son peligrosas para ciertas partes...

Ambos sonrieron y se besaron con pasión mientras sus cuerpos anhelaban un contacto más directo. Cuando Rubén la llevaba en brazos hacia la habitación tuvo una revelación: Daniela había llegado inesperadamente pero y no estaba dispuesto a dejarla marchar.

-15-

Daniela se despertó sudando. Aquellos sudores nocturnos, acompañados de calambres la despertaban muchas noches, y maldijo por ello. Al moverse, chocó con algo, abrió los ojos y se encontró con el torso desnudo y fibroso de Rubén, se quedó observándole magnéticamente en la semioscuridad de la habitación. Ver la placidez con la que dormía le arrancó una tierna sonrisa.

Miró el reloj de la mesilla, eran las 05:27h. Intentó dormir pero ya no pudo conciliar el sueño, le apetecía despertarle y continuar con su sesión de sexo. Pensar en ello la hizo sonreír de nuevo pero esta vez con picardía. Al final, decidió levantarse e irse a su casa, era lo mejor para los dos.

Sin hacer ruido, recogió sus cosas y salió de la habitación. Ya fuera, en el salón, se vistió mientras jugaba con *Loca*. Se puso su bomber, accionó el mando para que el portón de la calle se abriera y corriendo, se metió en el coche y arrancó, para poder salir antes de que la verja de la entrada se cerrase. Llegó a su casa a las 06:25h, directa a reencontrarse con su cama, se dejó caer y se durmió.

Cuando Rubén se despertó, se sorprendió al verse solo en la cama, miró el reloj, eran las 09:50h.: ¿dónde estaba Daniela?

Desnudo, se levantó y salió en su busca: no estaba en el salón, tampoco en la cocina. Muy consternado, vio que el coche no estaba aparcado fuera, ¿pero por qué se habría ido?

Cogió su móvil y la llamó, tras varios tonos, ella atendió la llamada.

—¿Sí?

—¿Me puedes explicar por qué te has ido sin decirme nada?

Daniela se sentó en la cama y, rascándose el cuello, respondió tras bostezar un par de veces.

—Me desperté de madrugada, no podía dormir y pensé que era hora de regresar a mi casa.

—Pero Daniela, te pedí que pasaras la noche conmigo; es más, tú aceptaste y...

—¡*Stop!*—gritó despejándose de pronto—. Yo acepté acostarme contigo, pero estoy acostumbrada a dormir sola y supongo que es por eso que no podía seguir durmiendo. Oye, que tú te mueves mucho, eh...

—¿Que me muevo mucho? —se mofó malhumorado—. Tú sí que te mueves un montón, si no parabas quieta en la cama.

—Bueno, Rubén, no te pongas así —cuchicheó—. Al fin y al cabo, lo pasamos bien, de eso se trataba, ¿no?

Rubén se quedó un segundo en silencio, sin saber qué decirle, iba a responder cuando ella se le adelantó.

—Mira, por norma, nunca me quedo a dormir en casa del hombre con el que comparto algo más que miradas. No te lo tomes a mal, pero es la verdad.

Entendió lo que ella decía y se enfureció. No tenía interés en que compartiera miradas más que con él; así que «de más de miradas», ni hablamos. Intentando no mostrar su rabia, continuó:

—Mira, por norma yo tampoco dejo que ninguna de mis conquistas se quede a pasar la noche en mi cama...

—Entonces, ¿dónde está el problema? —rio ella, y antes de que respondiera bostezó—. Te dejo.

—Ni se te ocurra colgar —la amenazó.

—Tengo cosas que hacer.

—Oye, que estoy hablando contigo, ¡no me cuelgues!

Sin perder la calma, suspiró y le indicó tranquilamente:

—Si quieres seguir hablando, aprovecha la sesión de rehabilitación de la tarde, que ahora tengo otras cosas que hacer

—¿Qué cosas? —indagó molesto.

Rubén no estaba acostumbrado a que ninguna mujer le colgara y ella pretendía dejarle con la palabra en la boca. Asombrada por la pregunta, le respondió.

—Cosas que a ti no te interesan ¡serás *cotillo*!

Irascible por sentir su frialdad, al final cambió su tono y zanjó la conversación.

—Vale, Daniela. Hasta luego.

Dicho esto colgó dejando a Daniela totalmente alucinada con el interés de él por sus cosas. Fue directamente a la ducha; después, mientras se pasaba el secador por la melena, rememoró algunos momentos de la tarde-noche de sexo que había tenido con Rubén, se sentía agotada, pero feliz.

En la cocina, se preparó un café y un par de tostadas y abrió el mueble donde tenía las pastillas que se tenía que tomar, leyó el nombre: Tamoxifeno. Cogió una y, sin pensárselo, se la tomó con un trago de café con leche. Cuantas menos vueltas le diera a para qué era aquel medicamento, mejor.

Durante el resto de la mañana estuvo acompañando a su madre a hacer diversos recados; por la tarde, regresó a la casa del futbolista. Cuando aparcó vio que él ya caminaba hacia ella.

—Rubén, ¿qué haces sin la muleta? —le regañó.

Pero no pudo decir nada más, él la empotró contra el coche y la besó. El ímpetu de aquel beso la dejó tan maravillada que hizo lo mínimo que podía hacer: devolvérselo con pasión. Después del arrebato, él se separó unos milímetros de su rostro.

—No vuelvas a irte sin despertarme, ¿vale?

Asintió como una muñequita y aceptó un nuevo beso de él. Agarrados entraron en la casa, Rubén la volvió a besar al cerrar la puerta. Sus manos buscaron el tirador de la cremallera de la bomber, hicieron que se deslizara abriendo los dientes. Incapaz de parar aquella ardiente maniobra, Daniela contraatacó: le quitó la camiseta roja con tal ímpetu que le provocó algún arañazo en la espalda. Tres segundos después, estaban los dos tirados en el amplio sofá, semidesnudos, haciendo el amor.

Todo era lujuria, pasión y desenfreno y, después del segundo asalto, algo más relajados, Daniela le acarició con dulzura el cabello.

—Me encanta tu pelo.

—Gracias —respondió besándole la oreja—. A mí también me gusta.

—¡Pero qué creído eres *principito*! —le acusó Daniela, que no pudo evitar soltar una carcajada al oír el comentario de él.

—Y tú, qué tocapelotas —le respondió con una sonrisa.

Ambos rieron y ella intentó zafarse.

—He venido para tu sesión de fisio Rubén, no para esto.

Él le dio un último y largo beso, se levantó y le dijo, mirándola de arriba abajo:

—Muy bien, señorita, vayamos al gimnasio.

—Te vestirás, ¿no?

Mimoso, tiró de ella hasta levantarla y murmuró cerca de su boca:

—¿Es necesario?

Asombrada por el rumbo que estaba tomando todo, le dio un cachete en su duro culo.

—Por supuesto que es necesario. Vamos, vístete.

Fingiendo estar molesto, lo que hacía que fuera aún más divertido, le hizo caso.

—Vayamos al gimnasio, tenemos que ponernos las pilas.

Trabajaron duro durante más de una hora. Estaban contentos, la recuperación de la fractura iba de maravilla y ambos lo sabían. Rubén le preguntó por Israel y Suhaila y ella le contó todo lo que él quiso saber.

Aquella noche, al quedarse solo en casa, Rubén llamó a su amigo Jandro: necesitaba que le pasara a buscar con el coche al día siguiente, tenía algo que hacer.

Camuflados con gorras y gafas de sol, los dos astros del Inter de Milán llegaron hasta la puerta de un instituto de secundaria. Todo estaba tranquilo y Jandro, mirando a su amigo, le preguntó:

—¿Estás seguro de lo que vas a hacer?

—Sí.

—Creo que estoy más loco que tú por acompañarte. Hoy de aquí no salimos vivos —le contestó soltando una carcajada.

Rubén le entendió: era una temeridad, cuando los chavales les reconocieran, se iba a liar la marimorena. Pero tenía claro algo: quería que todos vieran que él, el famoso jugador de fútbol, estrella de la primera plantilla de un Club histórico y de fama internacional, era amigo de Israel. Y que, con su ayuda o sin ella, Israel tenía mucho futuro por delante y sería lo que él quisiera ser.

Cinco minutos después sonó un timbre y una marea de chavales de distintas edades comenzó a salir. Rubén se bajó del coche junto a Jandro y se sentó en el capó.

Desde su posición, aunque los chavales les rodearan, él podría ver a Israel cuando saliera. Como era de esperar, en menos de dos minutos, en cuanto los chicos les reconocieron se organizó una gorda. Sonrientes, firmaron autógrafos y se hicieron fotos con los móviles de los fans adolescentes, hasta que Rubén vio salir a Israel y este, sorprendido por tanto tumulto y algarabía a las puertas de su escuela, se volvió loco al ver que el futbolista le llamaba y le hacía señas para que se les acercase.

Boquiabierto, fue hasta el centro de la aglomeración, abriéndose paso entre sus compañeros de instituto porque así lo pidió Rubén. Tanto él como Jandro le abrazaron con naturalidad y buen rollo, para que todo el mundo supiera que eran sus colegas. Después, los tres se metieron en el cochazo de Jandro y se marcharon ante las caras de estupefacción de todos.

Cuando llegaron a La casa della nonna, Israel, con una enorme sonrisa de satisfacción, se despidió de Jandro y, cuando bajó del coche, miró a Rubén y dijo:

—Gracias, tío.

Conmovido por lo que leía en sus ojos sonrió, le chocó la mano y añadió:

—Cuando me necesites, aquí estaré y en cuanto a lo de ese tal Luppo...

—Tranquilo —le cortó avergonzado—. No volveré a acercarme a él.

Rubén asintió y sacando una tarjeta de su cartera continuó:

—Aquí tienes mi teléfono y mi dirección. Cualquier cosa que necesites me llamas, ¿entendido?

El chaval la cogió con cara de inmensa felicidad y, tras guardársela en el bolsillo del vaquero, le dijo caminando hacia su hogar:

—Gracias, Rubén, lo tendré en cuenta.

Cuando el futbolista se metió en el coche, su amigo Jandro le miró y se metió con él con guasa.

—Tío, ¿tienes un kleenex...? estoy emocionadito. —Y al ver que se reía, cambió su tono de voz y musitó—: ¿Pero se puede saber qué está haciendo contigo la tocapelotas? Has pasado de llamarme para irnos con preciosos bellezones de curvas sinuosas y bocas apetecibles, a querer que vaya a la puerta de un instituto a recoger a un chaval.

—¿Qué dices, tío?

—Lo que oyes —rio Jandro y mirándole, preguntó—: ¿Sabes si vendrá la tocapelotas a la fiesta de disfraces del sábado?

Rubén se quedó pensativo. Ella no lo había vuelto a mencionar, pero aun así, él no estaba dispuesto a no contar con ella.

—Irá, yo la obligaré a ir.

Jandro soltó una carcajada y, antes de que su amigo se volviera a reír de él, Rubén se adelantó a proponer:

—Anda... llévame a casa. Te invito a unas cervezas.

Esa tarde, Daniela llegó a casa del futbolista de buen humor, antes había pasado por La casa della nonna e Israel le había contado lo que Rubén y Jandro habían hecho por él.

—Voy a comerte a besos —le amenazó Daniela nada más verle.

—Cómeme —le murmuró divertido, provocándola con su sonrisa y acercándose a ella.

Al día siguiente, tras una estupenda noche de sexo y en una nueva sesión de fisioterapia, Rubén preguntó:

—¿Tienes ya disfraz para la fiesta del sábado?

Sorprendida le miró.

—¿Qué fiesta?

—La del cumpleaños de Jandro, ¿lo habías olvidado?

—Yo no voy a ir.

—¿Por qué?

—Ya te dije que yo no pinto nada en ese cumpleaños. Además, esas fiestecitas que dais los futbolistas no me van, no es lo mío ser un objeto sexual para vosotros.

Rubén soltó una risotada: ¿por qué todo el mundo creía que las fiestas de los futbolistas eran sexo, sexo y sexo? Pero estaba dispuesto a conseguir su propósito.

—Pues yo le he dicho a Jandro que irás, él cuenta contigo.

—¡¿Cómo?!

Tiró de ella para tenerla más cerca, la besó en los labios y murmuró:

—Quiero que estés allí.

—Que no.

—Venga Dani, me apetece que vengas.

—Rubén, allí no conozco a nadie y...

—Me conoces a mí, ¿qué más quieres?

Hipnotizándola, paseó el dedo índice por su mejilla y ella, con el corazón a mil por hora, finalmente cedió.

—Vale... iré.

-16-

Llegó el sábado, el día de la fiesta. Daniela había invitado a Antonella a acompañarla pero su amiga no aceptó, se moría de la vergüenza. Después de negarse a que Jandro y Rubén la recogieran, quedó en verlos en la casa del homenajeado.

Cuando Daniela llegó a la puerta de la casa del futbolista, sonrió al ver a algunos *paparazzi* en la entrada haciendo fotos a las chicas *sexys* que entraban. Entró directamente, sin pararse a que la fotografiaran; de inmediato, la música de Lady Gaga inundó sus oídos.

Nada más entrar, le resultó divertido ver cómo se fijaban en ella el resto de las mujeres; lo cierto era que su disfraz nada tenía que ver con el del resto de invitadas.

Buscó a Rubén entre aquel mogollón de gente y se quedó sin habla cuando le vio: estaba guapísimo vestido de pirata, con su bonito pelo, ese pelo que tanto le gustaba a ella, recogido en una coleta.

¡Qué sexy! pensó divertida

Rubén estaba apoyado en una barra improvisada al fondo del salón. A su alrededor pululaban varias mujeres vestidas de sirenitas, que hablaban y se tocaban sus largas melenas en busca de sus atenciones. Todas eran preciosas: rubias, morenas, pelirrojas... Todas provocativas y cautivadoras.

El futbolista miró el reloj un par de veces, algo nervioso porque Daniela se estaba retrasando, hasta que, de pronto, alguien le dio un toquecito en el hombro y, al volverse, se quedó sin habla.

—No me lo puedo creer.

—Yupi... Yupi... Hey —se mofó ella levantando el mentón.

Jandro, que en ese momento llegó hasta ellos con su elegante disfraz de charro mexicano, murmuró al ver que su amigo se reía a mandíbula abierta:

—Pero ¿de qué vas disfrazada?

Daniela, divertida por la sonrisa de Rubén, añadió tocándose su peluca color naranja chillón.

—¿No conoces a Pipi Lastrum? Pipi Calzaslargas, ¿no te suena?

—¿La del señor Nilsson? —preguntó Jandro.

—La misma —dijo tocando un mono de peluche que pendía de su hombro derecho—. Señor Nilsson, saluda a los guaperas.

Los futbolistas soltaron una gran carcajada y esta añadió:

—No digáis que no soy original, entre tanta princesita árabe, cleopatras y Cat Woman, al menos el mío es diferente.

Sin poder quitarle los ojos de encima, Rubén le acabó dando la razón. Daniela llevaba sus botas militares y una media de color verde y otra naranja hasta la altura de los muslos. Remataba el conjunto un vestido corto a rayas verdes y amarillas, un mono de peluche en el hombro derecho y una alucinante peluca naranja de trenzas tiesas. En definitiva, estaba preciosa y totalmente diferente a las demás.

Jandro asintió divertido y Rubén, tras recorrer su cuerpo con la mirada, murmuró:

—Desde luego Dani, tú siempre dando la nota.

Aquel comentario les hizo reír a los tres; Rubén la cogió de la mano y le susurró al oído:

—Me encantan las traviesas pecas que te has pintado en la cara.

—¿Y qué me dices de mi peluca naranja y mis trenzas tiesas?

—Eso son lo mejor —rio divertido.

Las jóvenes que había a su alrededor miraron a Daniela con curiosidad y Jandro, sorprendido por los gestos de posesión de su amigo, la cogió del brazo y le apremió:

—Ven... vamos a bailar.

Sin más, Daniela se dejó llevar, y divertidos, bailaron en la pista mientras Rubén les observaba sin perder detalle. Cuando acabó su baile, ella regresó junto a Rubén, hasta que otros futbolistas, al saber que estaba allí la hija del entrenador, se acercaron a darle la bienvenida. Ella les saludó de buen rollo y, uno tras otro, la invitaron a bailar. Rubén mantuvo el autocontrol sin decir nada. No quería mostrar a sus compañeros lo que su corazón comenzaba a sentir, pero verla en brazos del ligón de Wesley no le gustó nada.

—¿Qué te ocurre? —preguntó ella una de las veces que se acercó a él para beber.

—Ten cuidado con Wesley.

—¿Por qué?

Rubén, sin querer desnudar lo que sentía, la miró y añadió:

—Solo te digo que tengas cuidado.

Daniela iba a responder cuando Wesley la llamó. Giró la cabeza con brusquedad, metiéndole a Rubén una de sus trenzas tiesas en el ojo.

—Aisss... ¿te he hecho daño?

—Tranquila, casi me saltas un ojo con el alambre de la trenza, pero por suerte, no lo has conseguido —le dijo sarcástico tocándose el ojo.

Una chica se acercó rápidamente al futbolista al ver lo ocurrido. Daniela no se movió de su sitio y al final, aquella se alejó. Sin importarle lo que pensaran, se acercó más a él y le cogió con sus manos la cara.

—Levanta el párpado y estate quieto.

El hizo caso. Ella lo examinó y al ver su ojo rojo murmuró:

—Lo siento, ha sido sin querer.

—Cuidado con esas trenzas, que son asesinas —bromeó él.

Se estremeció por cómo le miraba y por el calor que desprendían sus manos.

—Te perdonaré solo si esta noche te vienes a mi casa.

—¿Eso es una propuesta indecente? —se mofó divertida.

Incapaz de no sonreír ante el gesto travieso de ella, asintió y él cuchicheó lentamente:

—Yupi... Yupi... Hey.

Al escucharle, toda ella ardió. Rubén era tentador y, vestido de pirata, la tentación aumentaba hasta unos límites insospechados; por ello, sin importarle quien los observaba, le propuso:

—Tengo mi coche aparcado en la calle de al lado, te espero en él dentro de quince minutos, ¿te parece?

Menos de quince minutos después, iban camino de la casa del futbolista.

Al entrar en la casa, se desnudaron con pasión y, tras hacer dos veces el amor sobre el sofá, Daniela murmuró:

—¡Dios!... Ha sido genial... genial.

—Tengo una sorpresita para ti —le dijo el futbolista tomando aire y abrazándola.

—¿Una sorpresa?

—Sí.

—¿Qué es? —exigió, como una niña pequeña, sentándose en el sillón.

Divertido por las pecas que aún continuaban dibujadas en su rostro dijo:

—Está en el congelador —le reveló Rubén

Ella se levantó del sofá como impulsada por un resorte, se puso la camiseta azul que él se había quitado y corrió a la cocina. Dos segundos después, Rubén se rio al escucharla gritar:

—¡Diosss, qué ricooo!

Ella llegó ante él, semidesnuda, más seductora que nunca con un enorme recipiente de helado de plátano en la mano.

—Me encantaaa, ¿cómo lo sabías?

Rubén la tomó de la mano libre, la sentó sobre él y, retirándole un bucle rubio que le caía en la cara indicó:

—Te gusta el helado y te gusta el plátano ¿cómo fallar?

Feliz como una niña, destapó el envase, cogió una cucharada de helado y se la metió en la boca a él, que, encantado, la aceptó. Instantes después, repitió el mismo movimiento pero esta vez para ella.

—Ummm ¡qué bueno por favorrr!

Durante un buen rato continuaron comiendo y charlando mientras ella se deleitaba gustosa con el helado. Rubén la observaba como un tonto, cuando le preguntó:

—¿Cuándo tengo que ir a hacerme la prueba al hospital?

—El miércoles —respondió ella sacándose la cuchara de la boca—. Ese día te examinará el cirujano y, dependiendo de cómo valore el estado de tu pierna, podrás volver o no a los entrenamientos.

—Tengo ganas de comenzar a jugar.

—Lo sé —sonrió ella—, y ya verás los golazos que vas a meter tras pasar por mis manos.

Dentro de él había sentimientos encontrados: por un lado, deseaba regresar a la disciplina deportiva que le imponía el Club, echaba mucho de menos el balón, el fútbol era su pasión, pero, por otro, era un tonto si no se daba cuenta de que vería menos a Daniela. No quiso que ningún pensamiento ensombreciera aquel momento mágico. Se concentró en que el miércoles el cirujano lo vería todo bien y le dijo atrayéndola hacia él:

—Sí el miércoles el doctor dice que todo va bien, antes de comenzar con mi rutina del Club, me gustaría invitarte cuatro días a una casita que tengo en la Toscana,¿qué te parece?

—¿Cómo? ¿En serio tienes una casita en la Toscana?

—Sí, en un lugar llamado Volterra; cuando quiero desconectar de todo siempre voy allí, ¿conoces Volterra?

—No, ¿dónde está?

Divertido, Rubén aceptó otra cucharada de helado de plátano.

—Al sur de la Toscana, a pocos kilómetros de Siena. Por cierto, allí se rodaron algunas de las escenas de la película Luna Nueva, ya sabes esa de la saga de vampiros.

—¿La de Edward Cullen?

—Sí.

—¿En serio?

—Sí, señorita, totalmente en serio. —Ambos rieron y él añadió—: Aunque yo de Volterra diría que es un precioso pueblo medieval con mucha historia y que estoy seguro de que te gustará. Además...

—Acepto —le cortó ella—. Me encantará conocerlo pero con la condición de que paguemos todo a medias: no me gusta que nadie me pague nada, soy autosuficiente.

El futbolista soltó una carcajada sorprendido, aquello de pagar a medias con una mujer, era nuevo para él; molesta por la guasa, pestañeó y le respondió:

—Muy bien, pues vista la gracia que te hace lo que yo digo, prefiero no ir. —Él dejó de reír de golpe, ambos se miraron y ella añadió—: Si aceptas mi condición, iré, si no, paso.

Tras un incómodo silencio en el que ella continuó atacando el helado, finalmente él cedió:

—De acuerdo, pagaremos a medias.

Ella asintió y él, cogiéndola por la cintura, la acercó a él y murmuró:

—Pitufina, prepárate para desconectar de todo y descansar en Volterra.

-17-

La visita al cirujano fue muy bien, como era de esperar. El especialista le pasó el informe al jefe de los servicios médicos del Inter, que certificó que, en unos días, Rubén podría retomar los entrenamientos con el resto de sus compañeros. Los dos aplaudieron.

Rubén le comentó a su entrenador que antes de volver bajo sus órdenes tenía pensado hacer una pequeña escapada de relax a la Toscana, sin peligro alguno; al entrenador le pareció correcto, si bien es cierto que no sabía que su hija le acompañaría en la escapada.

Daniela pasó a las once a buscarle, metieron un ligero equipaje y a *Loca* en la parte de atrás y se dispusieron a emprender la ruta.

—Allá vamos, Volterra.

Daniela se empeñó en conducir y, finalmente, Rubén accedió. Al salir de Milán, pasaron un peaje hasta llegar a la salida A-15, que les llevó a Parma, desde allí continuaron hasta la Spezia, donde pararon a comer algo, luego continuaron con su camino. Al llegar a Pisa tomaron la salida Ponsacco, hacia Pontedera, y finalmente, llegaron a Volterra. El trayecto se resumió en cinco horas de continuas bromas y confesiones.

Cuando la joven detuvo el coche, se quedó mirando la bonita casita de campo en tono sepia.

—¡Qué pasada...!

Rubén sacó a la perra de la parte de atrás y mirando aquel sitio presagió:

—Si te gusta por fuera, ya verás por dentro. La reformé y ha quedado preciosa.

Encantada por lo que veía, caminó hacia la puerta, que se abrió de pronto. Aparecieron un hombre, una mujer y unos niños que corrieron a saludar a Rubén. Él soltó las bolsas y, tras agarrar a los pequeños, que literalmente se colgaron de sus brazos, dijo mirando al matrimonio:

—María, Edoardo, ¿cómo estáis?

—Bien Rubén, muy bien, ¿y tú? —se interesó el hombre mirándole la pierna.

—Perfectamente, mi recuperación va muy bien, dentro de pocos ya me verás jugando de nuevo con mis compañeros.

La mujer, al imaginarse que sus pequeños le estaban incordiando, les regañó:

—¡Dodo! ¡Sindia! ¡Quietos, niños!, no molestéis a Rubén

Al escucharla, Rubén se echó a los pequeños a la espalda y respondió divertido:

—Tranquila, María, no molestan.

Daniela, que se había mantenido en un segundo plano, se acercó, y los pequeños la miraron con curiosidad. Ella les sonrió. Jugaron un poco y después, con los niños ya cansados, Rubén, cogiéndola por la cintura hizo los honores.

—Daniela, te presento a María y Edoardo y sus hijos, Sindia y Dodo. Ellos se encargan de cuidar de la casa para que cuando yo venga, la encuentre tan bonita como la estás viendo.

La joven les saludó con una espectacular sonrisa y, tras charlar un rato, se marcharon dejándoles solos en aquel bonito lugar.

Mientras *Loca* corría como una loca por la enorme parcela de la Toscana, Rubén le enseñó la casa: era su orgullo, una casa que nada tenía que ver con la que tenía en Milán.

—Como verás, no hay ningún retrato mío que ocupe el centro del salón.

—Me alegra ver que aquí no eres el egocéntrico Rubén Ramos —le picó con una pícara sonrisa.

—¿Te apetece que nos demos un bañito relajante en el *jacuzzi*? Creo que después de cinco horas de coche nos vendrá muy bien.

—¿Tienes *jacuzzi* aquí?

El joven sonrió, la cogió de la mano y la guio hasta la planta de arriba, allí, tras entrar en un bonito dormitorio decorado en colores ocres, abrió una puerta que daba paso a un enorme baño con unas impresionantes vistas.

—Aquí lo tienes, ¿qué te parece?

—No veo el momento de meterme —contestó alucinada.

—Dirás «meternos» —corrigió él con rapidez; divertida por aquella reacción, sonrió y él, con un gesto pícaro, cuchicheó—: Eso lo soluciono yo rápidamente.

Rubén abrió los grifos, echó unas sales y, tomándola de la mano, dijo sacándola del baño:

—¿Qué te parece la habitación?

Boquiabierta, pensando que aquello era exactamente lo que ella siempre había soñado, se acercó hasta la cama con dosel para tocarla.

—Muy elegante, pero imagino que eso ya te lo habrán dicho las otras, ¿verdad?

—¿Las otras? ¿Qué otras? —pregunto sin entender a qué se refería

—Todas tus conquistas a las que has traído a este nidito de amor; porque no me lo niegues, esto es todo un nidito de amor en toda regla.

Rubén se echó a reír y se encogió de hombros.

—Pues lo creas o no, aquí solo ha venido mi familia y mi amigo Jandro. No me gusta traer a las conquistas, como dices tú, a este bonito lugar.

—¿Y yo que soy? —preguntó divertida.

Rubén con una esplendorosa sonrisa la miró, dio una vuelta alrededor de ella y finalmente, le susurró al oído:

—Tú eres mi fisioterapeuta. Vamos, entre tú y yo, mi tocapelotas privada.

—Vaya… —rio—. Me alegra saberlo.

Sin más, le besó, y él, como era de esperar, aceptó. Durante varios minutos se prodigaron mil atenciones, mil caricias, mil besos llenos de calor.

—Creo que un maravilloso *jacuzzi* nos espera.

—Tienes razón.

En el baño, terminaron de desnudarse y, sin demora, se introdujeron en el grandioso *jacuzzi*. Semi echados uno frente al otro, Daniela cerró los ojos y disfrutó del maravilloso momento: el calor, la tranquilidad, la compañía… Todo era perfecto.

Rubén, frente a ella, se limitó a observarla. Cada día que pasaba le encontraba algo que volvía a sorprenderlo. Mirarla mientras ella disfrutaba de algo tan simple como un baño de espuma, se convirtió de pronto, en algo tremendamente sensual.

Con mimo, cogió una de sus piernas y la colocó sobre su pecho. Ella se sobresaltó, y abrió los ojos.

—Relájate, solo quiero darte un masaje en el pie mientras te miro.

—¡Ni lo sueñes! —respondió retirando rápidamente el pie.

Aquel «¡ni lo sueñes!», acompañado por una sonrisa torcida, le hizo presuponer porqué, y murmuró:

—Mmm... así que tienes cosquillas.

—Muchas.

—Si prometo no tocarte la planta del pie, ¿puedo darte un masaje en la pierna?

Apoyada en el *jacuzzi*, con sensualidad, levantó la pierna y la apoyó en su pecho. Cuando el posó sus manos sobre los gemelos, le pidió:

—Cuéntame algo de ti, siento que apenas te conozco.

Daniela se encogió de hombros y sonrió; no pensaba contarle nada de lo que le ocurría, ese era su secreto.

—Mi vida es lo que ves, no hay nada que destacar.

—Sé que eres la hija de Terminator, fisioterapeuta, trilingüe, cabezota, independiente, con buen humor y muuuy positiva. También que eres solidaria con quienes más lo necesitan y que adoras a Israel y a Suhaila. Me consta que te gusta mucho la música de Elvis Presley, las *pizzas* con aceitunas negras, el helado y que te encantan los plátanos.

—Lo de los plátanos me ha llegado al corazón —se mofó ella.

—¿Cuál es tu película preferida?

—*Pretty Woman*.

Al escuchar aquel título, él se carcajeó.

—¿De qué te ríes? ¿La has visto?

Rubén asintió, y ella, con voz soñadora, cuchicheó tras soltar un suspiro:

—Me encanta el final de cuento de hadas que tiene la película. Cuando ese Richard Gere, tan guapo, tan *sexy*, tan divino, tan para comérselo con su traje gris, aparece subido en aquella limusina blanca mientras suena *La Traviata* de Verdi a todo volumen... ¡Oh, Dios... qué momento tan romántico!

Al ver cómo él la miraba mientras le tocaba la pierna con sensualidad, cambió su gesto y olvidó el romanticismo.

—¿Y tu película preferida?

—*Rambo* —respondió. Y al ver su cara, gritó—: ¡Yupi...yupi... Hey! Ambos rieron por aquel comentario. —Anda... romanticona, cierra los ojos y relájate.

Relajarse era precisamente lo que más le apetecía en aquel momento: cerró los ojos y disfrutó del placer del silencio, la compañía y las manos de él haciendo dibujitos circulares en sus piernas.

Así estuvieron un buen rato. Ella seguía con los ojos cerrados, así que pudo observarla con detenimiento: hizo un recorrido desde la puntas de su melena hasta los pezones, que sobresalían en el agua. Los miró con tanta intensidad que notó que su pene se estaba hinchando. Los pechos de Daniela eran más bien pequeños, pero resultaban deliciosamente tentadores.

—¿Qué miras? —preguntó ella de pronto.

—Tus pechos.

—¿Mis diminutos pechos? —se mofó.

—Dani… tus pechos están bien —le recriminó.

La joven, divertida, se los miró y añadió con gesto pícaro:

—Lo sé principito, pero teniendo en cuenta que estás acostumbrado a las grandes tetorras, las mías te deben parecer poca cosa.

Rubén soltó una carcajada, tiró de ella como para hundirla en el agua y respondió divertido:

—Me gustan tus pechos juguetones, adoro verlos rodeados de espumita: son sensuales, maravillosos, muuuy apetecibles.

Ella sonrió y se le acercó, lo besó, y se sentó a horcajadas sobre él, que pasó sus manos alrededor de su cintura para que ella quedara más encajada en él. Con el ritmo adecuado, subía y bajaba sus manos desde los hombros hasta el culo de ella. Se acariciaron todo el cuerpo en silencio durante varios minutos hasta que él, se detuvo de repente.

—¿Qué te ha pasado aquí?

Daniela supo que se refería a la fina cicatriz de su pecho derecho; se incomodó, no sabía qué contestarle, así que decidió besarle para escabullirse. Mordió su labio inferior con ansia y él rápidamente respondió al beso y se olvidó del tema.

Millones de besos y caricias… Todo era morboso y excitante entre ellos, hasta que finalmente, ella hizo lo que deseaba: se elevó entre sus piernas y, tras coger su duro pene, lo colocó recto en su empapada hendidura y se dejó caer sobre él.

—Dani… estoy sin preservativo

—Tranquilo, yo controlo.

Agarrada a los bordes de la bañera, movió sus caderas de atrás hacia delante hasta que Rubén echó para atrás la cabeza y ella aprovechó para chuparle el cuello mientras sus caderas, por inercia, seguían un ritmo propio en la búsqueda del placer. Escuchaba los gemidos de él una y otra vez, y eso la volvía loca. Le gustaba tener el control de la situación y, sin dejar de hacerlo suyo, consiguió llegar al clímax. Supo que él también había llegado al éxtasis cuando salió de ella con rapidez, mordiéndole el labio.

Cuando las respiraciones se acompasaron, ella se levantó de la bañera, sin dejar de mirarle a los ojos, salió y se metió en la ducha. Sin moverse, siguió observándola. Vio cómo el agua le caía por el cuerpo mientras ella sonreía tentadora. Aquellos cuatro días iban a estar plagados de morbo y sexo, al menos eso es lo que prometía su mirada.

De pronto, un ruido rompió el momento y Daniela, al ver que era su móvil el que sonaba, salió de la ducha, cogió una toalla y tras enrollarse en ella corrió a atenderlo.

—¡Hola, mamá!

—¡Hola, cariño!, ¿cómo estás?

Rubén, desnudo salió por la puerta y se apoyó en el quicio para observarla. Con la boca seca, Daniela murmuró:

—Bien, mamá, estoy muy bien.

—He llamado a tu casa y no me lo has cogido, ¿estás en La casa della nonna?

Al descubrir que se trataba de su madre, Rubén, regresó al interior del baño y Dani pudo responder.

—Estoy en la Toscana mamá.

—¡¿En la Toscana?!

—Sí.

—Aisss, mi vida, qué lugar más romántico.

—Pues, sí mamá, es ideal —bromeó.

Si había alguien romántica y positiva en el mundo ¡esa era su madre!

—Un lugar precioso para enamorarse, ¿no crees, cariño?

—Pues sí, mamá, lo creo.

Rachel al detectar que su hija no parecía querer decirle con quién estaba, se animó a preguntar:

—¿Y que haces allí, cariño?

Caminó hasta la puerta del baño, comprobó que él se estaba duchando y, tras pasear con lujuria su mirada por el bonito cuerpo de Rubén, murmuró:

—Disfrutando de unas maravillosas vistas.

—No me habías dicho nada, hija —protestó su madre—. Pensé que este fin de semana vendrías a comer a casa con Suhaila e Israel.

—Pues no, mamá, este fin de semana es solo para mí.

Se quedó absorta, maravillada y con la boca cada vez más seca mientras admiraba su cuerpo bajo la ducha.

—Muy bien cariño, ya no aguanto más: ¿con quién estás en la Toscana?

—Con un amigo.

—Un amigo, ¿especial?

—No, mamá. —Sonrió.

—¿Lo conocemos tu padre o yo?

Decir que sí hubiera sido fácil, pero deseosa de mantener esta historia para ella sola respondió:

—No mamá, no lo conocéis.

—Dime al menos que es guapo y caballeroso. —le contestó su madre soltando una carcajada.

—Guapo, caballeroso, *sexy* y un auténtico bombón.

—Vale mi vida, confío en tu buen gusto con los hombres, te dejo para que sigas pasándolo bien, pero llámame cuando vuelvas, ¿vale?

—De acuerdo, mamá.

Colgó hechizada, dejó el móvil sobre la mesa y entró en el baño. Deseaba a Rubén: verle empapado dentro de la ducha era algo muuy *sexy*. Su espalda era fantástica, su trasero, colosal y sus piernas, una maravilla. Fascinada por el influjo que causaba en ella, le observó en silencio mientras él, de cara a la pared dejaba que el agua resbalara por su espalda. Cuando ya no pudo más, Daniela se metió en el interior de la ducha sin quitarse la toalla, que, de inmediato, quedó completamente empapada. Al notar su compañía, se giró, instante en el que sus miradas se encontraron, y le quitó la toalla, que cayó a los pies. El agua se deslizaba entre sus cuerpos. Ambos se miraban y él, sonrió al escuchar:

—Bésame.

Dicho y hecho: la besó y ella le respondió excitada. Rubén resultaba siempre tentador y deseaba sexo con él una y otra vez. Enloquecido por la pasión que veía en ella, sin dudarlo, la agarró por la cintura y la apoyó en la pared de la ducha mientras un calor inmenso les subía por las piernas.

—Rubén...

—¿Qué?...

—No te has puesto preservativo.

—Tranquila... yo controlo —respondió él haciéndola sonreír.

Besos calientes y juguetones lametazos dieron paso a jadeos roncos y pasionales. Hicieron el amor en la ducha y, sin descanso y todavía húmedos, sobre la cama, después. No acababan de saciarse y, cuando a las diez de la noche pararon un poco, divertida, Daniela preguntó:

—¿Van a ser así los cuatro días?

Alucinados por ver que se tenían unas ganas infinitas, Rubén sonrió y ella murmuró:

—Yupi... Yupi... Hey

-18-

El viernes por la mañana, tras una noche en la que durmieron como angelitos, Daniela se despertó y se vio desnuda y acurrucada entre sus brazos. Cerró los ojos y recordó lo ocurrido horas antes en aquella estancia, había sido alucinante: sexo, pero sexo del bueno, del que te deja con una sonrisa tontorrona en los labios el resto del día. Estaba rememorando la sesión, cuando escuchó un susurro en su oído.

—Buenos días, preciosa, ¿has dormido bien?

Asintió como una muñequita. Le daba hasta vergüenza mirarle a los ojos, pero finalmente, soltó una carcajada cuando él apretó su cintura con los dedos y empezó a hacerle cosquillas.

Comenzaron la mañana con alegría y, cuando pudo escapar de sus garras, corrió al baño y le prohibió entrar. Necesitaba una ducha, pero una ducha sola, sin que nadie paseara sus manos por su cuerpo y la volviera loca. Rubén accedió, pero se sentó en el bidé a observar cómo se duchaba ella mientras esperaba su turno.

Cuando salió, la envolvió en una toalla y tras un par de besos consiguió salir del baño sin volver a hacer el amor. Se secó la piel, abrió su enorme tarro de crema hidratante y comenzó a embadurnarse. Después de los efectos de la quimio y la radio, su piel era muy fina y delicada y necesitaba mucha hidratación o sentía picores. Rubén, no podía dejar de mirarla, acercándose a ella, puso su barbilla en el hombro y tocándola, murmuró:

—Tu piel me excita.

—Vaya... me alegra saberlo.

—¿Por qué te pones tanta crema?

Daniela, encogiéndose de hombros, sonrió.

—Simplemente intento estar hidratada para seguir teniendo una piel igual de suave.

Entre besos y bromas le empujó a la ducha, cuando el salió del baño, diez minutos después, ella ya le esperaba totalmente vestida.

—Ni se te ocurra acercarte a mí —rio al ver que él dejaba caer la toalla al suelo.

—¿Seguro? —se carcajeó él.

Incapaz de no mirar aquel miembro erecto y tentador pestañeó.

—Sí... seguro.

Rubén dio un paso adelante y añadió con voz sensual:

—Te mueres por acercarte. Vamos... cómeme, me muero porque lo hagas.

Hechizada por sus palabras iba a hacer lo que él le pedía, cuando retomó el control de su cuerpo y, mirándole con los ojos muy abiertos, le respondió:

—Voy preparando el desayuno. Date prisa.

Sin más, salió de la habitación acalorada y cuando llegó al salón, ella todavía le oía reír sorprendido. Estar con Rubén le gustaba, no lo podía negar. Aún sonreía embelesada cuando sonó su móvil.

—¡Hola, mamá!

—No soy mamá, Pitu, soy papá.

—¡Holaaa, Gran Jefe!

La risa de su padre la hizo sonreír y antes de poder decir nada este dijo:

—¿Qué haces con Rubén en la Toscana?

Sorprendida por aquella pregunta, se apoyó en la mesa y preguntó:

—¿Y a ti quién te ha dicho que estoy con él? —le contestó sorprendida por aquella pregunta.

—Daniela...

—Papá...

—Es uno de mis *cracks* y es mi obligación saber dónde está en cada momento.

—¿Y por qué presupones que estoy con él?

—Porque anoche tu madre me contó que estabas en la Toscana con un amigo... Blanco y en botella... Pero hija, ¿qué haces con él?

Se apoyó en un taburete, miró el campo a través de la ventana y respondió mientras sacaba de su neceser la cajita en la que estaba su medicación. Sin perder tiempo, se metió una pastilla en la boca antes de que el futbolista llegara y dio un trago de agua.

—Vamos a ver, papá, simplemente he venido a pasármelo bien.

—Pero Pitu, ¿crees que es la persona más recomendable para ti?

—¿Por qué dices eso papá?

—Tú ya me entiendes; eres lista, hija, sé que me estás entendiendo perfectamente.

Daniela comprendía los miedos de su padre y finalmente respondió:

—Somos adultos papá, no te preocupes.

—Pero él... —resopló.

—Él lo tiene tan claro como yo. No me ha hecho promesas de amor eterno, no las necesito y tú lo sabes. Solo necesito divertirme un poco y decidí aceptar este viaje porque me apetece. Ya sé que piensas que él no es recomendable para mí porque es un casanova, pero sinceramente papá, me da igual. Yo solo quiero pasarlo bien porque me niego a pensar en nada más, y tú, mejor que nadie, deberías entenderme. Vivo el día a día, el mañana aún no ha llegado, por lo que vivo el presente. Y mi presente es disfrutar, estar a gusto, y si me apetece pasar estos días con Rubén, el mayor ligón de Italia, lo haré. Y lo haré porque soy egoísta y me apetece. Por lo tanto tranquilo, no te agobies: somos adultos y ambos sabemos que esto... es lo que es.

—No quiero que sufras, cariño. Te quiero y me preocupo por ti.

—Ya lo sé Gran Jefe, y por eso sabes que te quiero hasta el infinito y más allá —los dos se rieron—. Pero necesito vivir mi vida a tope. Sé que me entiendes, ¿verdad?

Norton, sentado en el cómodo sillón de su residencia en Milán, asintió con los ojos encharcados en lágrimas; su hija era la mujer más fuerte y apasionada que había conocido en su vida, por ello se tragó el nudo de emociones que obstruía su garganta.

—De acuerdo, Pitu, pásalo bien.

—¡Prometido!

Escuchar el entusiasmo y la risa de su hija le llenó el corazón.

—Cuando regreses a Milán llama a casa, ¿de acuerdo?

—Prometido, papá.

Cinco minutos después, vestido con un vaquero y un jersey burdeos, Rubén bajó a la cocina y sonrió al verla haciendo tostadas, se acercó a ella, la besó en la mejilla.

—Mmmm... qué bien huele.

Juntos se sentaron a degustar el desayuno que ella había preparado mientras comentaban qué hacer durante el día. Pronto se decantaron por una excursión. Rubén conocía sitios extraordinarios en Volterra y sus alrededores y se los quería mostrar.

—Algo de ejercicio suave te vendrá bien, perooo... no quiero que se resienta tu pierna, así que iremos en coche y lo aparcaremos cerca de donde vayamos, ¿qué te parece?

—Me parece bien —sonrió él—. Pero hay dos problemas.

—¿Cuáles?

—El primero, que el coche tiene que quedarse fuera de las murallas de Volterra.

—¿Eso implica caminar mucho?

—No... no te preocupes. —Y al ver que su mirada le interrogaba sobre el otro problema, musitó—: Lo segundo es que la gente me reconocerá y se acabará la tranquilidad.

—¿Tú crees?

—Sí, estoy seguro. Andar por el casco histórico de la ciudad me resultará difícil a no ser que vaya camuflado o decidamos visitarlo por la tarde-noche. La oscuridad me ayuda a pasar desapercibido la mayoría de las veces.

—Vale... entonces dejaremos esa excursión para cuando oscurezca, no me apetece que los *paparazzi* nos vean y que mi vida se acabe convirtiendo en un caos mediático, ¿estás de acuerdo?

—¡Me parce perfecto!

En ese momento *Loca*, la perra entró en la cocina junto a los pequeños Dodo y Sindia. Rubén saludó a los críos con cariño.

—¿Qué te parece si aprovechamos el día para pasear por los alrededores de la casa? —propuso Daniela con cariño.

Rubén asintió y, diez minutos después, acompañados por la perra, los pequeños y unas botellas de agua fresca, se marcharon a pasear. Dieron un apacible y tranquilo paseo por las sendas de los campos de Volterra. Las vistas eran maravillosas y la compañía divertida y serena. Jugaron con *Loca* y los chiquillos y Daniela pudo comprobar lo niñero que era Rubén: solo había que ver cómo jugaba con los críos y cómo trataba a Suhaila para saber lo mucho que le gustaban. Regresaron a la hora de la comida y tras dejar a los pequeños en la casita contigua, la que ocupaban sus padres, Daniela se sorprendió cuando al llegar a la casa principal se encontró un rico guiso esperándoles en la encimera de la cocina.

María había cocinado un exquisito guiso de ternera en salsa, que devoraron hambrientos. Por la tarde, se tumbaron al sol de la Toscana y, cuando anocheció, iban a refrescarse antes de ir a Volterra, pero la ducha se alargó y aquello fue el principio de una larga noche de sexo.

Al día siguiente, cuando Daniela se levantó, estaba hambrienta. Al ver que él seguía durmiendo, silenciosamente, cogió la píldora que se tenía que tomar del pastillero de su neceser y bajó a la cocina. Tras preparar café con leche, se la metió en la boca justo en el momento en que Rubén aparecía y al verla preguntó:

—¿Qué te has metido en la boca?

Sorprendida por su aparición, se la tragó rápidamente.

—Una aspirina, es que me duele un poco la cabeza.

Con gesto de preocupación se acercó a ella y tras tocarle el cuello y besarla, murmuró sin quitarle los ojos de encima.

—¿Te encuentras mal?

Daniela, consciente de que casi la pilla, sonrió e indicó:

—No, para nada, no te preocupes. Es un simple dolor de cabeza.

Él se quedó convencido, la soltó y se preparó un café. Tenían un bonito día por delante.

Pasearon por el campo, esta vez solos. Maria y Edoardo se habían llevado a los niños al pueblo. Rubén volvió a preguntarle por su dolor de cabeza, ella quiso quitarle importancia, le dijo que, con la aspirina, ya se le había pasado. Se sintió culpable por mentirle cuando él le demostraba tanta preocupación, pero no quería contarle la verdad. No podía.

Regresaron hacia el mediodía, cocinaron y, cuando la noche empezó a caer, decidieron visitar el bonito pueblo de Volterra. Que hubiera que aparcar los coches en el exterior del recinto amurallado era algo magnífico: poder caminar por sus calles peatonales sin la presencia de vehículos, sin ruidos, ni humos era, como poco, encantador.

Daniela se sorprendió al comprobar que los edificios estaban construidos tan cerca los unos de los otros que apenas se podían fotografiar. Todos eran joyas arquitectónicas que, separados por estrechas callejuelas, les obligaban a caminar prácticamente pegados. Incrédula, observaba como en muchas de aquellas esquinas aparecían palacios, casas con torres o increíbles iglesias: aquel lugar era mágico.

Caminaban por calles que parecían pasadizos y Rubén decidió cogerla de la mano. Lo necesitaba, necesitaba sentirla cerca y su contacto. Ella, al notar aquello, sonrió y no se la negó: era la primera vez que se mostraban así en un lugar público. Con los dedos entrelazados, visitaron la parte norte de la ciudad; Rubén le enseñó lo bien conservado que estaba su teatro romano, algo después caminaron hasta la zona sur, donde le mostró la fortaleza Medicea y le explicó que, en la actualidad se utilizaba como prisión.

—Ven, quiero comprar algún recuerdo —dijo Daniela al ver una tiendecita.

Nada más entrar, el dependiente reconoció a Rubén y le pidió un autógrafo y una foto. Mientras tanto, Daniela le echó una ojeada a la tienda, cuando acabó de atender a su fan, Daniela le enseñó lo que había elegido:

—Uno es para ti y otro para mí —le dijo enseñándole dos imanes para la nevera, después le besó y cuchicheó—: Recuerda que cuando regresemos te dé un imán para tu nevera de Orta de San Giulio, quiero que tengas un recuerdo de ese maravilloso lugar.

Cuando llegaron a la piazza Priori, considerada el centro de la ciudad, compraron algunos objetos de artesanía local hecha con piedra de alabastro, la típica de la zona, y después Rubén la llevó a un restaurante rústico. Geppo, su dueño, saludó con un fuerte abrazo a Rubén y rápidamente les buscó una mesa apartada del resto de los comensales. Daniela les observaba encantada mientras hablaban, dejándose llevar por los aromas que empezaban a impregnar su nariz: a orégano, a queso fundido y a pan recién hecho.

Aconsejados por el simpático Geppo, probaron una variedad de *antipasti*, los espagueti con la típica salsa pomarola, la *pizza della casa* y una carne con chocolate, todo ello regado por un buen vino de la tierra y, para terminar, degustaron un exquisito postre.

Acabaron aquella opípara cena y volvieron a la casa. Tras algunos besos y arrumacos terminaron haciendo el amor sobre la encimera de la cocina.

Ya de madrugada, los sudores nocturnos y los calambres en

las piernas despertaron a Daniela. Vio que Rubén dormía, agobiada, se levantó de la cama, tenía frío, así que tiró de una de las mantas y caminó arropada con ella hasta la ventana. Cuando los calambres se calmaron, observó con fascinación cómo la lluvia y la niebla densa camuflaban los viñedos que rodeaban la casa. Descalza y arropada con la manta se apoyó en el quicio de la ventana y se dedicó a observar. Siempre le había fascinado ver la salida del sol y el espectáculo que aquel nuevo día le ofrecía estaba siendo maravilloso. Ensimismada, mirando por la ventana, sintió de pronto que unas manos la abrazaban.

—¿Qué haces despierta tan pronto?

—Ver el amanecer siempre me ha gustado.

—Diluvia —cuchicheó él con voz somnolienta.

Al escucharle y sentir su cálido aliento en la oreja sonrió, él era incapaz de entender la felicidad que ella sentía cada nuevo día. Ver amanecer era poder disfrutar de un día más y eso, aquello que para muchos era lo normal, para ella y para las personas que como ella se aferraban a la vida con uñas y dientes era todo un regalo. Finalmente, se acurrucó contra él y susurró:

—Sí, pero aunque diluvie... amanece.

Rubén apoyó la barbilla en su hombro y asintió, paseó su mano por la cabeza de ella y al notar algo, le preguntó:

—¿Qué te ha ocurrido aquí?

Daniela, al percatarse de que había encontrado la cicatriz que tenía en el cuero cabelludo, se encogió de hombros y murmuró:

—Nada, una cicatriz de mi infancia.

Rubén no le dio más importancia, y siguió besándole el cuello.

—Volvamos a la cama, creo que hoy tendremos lluvia durante todo el día.

Y así fue, no paró de llover y dedicaron el día a jugar al parchís y a ver la televisión mientras se prodigaban cariñosas muestras de afecto.

Como cada día, María llegó con provisiones, trajo patatas, espárragos trigueros, huevos, pan tierno y fruta. Y cuando se disponía a cocinar, Rubén la convenció de que no hacía falta, ellos lo harían.

Divertida, Daniela cotilleó en los armarios de la cocina y encontró todo lo necesario para hacer magdalenas. Se pusieron a ello, aunque la lucha de harina, que había comenzado como un juego, terminó cubriéndoles por completo. Entre risas, metieron las magdalenas en el horno, se ducharon y, al acabar recogieron el estropicio que habían organizado. Les encantó el olorcito rico que salía del horno y cuando Rubén sacó la bandeja aplaudieron por el logro, aunque realmente estaban algo más morenitas de lo previsto.

Horas más tarde, mientras ella dormitaba en el sillón, Rubén decidió preparar la comida. Le preocupaba que le volviera a doler la cabeza otra vez aunque no se hubiera quejado. Aquella mañana había visto cómo se volvía a tomar otra pastilla pero no dijo nada. Sin despertarla, peló unas patatas, las troceó y las depositó en la freidora. Cortó los espárragos, los salteó en una sartén e hizo unas tortillas. Cuando terminó, fue hasta ella y la despertó con un cariñoso beso.

—Arriba bella durmiente, la comida te espera.

Ella sonrió y tras ver que se desperezaba con naturalidad, de pronto el corazón del futbolista aleteó de una manera especial. Tan especial que él mismo se conmovió: ¿se estaría enamorando de ella?

¿No puedo dormir otro ratito más?

—Luego preciosa, ahora hay que comer.

Estaba cansada, muy cansada y él, cosquilleándole la cintura, murmuró:

—Hoy estás muy perezosa, ¿cómo te puede gustar tanto dormir?

Le miró con gesto triste, pero finalmente sonrió ¡si él supiera! Esforzándose como tantas otras veces en su vida ante quienes quería, se levantó y se sentó junto a él en la mesa intentando comer a pesar de su falta de apetito. Durante la comida, no pararon de hacerse confidencias.

—¿Estás convencida con lo de la adopción de Suhaila e Israel?

—Sí, es algo que me ronda la cabeza desde hace mucho, y aunque a veces me asusto por la responsabilidad que conlleva, creo que será estupendo para los tres. Eso contando con que los servicios sociales finalmente lo acepten, claro.

—¿Y por qué crees que no lo aceptarían?

—Yo estoy soltera y ellos buscan la mejor opción para los menores. Lo ideal es una familia al completo, ya sabes: padre, madre, perro y gato. Pero mis niños necesitan una familia y yo estoy dispuesta a dársela.

—¿Y qué me dices de crear tú, tu propia familia?

—Eso estoy haciendo.

—Me refiero a tener tus propios hijos —insistió el futbolista—. Si algo tengo claro en esta vida es que quiero tener mis propios hijos con mi mujer, ¿tú no?

Aquel tema era difícil de abordar: la medicación que le habían prescrito y todas las sesiones de quimio y radioterapia que le habían dado no la hacían muy apta para concebir, y aunque conocía a chicas que se habían quedado embarazadas después de pasar por lo que ella había pasado, hizo de tripas corazón.

—A veces lo he pensado, pero el matrimonio no es algo que entre en mis planes y creo que mientras existan niños en el mundo que necesiten amor, ¿por qué traer más?

—Porque son carne de tu carne, ¿no lo has pensado?

—Entiendo lo que dices, pero quizá es que yo lo veo diferente por lo que me pasó a mí. Sinceramente creo que mi madre y el Gran Jefe, o Terminator, para ti, nos ven como carne de su carne a mí y a mi hermano. Ellos darían la vida por nosotros y nosotros por ellos porque somos una familia. Ambos son las personas que nos han cuidado, que nos han besado con amor, que nos han regañado cuando hemos hecho algo mal y que nos han enseñado los valores de la vida. El amor que nos tenemos y que nos ha unido es tan grande que creo que es difícil de explicar. —Rubén sonrió y ella prosiguió—: Cuando conocí a Suhaila ella tenía tres años e Israel, once. Y te aseguro que cuando les vi, sentí lo mismo que mi padre siempre dice que sintió cuando nos vio a Luis y a mí por primera vez.

Rubén se acomodó en la silla.

—Siento curiosidad, ¿qué sintió el Gran Jefe al veros?

Daniela sonrió de manera soñadora y a Rubén se le puso la carne de gallina.

—Papá siempre dice que cuando vio nuestras caritas asustadas supo que había encontrado a sus hijos. —Prefirió no contar cómo se conocieron—. Mi hermano tenía diez años, y yo, siete, y papá asegura que el día que yo metí mi mano entre las suyas, supo que ya no me quería soltar en la vida. —Rubén se conmovió al recordar lo que Suhaila le hacía sentir cuando le daba la mano—. ¿Y sabes? eso mismo es lo que me ha pasado a mí con Suhaila e Israel. Cuando los vi me enamoré de ellos, así que, cuando regresaron de la última casa de acogida donde habían estado, me prometí a mí misma que no volvería a verlos con aquella carita, decepcionados otra vez, y comencé a mover papeles, después de haberlo hablado con Israel y de saber que él estaba encantado con la idea de que yo fuera su madre. Sé lo que sienten esos niños, mi hermano y yo también hemos pasado por eso y ningún niño debería tener esa sensación, la de que nadie quiere ser tu familia. Es muy frustrante, por eso quiero que me tengan a mí, a mi hermano y a mis padres. Quiero que tengan a personas que les apoyen, que les cuiden y que les den cariño aunque algún día yo no esté.

—¿Y por qué no vas a estar tú?

Al darse cuenta de lo que había dicho, sonrió y se encogió de hombros con resignación.

—Quiero decir que una vez yo les adopte, contarán con toda una familia.

Daniela le miró, temía que quisiera ahondar más en el tema, pero de pronto Rubén dijo:

—Por cierto, hablando de familia, tengo que pedirte un favor.

—Tú dirás.

—¿Qué tienes que hacer el 13 de abril? —le preguntó cuando acabó de tragar el bocado que había masticado.

—Pues no lo sé, aún falta mucho. ¡Yo que sé que voy a hacer ese día! —le contestó frunciendo el ceño, sorprendida por aquella pregunta.

—¿Qué te parece venir conmigo a la boda de mi hermana en España? —Boquiabierta iba a contestar cuando él le aclaró—: Dime que sí o mi madre me sentará al lado de la hija de alguna de sus amigas y la boda será un trance doloroso y angustioso para mí. Ser la estrella de la familia y estar soltero es muy duro en este tipo de acontecimientos familiares.

Daniela soltó una risotada.

—¿Y qué hago yo en la boda de tu hermana?

—Divertirte, ¿te parece poco?

—La respuesta es no. ¡Ni lo sueñes!

—¿Sabes? Me encanta cómo dices eso de «¡ni lo sueñes!» Recuerdo que es lo primero que me dijiste en el hospital el día que nos conocimos; y lo dices en un tono tan *sexy*, y provocador, así, ladeando la boca, que me encanta.

—¿Ah, sí? —rio divertida.

—Sí, señorita tocapelotas, tu tono al decirlo es provocador y muy... muy *sexy*.

Ambos rieron y Rubén, acercando su silla a la de ella, murmuró:

—Por favor, acompáñame

—No.

—Por favor, por favor, por favor.

—Que no.

Al ver que ella sonreía, la cogió entre sus brazos y la sentó en su regazo.

—Si me acompañas, te prometo que haré cualquier cosa que tú quieras.

—¿Qué parte del «no», no entiendes?

—Escúchame, cielo...

—Uisss, ¿me has llamado «cielo»? —Él, divertido asintió y ella añadió—: Definitivamente no. No te acompañaré, y, por cierto, soy tu tocapelotas, no tu cielo.

—Dani —sonrió—. No es por mí, es por mi madre, necesito que me acompañes de cara a ella. Te deberé un favor enorme ¡gigantesco!

—¿Pero por qué no llevas a cualquiera de tus *bellas*? Ellas estarán encantadas de acompañarte.

—Lo sé, pero yo quiero ir contigo.

Aquella rotundidad y la súplica de su mirada tocaron el corazón de Daniela.

—No le dirás a tu madre que soy tu novia, ¿verdad?

Él sonrió, y acercó su cara a la de ella.

—No, pero tu presencia me asegurara que mi madre me deje en paz. Aunque no te voy a mentir y tengo que prevenirte de que no podré estar todo el rato contigo, tengo que ser prudente o la gente acabará sacando sus propias conclusiones, o algo peor, acabarán sacando fotos para vender a la prensa. Pero de cara a mi madre, que es lo que importa, si voy acompañado no me atosigará con las hijas de sus amigas.

—¿Y por qué quieres que te acompañe yo?

—Porque tú eres Daniela, alguien muy especial para mí y una tocapelotas a la que me encanta tener cerca.

Silencio. El silencio les envolvió, mientras se miraban a los ojos; lo que acababa de decir él le llenaba el alma y el corazón y, finalmente, murmuró convencida de que, probablemente, no estaba haciendo lo correcto.

—Te acompañaré. Pero que conste que me debes un favor muy grande.

—De acuerdo.

—Muy... muy... ¡enorme!

—Te lo prometo.

—Gigante

—Inmenso.

Loco de felicidad, la besó y ambos rieron. Siguieron hablando durante veinte minutos más, hasta que él le preguntó alucinado.

—¿Has hecho *puenting*?

—Sí, lo hice una vez y te aseguro que nunca más —contestó divertida—. Te juro que sentí tal latigazo de excitación y pánico en la caída, al notar que los mofletes me llegaban a los talones, que me prometí a mí misma que no volvería a repetir.

La miró muerto de risa, y murmuró revolviéndole el pelo.

—Eres un caso, Dani, ¿qué no habrás hecho tu?

—Muchas cosas, entre ellas tengo pendiente, un viaje a Joulupukin Pajakylä.

—¡¿Cómo?! —rio divertido.

— Joulupukin Pajakylä.

En la vida había escuchado aquel nombre y se quedó boquiabierto.

—¿Pero eso existe?

Metiéndose una patata frita en la boca asintió, encantada de verle tan relajado.

—Pues sí, existe, está a ocho kilómetros al norte de Rovaniemi.

—¿Rovaniemi? ¿Y dónde está eso?

Ahora la que se reía era ella y acercándose más a él, añadió:

—Rovaniemi es el pueblo de Papá Noel y está en el Círculo Polar Ártico, en Laponia. Estoy ansiosa por poder disponer de varios días libres y darme ese capricho. Visitar la casa de Papá Noel, ver a los elfos, montar en trineos tirados por renos ufff... Tiene que ser una pasada, ojalá algún día pueda hacerlo con Suhaila e Israel.

Anonadado por cómo vivía lo que le estaba contando, se quedó observándola. Como siempre, volvía a ser única: ninguna de sus conquistas le había hablado nunca de un lugar así, todas querían ir a Venecia, para montar en una góndola, o a París, para visitar la Torre Eiffel o a Nueva York, para ir de compras. Lugares cosmopolitas que nada tenían que ver con aquel sitio innombrable en Laponia.

Sin pretenderlo, estaba colgándose de ella y cuando aquella noche terminaron en el sofá, comiendo las magdalenas que habían hecho, pensó que aquello era lo que siempre había buscado en la vida: una mujer como ella.

—Están buenísimas —rio el futbolista—. Un poco quemadas, pero muy buenas.

Quitándole la magdalena de la mano, la joven, raspó con un cuchillo la capa más superficial, algo oscura, y se la devolvió.

—Ya te he quitado lo quemado, ¡quejica!

Hablaron y hablaron de mil temas mientras degustaban las magdalenas hasta que la sorprendió:

—Todavía no entiendo, cómo es que una chica como tú no sale con nadie.

—¿Y quién te ha dicho que no salgo con nadie?

Ahora el sorprendido era él, que se quedó mirándola desafiante.

—¿Hablas en serio?

Daniela dio un mordisco a su magdalena y aclaró:

—Ya sabes que soy una mujer con mil amantes.

Rieron y él insistió:

—¿Pero alguno es especial?

—Lo hubo, pero acabó —le confesó ella negando también con la cabeza.

Tras un silencio entre los dos, él volvió al ataque.

—¿Y se puede saber por qué acabó?

Inconscientemente, los dedos de Daniela fueron hasta la cicatriz de su pecho, se lo rozó por encima de la camiseta y respondió:

—Ocurrió algo en mi vida y él no estaba preparado para asumirlo. Pero vamos, no le guardo ningún rencor y, hoy por hoy, somos buenos amigos

—Vaya... lo siento.

Daniela suspiró y mirándole fijamente le dijo mientras le colocaba el pelo tras la oreja:

—En ocasiones la vida te pone pruebas. Hay quienes las superan y quienes se quedan en el camino. Yo superé esa prueba pero Enzo... se quedó en el camino.

—¿Enzo? —preguntó cambiando el gesto—. ¿Has dicho «Enzo»?

—Ajá —asintió mordisqueando la magdalena.

—El Enzo con el que a veces sales, ¿ese es tu ex? —asintió ella sin darle importancia y él replicó. —No lo entiendo, ¿y por qué sigues viéndole?

Encogiéndose de hombros, Daniela le dio otro mordisco a la magdalena, se tomó su tiempo masticándola y, cuando lo hubo tragado, contestó:

—Porque es una buena persona y le tengo cariño. Además, somos amigos con derecho a roce. Como tú dijiste una vez: «el sexo ¡es sexo!». Y mira, lo que te voy a decir te podrá sonar fatal, pero a Enzo, en el fondo, le utilizo como objeto sexual.

—¿Cómo? ¿Le utilizas como «objeto sexual»?

—Ajá... Tengo veintinueve años, soy soltera y sin compromiso, estamos en el siglo XXI y como mujer ¡yo elijo con quien acostarme! En la cama hay hombres fríos, calientes, sosos, rapiditos, decepcionantes y parlanchines. —Sin poder evitarlo soltó una carcajada al ver la cara de asombrado de Rubén—. Y Enzo, en la cama, es caliente y atento y mira por dónde ¡eso me gusta! El sexo con él siempre ha sido bueno y, cuando me apetece, le llamo, me acuesto con él y después sigo con mi vida, tan tranquila. Vamos, lo mismo que haces tú con tus *bellas*, ¿no crees?

El futbolista se quedó impresionado por su sinceridad.

—Desde luego, no se puede decir que no seas clarita.

—Ay, chico... pronto cumpliré treinta, a mi edad y con las experiencias que he tenido, te aseguro que si algo tengo claro es lo que me gusta y lo que quiero.

—Y de mí, ¿qué quieres Dani?

Aquella pregunta la pilló totalmente desprevenida. Realmente se había negado a pensar en aquello y de pronto, él se lo preguntaba. Estaba dispuesta a seguir siendo sincera.

—Simplemente pasarlo bien, creo que ambos queremos lo mismo, ¿no?

—¿Seré también tu amigo con derecho a roce?

—Mmmm... Los dos somos solteros, sin compromiso y creo que nos podríamos ver siempre que a ambos nos apeteciera, ¿no crees?

El futbolista asintió. La frialdad que vio en Daniela a la hora de hablar sobre ellos le dejaba un poco descolocado, pero no era frecuente tener la oportunidad de encontrarse con alguien que se mostrase tan abierto y sincero.

—Dices que Enzo es caliente y atento en la cama... ¿y cómo me catalogarías a mí?

—¡Wooo! Las comparaciones son odiosas, *principito*. ¿Para qué quieres saberlo?

Esa contestación no le gustó, Daniela soltó una carcajada al verle fruncir el ceño: ¡hombres! Después se acercó a él y señalándo la magdalena cuchicheó:

—Tú eres como esta magdalena... ¡Tentador! —él sonrió—. Cuando te conocí estabas quemado por fuera, pero cuando he raspado en tu superficie y he quitado la parte más oscura, he descubierto que eres un tipo muy majo. —Y desabrochándose la camisa murmuró con voz tentadora—: Y en la cama eres caliente, terrenal y pasional y me pones mucho, mucho, mucho.

Hipnotizado por la visión de Daniela con la camisa desabrochada, tiró la magdalena sobre la bandeja y tumbándose sobre ella susurró.

—Caliente... terrenal... y pasional.

Divertida, se dejó aprisionar por el cuerpo de él.

—Muuuy caliente... muuuy terrenal y muuuy pasional.

Con una sensualidad que a Daniela le hizo vibrar, Rubén se apretó contra ella.

—Voy a comerte.

—Cómeme —respondió dispuesta a todo.

Al final de una apasionada noche donde ambos fueron calientes y pasionales, se quedaron dormidos, enredados en un abrazo. El domingo, desayunaron, se despidieron de María y Edoardo, montaron a *Loca* en el coche y decidieron regresar a Milán. Cuando cogieron la autopista, Daniela, que conducía, puso su mano, con familiaridad en la pierna del futbolista.

—Gracias, han sido unos días maravillosos.

—Y sin *paparazzi*. Eso sí que ha estado genial. —Ella sonrió y él apostilló—: Sinceramente Dani, salir en la prensa rosa nunca fue mi objetivo. Como has podido comprobar en cuanto me ven con una mujer, rápidamente sacan mil conclusiones erróneas, empiezan a hablar de noviazgo, de compromiso, de boda... Si nos hubieran visto a los dos en la casa te aseguro que ya estarían pregonando sandeces.

—¿Tanto te importa?

—Sí, no me gusta que inventan cosas sobre mi vida y...

—Pero vamos a ver, Rubén —le cortó—: Te guste o no, tú lo propicias.

—¡¿Yo?!

—Sí, tú.

—Venga ya, Dani. No comprendo cómo puedes pensar así.

Daniela asintió y al ver su gesto hosco añadió.

—Eres famoso, ganas un pastón, eres un futbolista de élite, ¿qué se supone que tienen que hacer los *paparazzi* si te ven salir con tantas mujeres?

—Como mínimo, no inventar.

—Te entiendo, pero...

—¿Realmente crees que deben juzgarme por salir con mujeres?

—No... pero repito, entiende lo que te estoy diciendo.

—Lo quiero entender, pero no puedo. No me gusta que me busquen continuamente novias cuando para mí las mujeres con las que salgo a cenar, a comer o a pasar un fin de semana, no son más que simples amigas —respondió molesto.

Daniela asintió y sonrió ante él, pero, por dentro, aunque su corazón palpitase aceleradamente solo con tenerlo cerca, su sentido común le gritó que él tenía razón y tenía que alejarse cuanto antes de él.

-19-

A finales de febrero, el 27, se celebró el cumpleaños de Suhaila en La casa della nonna. Fue un día muy feliz para la niña, cumplía siete años y se sentía ya muy mayor. Orgullosa, Daniela aplaudió e hizo fotos mientras la pequeña soplaba la tarta acompañada por su hermano y el resto de los niños del centro de acogida.

Rubén se enteró del cumpleaños de la cría al día siguiente.

—¿Pero por qué no me habías dicho nada? —se quejó.

—Rubén, nunca pensé que el cumpleaños de una niña de siete años te interesara —le respondió Daniela sorprendida, sin ver cuál era el problema.

—Joder, Dani, ¡era el cumpleaños de Suhaila!

—¡¿Y qué?!

—Suhaila ¡es mi chica! —le espetó sin querer destapar los sentimientos que aquella pequeña provocaba en él.

—Ah, bueno ¡perdone usted! No sabía yo que la cosa fuera tan en serio. —Ambos rieron y añadió—: eso se puede remediar, el sábado por la tarde le organizo una fiesta en mi casa con mi familia y amigos, ven y la podrás felicitar.

—Genial, ¿qué le puedo comprar de regalo?

—Sin duda alguna un kit de peluquería, le encantará.

Rubén ni se lo pensó, estaba decidido a asistir. El sábado llegó sobre las tres a casa de Daniela, quería ayudar con los preparativos de la fiesta. Diez minutos después, un hombre vino a traer una bombona de helio, y dijo antes de marcharse:

—Dani... cuando acabes, llámame y pasaré a buscarla, ¿vale?

La joven sonrió y cuando quedó a solas con Rubén le comentó:

—Es Rosendo, tiene una tienda de chucherías aquí cerca, y le he pedido la bombona para inflar los globos.

Entre risas, colgaron las guirnaldas y, cuando terminaron, comenzaron a inflar globos hasta que Daniela, se puso en la boca el globo que acababa de inflar, tragó el helio y con una voz igualita que la del Pato Donald, le preguntó:

—¿Qué te parece mi voz? *Sexy*, ¿verdad?

Rubén soltó una risotada por sus ocurrencias y ella añadió con voz de pito:

—¿Me comerías ahora?

Rubén soltó el globo que tenía en las manos, cogió a la joven en brazos y, mientras caminaba hacia la habitación, cuchicheó haciéndola reír estruendosamente.

—A ti te como... como sea.

—Wooo... —rio divertida.

La soltó en la cama, se quitó la camiseta gris y cuando ella abrió los brazos para recibirle con comicidad se tiró sobre ella. Risas, besos, abrazos y ropa por todos los lados. Necesitaban hacer el amor con urgencia, se deseaban, pero en el momento más álgido, sonó el timbre de la puerta. Ambos se miraron. El timbre volvió a sonar, e instantes después, escucharon que la puerta se abría.

—Dani, cariño, ¿estás en casa?

—¡Pitufa!

—¡Joder, mis padres!, pero, ¿qué hora es? —cuchicheó Daniela levantándose a toda prisa.

Los dos se vistieron a toda pastilla mientras Daniela gritaba:

—¡Un segundo, en seguida salimos!

Rubén maldijo: Hubiera dado cualquier cosa porque el entrenador no les pillara en aquella situación. Y cuando dos minutos después salieron de la habitación, supo exactamente lo que pensaba cuando le miró.

La madre de Daniela le saludó con una gran sonrisa. Se imaginó que aquel debía ser el hombre que tenía tan ocupada a su hija. Veía a su niña feliz y eso era lo único que le importaba, pero se fijó en su marido y no le gustó la expresión de su cara.

Entre los cuatro ultimaron los preparativos de la fiesta de la niña. Daniela y su madre hablaban continuamente, mientras Rubén y el entrenador apenas si cruzaban alguna palabra. La tensión entre ellos era evidente.

A las cinco de la tarde empezó a sonar el timbre de la puerta una y otra vez. Amigos de la anfitriona y desconocidos para Rubén llegaban a la fiesta. La mayoría se sorprendió al ver al futbolista, aunque se imaginaron que era un invitado del padre de Daniela.

El timbre no paró de sonar hasta que la casa se lleno de adultos y, sobre todo, de niños.

Rachel, encantada, se preocupaba porque todos tuvieran algo

de beber, mientras Norton charlaba con complicidad con el resto de los invitados; con todos excepto con Rubén. Algo que no pasó desapercibido a Daniela. A las seis de la tarde volvió a sonar el timbre: era Antonella con Suhaila e Israel.

Cuando la niña entró en la casa, y todos le gritaron «¡Felicidades!» se volvió loca de felicidad. Israel, al ver a Rubén, le abrazó, chocó su mano con complicidad y ya no se separó de él. Suhaila, nerviosa, besó a todos y cuando llegó a Daniela la abrazó de tal manera, sin soltarla durante un buen rato, que a todos se les pusieron los pelos de punta. Aquello era adoración.

Se quedó alucinada al ver a Rubén, abrió los ojos descomunalmente y se tiró a sus brazos. Conmovido por aquella demostración de cariño, la cogió entre sus brazos y le preguntó:

—¿Cómo esta mi chica cumpleañera?

—Contenta... ¡ya tengo siete años! —le confesó coqueta.

—¡Felicidades, preciosa!

—Gracias —le gritó feliz, agarrándose con fuerza a su cuello.

Daniela e Israel se acercaron a ellos y la pequeña dijo algo que hizo que los cuatro rieran al unísono. Rachel, emocionada, miró a su marido y murmuró:

—Qué bonita estampa hacen, ¿verdad?

El entrenador, rascándose la cabeza, respondió:

—No opino.

Rachel, que sabía a lo que su marido le estaba dando vueltas, se acercó a él y le reprendió:

—John Norton, te conozco y sé lo que piensas.

—¿Lo sabes? ¡Qué sorpresa!

Al escuchar aquella puya, le pellizcó en el brazo y él se apartó.

—Rachel, por el amor de Dios, si no me gusta... no me gusta, mujer. Ese hombre está todos los días en las revistas, y cada día con una mujer distinta. No quiero algo así para mi niña.

Sin sorprenderse, ella le miró y añadió:

—Ese hombre es un buen muchacho.

—Y un mujeriego.

—Anda, mira... como tú.

Boquiabierto, la miró y respondió molesto:

—Eso fue hace años, antes de conocerte, ¿por qué dices eso ahora, mujer?

Encantada con la respuesta, Rachel le agarró del brazo y murmuró:

—Lo sé, Gran jefe..., lo sé. —Sonrió—. ¿Acaso no recuerdas lo que decía la prensa sobre ti cuando tenías su edad? Si yo hubiera hecho caso a todo lo que se decía de Terminator, no estaría ahora contigo. Te recuerdo lo que inventaban...

—Rachel...

—Ese jugador es como eras tú, lo tiene todo: mujeres, dinero y éxito, pero analiza su mirada y fíjate en cómo mira a Dani. La mira como tú me mirabas a mí cuando me conociste y me enamoraste. —Norton la miró y ella añadió—: No seas tan crítico con lo que la prensa dice sobre él y observa por ti mismo su cariño hacia nuestra hija y te darás cuenta de la verdad. Así que... deja de perdonarle la vida y sé amable con el muchacho.

El entrenador se quedó pensativo, su mujer solía acertar en temas de amoríos pero, aun así, le costaba dar su brazo a torcer. Daniela era demasiado importante para él.

Diez minutos después, todos comían sándwiches, ganchitos y patatas fritas, con litros de Coca-Cola y naranjada. Tras cortar la tarta, todos comenzaron a entregar sus regalos a Suhaila, que estaba tan feliz que no podía parar de saltar, aquella era su fiesta y ella estaba contenta, muy contenta.

En un momento dado, Norton se acercó a Rubén y empezó a hablarle:

—Mi hija está feliz, ¡gracias!

Al escucharle, el futbolista fue a responder cuando el entrenador continuó:

—Pero no estás a la altura de lo que ella necesita. Esta felicidad sé que durara poco y no precisamente porque ella no te quiera. Lo estás haciendo mal, muchacho, muy mal.

Dicho esto, se alejó dejándole totalmente descolocado. Quiso hablar con él, pero sabía que no era el momento ni el lugar, era mejor posponer aquella conversación para otro día.

Una vez terminaron de darle los regalos a la pequeña, Daniela puso música. Sonó la voz de Elvis Presley cantando el *rock and roll One-Sided Love Affair*. Daniela guiñó un ojo a Rubén, que le devolvió el gesto con una sonrisa, y se acercó a su padre.

—Gran Jefe, ¿bailas conmigo nuestra canción?

Norton sonrió y sorprendiendo a todos, se quitó la americana y comenzó a bailar con su hija un *rock and roll* que los dejó a todos boquiabiertos. Rachel, encantada, aplaudía mientras su marido y su hija bailaban al son de la música sin perder el ritmo.

Cuando la canción acabó, todos aplaudieron, Norton besó a su hija y le susurró:

—Te quiero, Pitufa.

—Tanto como yo a ti, papá.

Todos bailaron al son de Elvis durante horas hasta que alrededor las nueve y media, la fiesta se acabó. Suhaila pidió dormir con Daniela en su casa. Y ella le dio la sorpresa de que podía quedarse. Norton y su mujer llevaron a Israel a La casa della nonna. El crío prefería regresar porque al día siguiente había quedado por la mañana para ir a jugar al fútbol con unos compañeros del instituto.

Aquella noche, cuando por fin consiguieron que Suhaila se durmiera, Rubén y Daniela se tiraron agotados en el sofá del salón y él, sin poder aguantar un segundo más, desembuchó:

—¿Por qué tu padre cree que no estoy a la altura de lo que tú necesitas?

Bloqueada, intentó aparentar normalidad y, sentándose sobre él, le besó.

—¿Sabes, *príncipe*?

—¿Qué, tocapelotas?

Paseando su boca por los labios de él susurró:

—Te comería ahora mismo.

—Cómeme —le contestó Rubén olvidándose de su pregunta y soltando un gruñido de satisfacción

-20-

A la mañana siguiente, cuando Rubén dormía plácidamente en la cama, mientras Daniela se duchaba, Suhaila se despertó y se tiró en tromba sobre él. Él sonrió al abrir un ojo y ver a la niña, que ya estaba arropándose con la sábana.

—¿Por qué estás durmiendo en la cama de Dani?

—Se hizo tarde y decidí quedarme a dormir.

—¿Y por qué no has dormido en la otra habitación libre?

—Porque preferí dormir en esta —respondió sin saber realmente qué decir.

Suhaila, con un gesto infantil le tocó el pelo e insistió:

—Los novios duermen con las novias, ¿tú eres el novio de Dani?

—No.

—¿Y por qué duermes con ella?

—Porque anoche tenía mucho frío —respondió Daniela que salía del baño—, y le pedí que durmiera conmigo. Vamos Rubén, levanta ¡a la ducha!

El futbolista, desapareció de inmediato para que la niña no le hiciera más preguntas. Una vez se quedaron solas, Daniela intentó explicarse:

—Escucha, cariño, Rubén no es mi novio, pero en ocasiones, nos gusta dormir juntos porque yo...

—¿Pero le quieres?

Daniela lo pensó: en realidad, no podía decirle a una niña que se acostaba con alguien sin quererle y bajó la voz para continuar.

—Claro que sí... pero no se lo digas, será nuestro secreto, ¿vale?

—¿Le quieres hasta el infinito y más allá?

Aquella frase era un juego que su padre había comenzado con ella cuando, asustada, tenía que ir al hospital y ahora ella lo utilizaba con Suhaila. La pequeña la miraba a la espera de una respuesta.

—A ti es a quien quiero hasta el infinito y más allá, brujilla.

—Pero el día que Israel estuvo malito con tos y dormimos contigo en la camita, tú dijiste que en ella solo dormían las personas a las que tú querías hasta el infinito y más allá, así que yo creo que a Rubén le quieres así, aunque no lo digas.

Daniela se quedó bloqueada e intentando cortar el tema susurró.

—Creo que eres una gran bruja.

—Las brujas, una vez me dijiste que lo sabían todo, ¿verdad?

Daniela soltó una gran risotada y la pequeña la abrazó.

—Cuando seas mi mami me vas a querer más.

La miró emocionada y susurró retirándole el pelo de la cara:

—Creo que es imposible quererte más de lo que te quiero. —Y dándole un beso en la cabeza añadió—: Ahora venga... ve a vestirte que vamos a desayunar.

La pequeña, encantada de tener un secreto con Daniela, salió de la habitación sin más.

Cuando Rubén acabó en la ducha, se vistió rápidamente y se acercó a la cocina, donde desayunaban Daniela y Suhaila. Antes de que pudiera decir nada, la pequeña se dirigió a él.

—¿Te gustan las galletas con Nutella?

Sentándose junto a ella, cogió la galleta que ella le tendía y le dio un vigoroso mordisco

—Mmmm... Me encantan.

Daniela le sirvió un café divertida; cuando él se lo terminó de tomar, la niña tocándole la melena, aún húmeda, le propuso:

—¿Me dejas peinarte con el kit de peluquería que me regalaste?

—Por supuesto, preciosa.

Una hora después, los tres estaban en el salón en paz y armonía. Daniela y Rubén leían el periódico mientras la niña seguía peinando al futbolista hasta que, de pronto, Rubén sintió un pequeño tirón y gritó tocándose la cabeza.

—¿Pero qué has hecho?

Daniela se quedó totalmente desconcertada al mirar y se le escapó una risotada. Suhaila tenía unas tijeras en una mano y en la otra... un mechón de cabello.

—¡Ostras, Rubén! ¡tu pelo! —se carcajeó Daniela.

Rápidamente, el futbolista se levantó, se encaminó al espejo y horrorizado al ver el trasquilón en su preciada melena, le gritó:

—¡Por el amor de Dios! ¿Por qué me has cortado el pelo?

—Ha sido sin querer —susurró la cría asustada.

—¿Sin querer? ¡Joder, Suhaila...!

La niña, al escuchar el duro tono de su voz y la expresión de su cara, se quedó sin habla. Rápidamente, Daniela se acercó a ella y le quitó las tijeras mientras aquel gritaba como un poseso.

—Joder... joder... ¡Joder!

—Vale, Rubén —intentó mediar Daniela. Estaba perdiendo los papeles y ella sabía que, cuando Rubén los perdía, se ponía muy desagradable—. Vale ya, creo que te estás pasando.

—¿Cómo que me estoy pasando?

—Rubén ¡vale!

—¡Joder! La niña me corta el pelo, tú te ríes y todavía tienes la poca vergüenza de decirme ¡que me estoy pasando!

Daniela entendía su enfado, pero al ver la cara de la cría le pidió tranquilidad con la mirada.

—No te preocupes, lo arreglaremos.

—¿Qué pretendes? ¿pegarme el pelo con pegamento?

—Rubén... respira y razona, por favor.

Pero aquel seguía meando fuera del tiesto.

—Joder... tengo que grabar un anuncio dentro de tres días, ¿cómo voy a aparecer con este trasquilón?

—Rubén... no exageres ¡tampoco es para tanto!

—¿Que no es para tanto? —voceó con el trozo de pelo en la mano.

Daniela le miró: había perdido los papeles de una manera irracional. Suhaila susurró:

—Lo siento... yo...

—¡Cállate Suhaila! Ahora es mejor que te calles —le gritó molesto.

—No le hables así a la niña —musitó Daniela con mal gesto.

Enfadado, seguía mirándose en el espejo, y volvió a gritar:

—¿Pero tú has visto lo que me ha hecho?

Lo veía, y lo veía muy bien, pero estaba exagerando; para calmar los ánimos, propuso:

—Tengo un amigo que es peluquero y...

—Tu amigo no me vale —protestó—. Yo tengo mi propia peluquera.

—Vaya... usted perdone —contestó molesta.

—Soy tonta... —murmuró la pequeña.

Daniela, al escucharla, se sentó a su lado y le pasó la mano por la cabeza para tranquilizarla.

—No cariño, no eres tonta, ha sido un fallo y eso le pasa a cualquiera, ¿verdad, Rubén?

Pero él ya no las escuchaba. Solo le preocupaba su pelo y sin responder, cogió el móvil, marcó un número de teléfono y, segundos después, le oyeron decir:

—¡Hola, *bella*!, ¿puedes estar en mi casa en una hora?

Cuando colgó, Daniela tenía ganas de patearle el culo. ¡Qué insensibilidad! El trasquilón se veía, pero podía disimularse con un corte diferente. Suhaila, con los ojos como platos, no paraba de mirarle, sorprendida al verlo tan alterado. Y cuando él se marchó dando un portazo, sin despedirse, le dijo entre sollozos:

—Soy tonta, y Rubén ahora... él...

Daniela, al ver el berrinche de la pequeña, se desesperó y cogiéndola entre sus brazos la arrulló.

—No pasa nada, cariño, no es grave, estas cosas pasan. Ya verás como...

—Pero yo no creía que las tijeras cortaran tanto, y ahora Rubén se ha enfadado con nosotras, y yo no quiero que se enfade.

—No te preocupes, se le pasará, ya lo veras. Y en cuanto a...

Pero no pudo acabar la frase. Sonó el timbre de la puerta. Daniela se levantó con la pequeña refugiada en su cuello y, al abrir, se quedó sin habla cuando vio a Rubén. Se entendieron sin necesidad de hablar, su gesto se lo dijo todo y ella suspiró aliviada.

El futbolista, avergonzado por cómo se había puesto, tocó el hombro de la pequeña para que lo mirara y, cuando lo consiguió y vio su carita de disgusto y los ojos llenos de lágrimas, el corazón se le encogió. Era un auténtico idiota.

Durante una fracción de segundo ninguno de los tres dijo nada, solo se miraron, hasta que Rubén finalmente dijo:

—¿Me perdonáis por haberme comportado como un tonto?

La pequeña miró a Daniela y ella le respondió, a pesar de la cantidad de cosas que le hubiera gustado decirle.

—Lo que tú digas, cariño.

Suhaila, secándose las lágrimas, pestañeó y empezó a justificarse:

—Yo estaba jugando y no sabía que las tijeras cortaban, pensaba que eran de juguete. Perdóname, por favor.

Su voz, su tristeza al decir aquello, hizo que Rubén cogiera a la niña en sus brazos, la abrazara y después de besarla en la mejilla, le dijo:

—Estás perdonada, preciosa, por supuesto que estás perdonada, pero ahora necesito saber si tú me perdonas a mí: no tenía que haberme puesto así contigo y mucho menos haberos gritado, ni a ti, ni a Daniela.

Durante unos minutos, Rubén, olvidándose del mundo, se centró en la pequeña, ella era lo único importante en ese momento y, finalmente, la niña sonrió y murmuró:

—Yo te perdono.

—Gracias, preciosa.

—Eres mi chico y te quiero mucho.

—Para mí es muy importante que mi chica me perdone. Muy importante —murmuró emocionado al sentir el cariño que la niña le tenía.

Se abrazaron y, cuando se separaron, la chiquilla miró a Daniela.

—Tú también le perdonas, ¿verdad, Dani?

Ella, que había permanecido muda mientras aquellos dos se prodigaban cariñitos, sonrió sin poder evitarlo y, se acercó a ellos para que Rubén la abrazara.

—Por supuesto, pero solo si Rubén promete que nunca más volverá a hablarnos así.

—Prometido —afirmó el futbolista.

-21-

Los días pasaron y Daniela, tras ese episodio, intentó poner tierra entre el futbolista y los niños, aquello se estaba comenzando a liar con demasiados sentimientos y eso la asustaba. Pero le resultó imposible: Rubén no se lo permitió.

El doce de marzo, Rubén se reunió en un restaurante con amigos y varios compañeros, para el ver el AC Milan-Barcelona. Al final ganó el Barça con cuatro golazos. Ver la derrota sin paliativos del enemigo acérrimo del Inter, les llenó de alegría.

—Prueba esta *pizza*, ¿qué te parece? —preguntó Rubén a Daniela.

Tras darle un mordisco y saborearla con gusto ella abrió los ojos como platos y, mirándole directamente, le dio su veredicto:

—Buenísima, una de las mejores que he probado en mi vida.

Rubén rio y, sin importarle las miradas de algunos de sus amigos, besó a la joven, que se dejó encantada. Durante la cena, todos charlaron; era un grupo de unas quince personas a cual más animado y, cuando terminaron de cenar, propusieron ir a tomar una copa a Santofredi, un local de moda. Rubén se negó al principio, pero claudicó ante la insistencia de su amigo Jandro. Daniela decidió invitar a Antonella y quedaron en verse directamente en el local.

Al llegar a Santofredi, Rubén se sorprendió por no ver *paparazzi* en la entrada. Eso era maravilloso, pero una vez dentro, se agobió: todo el mundo quería hacerse fotos con él y eso llegó a abrumarle pasado un rato, a pesar de que seguía accediendo con buen talante.

Daniela pasó a la zona VIP con el resto del grupo y, cuando vio llegar a Antonella, la saludó con la mano y la hizo pasar.

—¡Wooo! ¿Zona VIP?

—Sí, es lo que tiene ir acompañada de astros del fútbol —se mofó Daniela abrazando a su amiga.

Durante un rato, las dos charlaron animadas, hasta que Jandro, que se había entretenido firmando autógrafos accedió a la zona Vip y, al ver a Antonella, le preguntó mirándola:

—Tú y yo nos conocemos, ¿verdad?

—Sí, nos vimos en La casa della nonna.

—¿Puedo invitarte a una copa?

—No. —Y cuando vio la cara de él añadió—: Mejor que sean dos.

Daniela y Antonella se miraron cómplices y rieron. Cuando se quedó sola miró con curiosidad a la sala donde todavía estaba Rubén, le vio sonriendo y haciéndose fotos con cientos de jovencitas que se morían por una instantánea con él, hasta que el dueño del local, después de una señal de Rubén, fue a rescatarle, dispersó a la multitud y le escoltó hasta la entrada de la zona VIP. Daniela le esperaba con una espectacular sonrisa.

—¿Todo bien?

Rubén, besándola en los labios, asintió y disfrutó de su compañía. Pero a medida que avanzaba la noche y la zona VIP empezó a llenarse de jovencitas deseosas de las atenciones de aquellos adonis del fútbol, Daniela y Antonella, comenzaron a sentirse incómodas. Rubén se divertía con Jandro y otros futbolistas y la había relegado a un segundo plano para hablar con un grupo de mujeres, como él decía, técnicamente perfectas.

—La verdad es que Jandro es todo un bombón —cuchicheó Antonella—. Me ha dado su teléfono, pero no voy a llamarlo.

—¿Por qué?

—Soy demasiado celosa para soportar ese tonteo. Paso... Paso...

Daniela asintió al entender lo que su amiga insinuaba.

—Tú verás, ya sabes de qué va salir con él.

—Y tú que estás saliendo con Rubén ¿cómo lo llevas?

—Yo no estoy saliendo con Rubén ¿de dónde te sacas eso?

Antonella, meneando la cabeza, suspiró:

—Tengo ojos y sé que, desde el día que diste el paso y te acostaste con él, casi no os separáis ¿a qué viene ese viaje a la Toscana, que estuviera en el cumple de Suhaila, que paséis tantas noches juntos... entre otras muchas cosas? Puedo hacerte una lista.

—Somos amigos con derecho a roce —le respondió a la defensiva a sabiendas que su amiga tenía razón.

—Permíteme que me ría ¡ja,ja, ja!

—Ya sabes lo que hay, Antonella —cuchicheó—: Será poco tiempo. Como ves, él no tiene tiempo para mí y yo, sinceramente, no creo que aguante mucho su ritmo de vida.

En ese momento, una de aquellas mujeres se sentó encima de

las piernas de Rubén para hacerse una foto. El futbolista, divertido, la agarró por la cintura y Daniela se mosqueó.

—Creo que lo que tenemos va a durar todavía menos de lo que me imaginaba. No soporto ver como las *bellas* esas se sientan sobre él y le toquetean, y sobre todo, no soporto que a él le venga todo bien.

—¿Celosa?

Daniela asintió, con Antonella no tenía porqué fingir.

—Mucho. Y lo peor es que cada día más.

Empezó a sonar Jesse James y Antonella tomó a su amiga de la mano, la obligó a levantarse y la condujo a la pista.

—Ven... vamos a bailar.

Daniela se marchó tras ella sin decir nada. Necesitaba distraerse, como siguiera mirando aquel tonteo, iba a explotar.

Diez minutos después, Rubén vio que Daniela no estaba en su reservado en la zona VIP. Se levantó para buscarla: ¿dónde se habría metido?, con gesto ofuscado empezó a buscarla con la mirada por el resto de la sala, cuando Jandro se le acercó.

—La morena que está en la barra quiere conocerte.

—Ahora no.

—Pero, colegaaa, esa belleza es de las que quitan el sentido, ¿tú la has visto?

Rubén miró hacia donde su amigo le indicaba y, al ver que la joven le sonreía, puntualizó:

—Ahora no puedo, ¿has visto a Daniela?

Jandro, descolocado, miró a su amigo.

—Vamos, colega, ¿qué estás haciendo?

—Buscando a Dani, no sé dónde se ha metido.

—¿No me digas que te has colgado de la fisioterapeuta? —Rubén no respondió y Jandro, resoplando, insistió: —Estás haciendo el idiota Rubén, Daniela no es lo que tú necesitas. Ella es una buena chica y...

—... yo soy un mal chico —terminó la frase por su amigo.

—No digo eso, güey, solo digo que las buenas chicas van al cielo y las malas ¡a todos lados! Y a ti siempre te gustaron las malotas. Vamos... la morena te espera.

Al escuchar aquello, Rubén sonrió y, agarrando a su buen amigo por el cuello, le gritó al oído, para que no hubiera duda de que le había escuchado.

—¿Sabes Jandro? Si tanto te gusta, quédate tú con la morena.

—Pero colegaaa...

Sin hacerle caso, salió de la zona VIP en busca de Daniela.

Después de bailar animadamente con Antonella varias canciones, al abandonar la pista de baile se encontraron con unos amigos a los que saludaron encantadas. Daniela sintió que alguien le cogía de la mano, al mirar, vio que se trataba de Rubén, que la miraba con gesto hosco. A Daniela le asombró la seriedad de su semblante.

—¿Qué ocurre?

—Dímelo tú a mí —respondió él—. Me doy la vuelta y, cuando me doy cuenta, ya no estás, y te encuentro aquí de risas con estos tipos.

—Estos tipos son mis amigos, ¿algo que objetar? —Él no respondió y ella replicó—. Mira, no te enfades por lo que te voy a decir, pero no pienso estar esperándote como una idiota toda la noche mientras tú te diviertes con tus amiguitas.

Molesto por aquella contestación se acercó más a ella.

—¿A qué te refieres?

—Ya sabes a lo que me refiero, no te hagas el inocente que ya somos mayorcitos.

Rubén asintió y, al ver que la gente les estaba observando, dijo agarrándola de la mano:

—Ven, acompáñame a la zona VIP.

—No.

—¿No?

—Exacto: ¡no!

Pero sin hacer caso a sus palabras, tiró de ella, así que no le quedó más remedio que acompañarlo ante la atenta mirada de demasiados ojos. No quería montar un numerito. Cuando entraron en el reservado, el futbolista caminó hasta un lateral donde no había nadie con paso decidido.

—Vamos a ver, Dani, ¿qué ocurre?

Incapaz de callar lo que pensaba, respondió:

—¿Cuándo te vas a dar cuenta que yo no soy una de ellas? Que me acueste contigo no quiere decir que me tengas que tratar como a una más. Y si te digo esto es porque me hiciste sentir mal hace un rato con tu actitud.

—¿Mi actitud?

Llevándose las manos a la cabeza, Rubén se retiró el pelo de la cara.

—Simplemente he sido agradable con la gente, soy un personaje mediático y, lo normal, si quiero tener una buena imagen pública, es que sea amable con quien se me acerca; no quiero que la prensa hable mal, ni diga tonterías sobre mí.

—Pues luego no te quejes de que te saquen mil novias. Tu comportamiento esta noche con esas mujeres deja mucho que desear.

—¿Pero de qué hablas?

Daniela se sentía cada vez más incómoda por el embolado en el que ella sola se estaba metiendo.

—Vamos a ver cómo te explico esto sin que parezca que exijo ser tu novia, ni ninguna de esas tonterías me creas o no, no es eso lo que pretendo. El tema es que si sales conmigo a cenar, estás conmigo, no tonteando con otras mujeres delante de mis narices, porque si haces eso, yo tengo dos opciones: mirarte como una tonta o divertirme y pasar de ti. En este caso, me he decidido por la segunda opción, ¿y sabes por qué? —Él negó con la cabeza y ella prosiguió—: Pues porque solo somos amigos con derecho a roce. Así que, si quieres seguir con tu tonteo con esas mujeres técnicamente perfectas ¡adelante!, por mi no te cortes, pero luego no me vengas con actitudes de machito ibérico porque no te las voy a consentir, ¿entendido?

Una vez acabó aquella parrafada, Daniela respiró. ¡Qué a gustito se había quedado!

Pero Rubén se ofuscó.

—He salido a cenar contigo y estoy contigo. Y vuelvo a repetirte que, si me hice fotos con esas mujeres es porque he de hacerlo, nada más. Esta es mi vida, por lo tanto, si quieres aceptarla, bien y si no, ¡tú verás lo que quieres hacer!

Boquiabierta por aquel arranque, Daniela asintió y sin cambiar su gesto, respondió:

—Creo que lo que quiero hacer es estar con mis amigos, al menos ellos no están endiosados y tienen un poquito más de sentido común que tú. Sinceramente Rubén, me acabas de decepcionar con tu respuesta. Creo que deberías haberla meditado un poquito más.

Dando un paso para atrás Rubén siseó con prepotencia:

—Tú misma.

Esa chulería le tocó la fibra y, achinando los ojos, le espetó antes de alejarse de él.

—Muy bien... ¡yo misma!

Rubén observó cómo se alejaba pero fue incapaz de ir tras ella. Su orgullo se lo impedía. Daniela tenía el descaro de decirle siempre lo que pensaba, le gustara o no, y en aquella ocasión, desde luego, no le había gustado.

Durante un par de horas la vio divertirse con sus amigos, disimulando, la observaba desde la zona VIP. Mujeres técnicamente perfectas revoloteaban a su alrededor agasajándolo y buscando sus atenciones, pero él no podía dejar de observar a la tocapelotas. Y cuando vio que se disponía a marcharse, agarró de la mano a la primera que tuvo a su lado y, tirando de ella, llegó a la salida del local al mismo tiempo que Daniela. Sin mirarla, pasó por su lado, y al salir, la prensa se lanzó indiscriminadamente sobre él y su acompañante, que sonreía a los *flashes* como una tonta.

Alucinada con lo que acababa de ver, fue a protestar cuando Antonella le ordenó, agarrándola del brazo.

—Volvamos dentro, creo que tú no estás preparada para irte a casa.

Dos horas después, sobre las cinco de la madrugada Daniela se despidió de los amigos que la habían acercado hasta su portal. Una vez dentro, se montó en el ascensor y se quitó los tacones, los pies la estaban matando. Cuando el ascensor se paró en su piso y las puertas se abrieron, se quedó totalmente bloqueada: sentado en el suelo, ante su puerta, se encontraba Rubén. Al verla se levantó y ella dio un paso más para salir del ascensor.

Se miraron en silencio durante unos segundos hasta que él por fin se arrancó a hablar:

—Dijiste que soy caliente, terrenal y pasional, ¿verdad? —Ella asintió y él continuó—: Pues quiero que sepas que mi parte terrenal no admite que en mi presencia estés con otros que no sea yo, y por eso te pido disculpas, sé que no lo hice bien.

Daniela respiró, cerró los ojos y se maldijo: ¿qué estaban haciendo?

—No sé bien qué es lo que me pasa contigo pero me gustas y por eso... —añadió él al ver su gesto.

—No, no sigas.

Sorprendido por su rotundidad iba a continuar hablando cuando ella añadió:

—Siento haberme enfadado contigo, pero mi parte terrenal sintió lo mismo que sintió la tuya, cuando te vi con otras y...

No pudo decir más. Rubén se acercó a ella y la besó con pasión. Aquello se les estaba yendo de las manos, y lo sabían; pero no podían pararlo.

Daniela tiró el bolso al suelo y le agarró. Besarle era una delicia y decidió dejarse llevar por lo que necesitaba en ese momento y si una cosa tenía clara era que necesitaba besarle. Así estuvieron unos minutos en el descansillo de su casa hasta que, cuando la cosa empezó a subir de tono, él le quitó las llaves de la mano.

—Entremos.

—De acuerdo —aceptó ella sin fuerzas para pensar ni para oponerse a nada.

Una vez dentro, y con las luces apagadas, Rubén la apoyó contra la puerta y la volvió a besar. Sin soltarla, se quitó el abrigo y después se lo quitó a ella. Unos besos y miles de caricias después, la temperatura entre los dos subió por momentos hasta que finalmente ella decidió hacer lo que le apetecía: le desabrochó la camisa, para cuando cayó al suelo, sus manos ya habían volado al botón de la cintura del vaquero de él.

—Impaciente.

—Mucho.

Cuando sus ojos se acostumbraron a la oscuridad, Rubén, mirándola fijamente, le confesó:

—Me gustas mucho Dani, mucho.

—Tú a mí también, y eso no es bueno.

—¿Que no es bueno? ¿Por qué?

—Porque creo que esto no nos llevará a ningún lado.

Acercando su boca al oído de ella, excitado, aventuró:

—Nos llevará adonde nosotros queramos.

—De eso no hay duda, principito.

Ambos rieron y él añadió:

—Eres pasional, suave, terrenal, caliente y muy... muy bonita.

—Desnúdate.

Rubén sonrió, y besándola, murmuró:

—Y mandona. Te gusta mucho dar órdenes.

—Desnúdate —insistió excitada.

Hizo lo que le exigía mientras ella le observaba apoyada en el marco de la puerta. Semi a oscuras, se quitó los zapatos, los calcetines, los vaqueros y finalmente los calzoncillos. Rubén era *sexy*, pecaminoso, un adonis fibroso... la respiración de Daniela se fue acelerando poco a poco. La única luz que había en el salón era el reflejo de la luna que se colaba por la ventana. Observar cómo se desnudaba en esas circunstancias le convertía, prácticamente, en una aparición, en algo metafísico. Cuando por fin le tuvo como ella quería, él se quedó quieto y le pidió:

—Ahora, desnúdate tú.

Ella le obedeció sin demora; mientras él, tras sacarlo de su cartera, rasgaba el envoltorio de un preservativo. Apoyada en la puerta de la calle, se quitó las medias, después el vestido, y cuando fue a quitarse el sujetador y el tanga, él la detuvo.

—De esto ya me encargo yo.

Sin más, la cogió entre sus brazos y la llevó hasta el sillón del salón. Una vez se sentó desnudo Daniela encima, puso sus manos en la espalda de ella y la acercó hacia él. Sus pechos fueron hasta su boca y los mordisqueó por encima del sujetador. Los pezones se pusieron duros y, deseoso de tomarlos, pasó su caliente boca por encima de ellos hasta que de un tirón del sujetador, emergieron y quedaron expuestos ante él.

—Me encantan.

Con deleite, se los metió en la boca y los mordisqueó mientras ella cerraba los ojos y echaba el cuello hacia atrás. Morbo, lo que Rubén le daba era morbo en estado puro. Un magnetismo que les atraía, y que cada vez les enganchaba más y más.

Excitado, como siempre que estaba con ella, sin pararse a quitarle el tanga, Rubén lo echó hacia un lado e izándola un poco, puso su dura verga en su cavidad húmeda y, poco a poco, se hundió en ella hasta tenerla totalmente empalada.

El jadeo que ella soltó al sentirse llena de él hizo que buscara su boca, la encontró, la besó y, con fuerza, la apretó contra él en busca de placer, ambos jadearon. Sentada sobre él, Daniela comenzó a moverse. Al principio con lentitud, pero según pasaban los segundos, la urgencia creció en ellos. Movió las caderas de adelante hacia atrás, y notaba cómo su vagina succionaba el duro miembro arrancándole gemidos de lo más varoniles. Repitió los movimientos una y otra vez, hasta que él no pudo más y, agarrándola de las caderas, la apretó contra él y ambos jadearon. Sin pararse, Rubén comenzó a hundirla una y otra vez y, cuando gritaron al unísono, supieron que habían llegado al clímax simultáneamente.

Desnudos, abrazados y sudorosos permanecieron en la oscuridad del sillón durante unos minutos. Lo ocurrido había sido puro fuego o eso les parecía a ellos. Hasta que él preguntó sin moverse.

—¿Dónde has estado hasta estas horas?

—Con mis amigos.

Rubén asintió, prefirió no preguntar más.

—Siento lo ocurrido, a veces me comporto como un imbécil.

Sin mirarle, pero sabiendo de qué estaba hablando, le preguntó:

—¿A qué te refieres?

El futbolista soltó una risotada.

—Me refiero a que si salgo contigo, con quien debo estar es contigo. Tenías razón y quería pedirte disculpas por...

La boca de ella buscó la de él para callarle y besarle con pasión.

—Estás disculpado.

—Me gustaría ver tu cara en este momento, ¿puedes encender una luz?

Sin bajarse de sus rodillas, ella se acercó al interruptor de una lamparita de pie, que había junto al sillón de lectura. Rubén, recorriendo sus mejillas con las yemas de los dedos sonrió con delicadeza. Después la acercó a su boca y la besó.

—¿Cenas conmigo mañana?

—No puedo.

—¿Pasado mañana? —insistió.

—Imposible.

—¿El viernes?

—Lo siento, pero tengo planes.

Sorprendido su gesto cambió y preguntó:

—¿Qué es eso de que tienes planes toda la semana?

—Vamos a ver, Rubén...

—¿Con quién tienes planes?

—Rubén... creo que debemos distanciarnos un poco.

La mirada de él se tornó oscura y siseó:

—No quiero distanciarme de ti en absoluto. Me gusta estar contigo ¿no lo ves?

Daniela se estaba convenciendo de que aquello no iba por buen camino.

—Escucha, yo...

—No, escucha tú —interrumpió él—. Necesito tenerte cerca y, aunque no lo reconozcas, sé que a ti te ocurre lo mismo, ¿por qué quieres que nos distanciemos?

Deseó contarle la verdad, pero no podía. De hecho, no quería. Tenía miedo a su reacción y a no poder superarla.

—Rubén, simplemente tengo cosas que hacer esta semana. De verdad que lo siento, no te enfades pero tengo ciertos compromisos que...

—¿Cenamos el sábado?

Al escuchar aquello, estuvo a punto de soltar una carcajada.

—No puedo. Estaré el fin de semana fuera y...

—¿Que te vas el fin de semana?

—Sí.

—¿Con quién?

—Rubén, no entremos en ese juego. No quiero que...

—¿Con quién vas a pasar el fin de semana? —insistió.

—Tengo cosas que hacer. Siento darte calabazas —respondió quitándose de encima de él.

La miró malhumorado.

—¿Me estás dando calabazas?

—Sí.

Incrédulo, se levantó y caminó hacia la puerta, donde estaba desperdigada su ropa. A él nadie le negaba una cita y, sin mirar atrás, la cogió y comenzó a vestirse. Ella hizo lo mismo. Discutir desnuda le provocaba inseguridad y, cuando se puso el vestido, caminó hacia él para intentar arreglar el asunto.

—Oye...

—No, no voy a escucharte. Llevo esperándote cerca de dos horas sentado en la puerta de tu casa con el culo congelado como un imbécil, para que, después de hacer el amor y pedirte disculpas por lo de esta noche ¡me des calabazas! Esto es increíble.

—Lo siento, no era lo que pretendía pero...

—Te he dicho que me gustas mucho, algo que nunca le he dicho a ninguna otra mujer, ¿qué más necesitas?

Daniela, se tocaba la cara y el pelo, con nerviosismo, tensa por verle tan afectado.

—Tú también me gustas, pero no busco una relación estable y, si me lo permites, creo sinceramente que a ti tampoco te conviene. Tu estilo de vida te lo impide, eres Rubén Ramos, «el toro español», el caprichito de las *bellas* ¡No lo olvides!

Su cara de pilluela hizo que se le curvaran las comisuras de los labios. Aquella mujer era increíble: cuanto más le echaba de su lado, más la quería con él. Le hacía pasar de la furia a la sonrisa en décimas de segundo.

—Daniela, vamos a dejarlo. —Ella intentaba contener la risa. —Haz el favor de no reírte tocapelotas o me cabrearás más.

—¿Sabes que me encanta ser tu tocapelotas?

—¡Qué ilusión! —se mofó molesto.

Cuando él comenzó a abrocharse la camisa, la joven, acercándose más de la cuenta, cogió sus manos y empezó a besarle los nudillos, hasta conseguir que él la mirara.

—¿Que te parece si el martes pasas a buscarme por mi casa a las siete y me acompañas a mi cita?

—¿Pretendes ahora que sujete la vela?

—No.

—¿Entonces qué narices quieres que haga?

—Acompañarme, estoy seguro de que te lo pasarás bien. —Boquiabierto iba a responder cuando ella dijo—: Y ahora déjate de malos rollos, de enamoramientos y de tonterías y vamos a mi habitación, quiero que te desnudes y que pases la noche conmigo, ¿te apetece la idea?

-22-

El lunes por la mañana cuando Rubén llegó al entrenamiento, conduciendo su propio coche, la gente del Club le recibió entre aplausos. Había estado varios meses de baja y tenerle de nuevo allí fue un soplo de aire fresco para todos.

Los fisios y el médico del Club dedicaron la mañana a hacerle mil pruebas y, cuando por fin acabó en la ciudad deportiva estaba agotado.

Llegó hasta el aparcamiento y dejó la bolsa de deporte en el maletero de su deportivo biplaza.

—¿Qué tal tu primer día? —Oyó que alguien le decía.

Al mirar, vio al entrenador en el coche de al lado.

—Frustrado.

—¡¿Frustrado?!

—Pensé que haría algo más que contestar preguntas y dejar que me hicieran mil pruebas médicas.

Norton sonrió y mirando al joven indicó:

—Tranquilo, tenemos que volver a la normalidad paulatinamente. Mañana comenzarás un entrenamiento con el segundo entrenador. Piensa que llevas inactivo varios meses y, por forzar en tu incorporación al equipo, podríamos echar a perder el excelente trabajo que habéis hecho tu fisio y tú. —Rubén asintió y el entrenador, cambiando de tono, prosiguió: —En referencia a mi hija, quería decirte algo, muchacho. —Rubén le animó a que continuara—. Daniela es una estupenda muchacha que no merece sufrir ni ser desmerecida por nadie. Creo que eres un jugador diez y un hombre que puede tener todo lo que quiere, ¿por qué mi hija?, ¿acaso no tienes suficientes mujeres a tu alrededor? Casi no nos conocemos y sé que no tengo derecho a decir lo que estoy a punto de decir, pero voy a hacerlo porque estamos hablando de mi pequeña. Daniela merece ser tratada con cariño, respeto y amor y tú eso nunca se lo vas a dar. Así que aléjate de ella antes de que le hagas daño.

Estupefacto, no supo qué responder.

—Es mi niña y no voy a permitir que sufra por ti, ¿entendido?

Cuando Norton se dio la vuelta para marcharse, Rubén le agarró del brazo para detenerlo, y le miró fijamente a los ojos.

—No tengo intención de faltarle el respeto a su hija, en especial porque entre su hija y yo...

—No quiero saber lo que hay entre mi hija y tú, solo quiero que te alejes de ella, de Suhaila y de Israel.

Al escuchar eso, la paciencia del futbolista se agotó y, anclando los pies en el suelo, sacó su carácter y le desafió.

—¿Por qué? ¿Por qué he de alejarme de ellos?

—Porque te lo estoy diciendo yo. ¿No te basta?

—No, no señor, no me basta.

El entrenador, sorprendido, le miró. No se esperaba tanta reticencia por parte de su jugador.

—Voy a ponerte un ejemplo para que me entiendas: compara mi coche con el tuyo. —Rubén frunció el ceño, no sabía de qué iba todo esto—. Mi coche es un vehículo familiar y el tuyo, un biplaza. Mi vida es familiar y la tuya no lo es en absoluto ¿necesitas más ejemplos? —Rubén estaba a punto de objetar algo, cuando Norton se adelantó—. No juegues con mi hija, ni con los niños: si lo haces y ellos sufren por tu culpa, te juro que te las verás conmigo.

—No estoy jugando con nadie.

—¿Y por eso se fue contigo a la Toscana? ¿Por qué viniste al cumpleaños de Suhaila? Mira Rubén, seamos maduros, sé lo que va a ocurrir con mi hija, la conozco muy bien y tú no eres lo que ella necesita.

—¡Maldita sea, señor! —voceó—. Ya es la segunda vez que me dice eso, ¿qué es lo que necesita su hija que yo no pueda ofrecerle? ¿De verdad me ve usted tan mala persona?

John Norton se mordió la lengua, no debía continuar hablando, se pasó la mano por el pelo.

—Escuche, señor... —prosiguió Rubén algo más calmado.

—No, escúchame tú a mí: no sé qué sabes de Daniela, ni lo que ella te ha contado sobre su vida, pero lo que sí sé es que tú no vas a estar a la altura de lo que ella necesita. Daniela es fuerte, pero está pasando por un momento de su vida en que necesita a alguien que sea más fuerte que ella, que le dé apoyo y tú, no eres esa persona.

A Rubén le sorprendieron mucho aquellas palabras, no sabía de qué le estaba hablando el entrenador.

—¿De qué está hablando? ¿Qué le ocurre?

Norton le miró detenidamente, con dureza. Había estado a punto de irse de la lengua y su hija nunca se lo hubiera perdonado. Furioso consigo mismo, dijo levantando un dedo.

—Aléjate de ella antes de que sufra, también, por amor.

Una vez dijo eso, el entrenador se marchó dejándole totalmente bloqueado y sin entender nada en absoluto.

Cuando aquella tarde Daniela llegó a su casa para su sesión de fisio no le comentó nada de lo ocurrido con su padre. Se limitó a observarla y no vio en ella nada fuera de lo normal, ¿a qué se referiría el entrenador?

Ella sí le notó extraño, demasiado callado y observador. Al acabar, él le pidió que se sentara a su lado, quería que hablasen.

—Daniela, hoy hablé con tu padre.

—¿Y qué? —murmuró en un hilo de voz.

—Vamos a ver, Dani, ¿qué ocurre? Es la segunda vez que me dice que yo no voy a estar a la altura de lo que tú necesitas y eso me desconcierta ¿tienes algo que contarme?

—No.

—¿Seguro?

—Segurísimo —mintió con mucha convicción.

—¿Y por qué tu padre me ha dicho que estás en un momento muy particular de tu vida y que necesitas a tu lado a alguien más fuerte que tú?

Durante una fracción de segundo, se bloqueó. Cuando viera a su padre ¡iba a enterarse!, ¿debía contarle la verdad a Rubén? Pero reaccionó a tiempo.

—¡Oh, Dios...! el Gran Jefe ¡qué pesadito es! No le hagas caso, son cosas de padre súper protector.

—Pero, Daniela, yo trabajo con él y...

—Lo sé, tranquilo, hablaré con él. —E intentando bromear cuchicheó—: Soy su niña, entiéndelo. Se preocupa por mí y conoce tu curriculum a nivel sentimental.

—Te entiendo, te juro que te entiendo Dani, pero cuando me ha dicho...

—Pero vamos a ver, Rubén —le cortó—. ¿Tú no te preocuparías si supieras que tu hija se está viendo con un tipo tan mujeriego como tú?

Tras pensarlo, el futbolista asintió e indicó:

—Le prohibiría salir con un tipo como yo. —Rubén solo tuvo que pensarlo una milésima de segundo.

Daniela soltó una carcajada, Rubén se parecía a su padre más de lo que él se podía imaginar.

Esa noche, una vez terminaron de cenar en la casa del futbolista, ella volvió del baño y se sentó a su lado. Había algo que quería aclarar.

—Quiero que sepas que, a pesar de que al principio trabajar contigo era una tortura, me lo he pasado muy bien. Has resultado ser mejor tipo de lo que creía.

Rubén sonrió y, tras dar un trago a su vaso, respondió:

—Lo mismo digo, tocapelotas.

—Entonces doy por finalizado nuestro contrato: ya no soy tu fisio, ni tú mi paciente, así que ¡ya te puedo insultar!

Al escucharla, Rubén soltó otra carcajada. Dani y sus chispeantes comentarios. Y tirando de ella, la sentó encima de él y la besó. Cuando sus labios se separaron ella dijo:

—Se acabó el pagarme mil euros por sesión. ¡Tío Gilito! Ah... y se acabó eso de vernos todos los días. —El gesto de Rubén se frunció.

—No pongas esa cara, ¿vale?

Sin querer polemizar él asintió con la cabeza intentando no pensar en ello.

—El que nuestro contrato finalice no significa que dejen de llegar los ingresos a La casa della nonna. —Daniela le miró asombrada —Si algo me has enseñado en este tiempo es que los que tenemos más recursos económicos debemos ayudar más a los que no disponen de ellos. Por lo tanto, seguiré ingresando ese dinero para los niños, incluso hablaré con el Club y con mis compañeros para que ayuden a otros centros de acogida.

Sonrió encantada, y acercando sus labios a los de él, le susurró:

—Si es que eres para comerte a besos. Gracias, muchas gracias.

Abrazándola, Rubén aspiró su perfume, su olor, todo en ella le gustaba mucho... demasiado. Veinte minutos después, cuando había conseguido asumir que no la vería a diario, ella murmuró:

—Recuerda, mañana cuando vayas al entrenamiento, no te hagas el héroe o estropearás todo nuestro trabajo, ¿entendido?

—De acuerdo.

Abrió su mochila y sacó una carpeta.

—Entrégale este informe a tu fisio del Club, de hecho, deberías habérselo llevado hoy. Quiero que sepa lo que hice contigo.

—En estos documentos, ¿le explicas todo... todo... todo?

Con picardía, ella levantó las cejas y, tras soltar una risotada, cuchicheó:

—Más o menos.

Rubén sonrió, se levantó, le tendió la mano galantemente para ayudarla a levantarse, la acercó hasta él y murmuró mirándola a los ojos.

—Voy a echar de menos verte todos los días.

—Lo superarás —se mofó con el corazón dolorido—. En cuanto comiences tu rutina diaria ten por seguro que lo superarás.

Asintió con la cabeza, convencido de que le costaría más de lo que aquella se imaginaba y, acercando su boca a la de ella, la besó. Una vez abandonó sus labios le preguntó:

—¿Te reincorporarás a tu trabajo en el hospital?

—Dentro de unas semanas.

Sorprendiéndose a sí mismo, a él se le escapó:

—No quiero dejar de verte.

La combinación de esas palabras, con esa voz, con esa mirada, con sus manos acariciando todo su cuerpo, consiguieron que a la joven se le pusiera todo el vello de punta. Sus ojos hablaron por si solos hasta que ella respondió:

—Lo más inteligente sería acabar con esto: créeme.

Rubén sonrió y sin decir nada más la izó entre sus brazos y la sentó sobre la mesa. Sin dejar de mirarla a los ojos, la besó, la tocó, la desnudó... Y cuando por fin la tuvo como él quería, deseoso de sexo, murmuró:

—¿Por qué he de dejar de verte?

Desabrochándole la camisa, tras acercar su boca a su pezón tatuado, lamió la estrella, la mordisqueó, la sopló y luego respondió:

—Porque voy a estar muy ocupada, y tú también. —Rubén, al escuchar aquello iba a responder, cuando ella agarrándole le exigió—: Pero ahora, en este instante, céntrate en mí, ¿vale?, vamos a pasárnoslo bien, mañana será otro día.

Pero Rubén no podía dejar de pensar en ello.

—¿De verdad crees que debemos dejar de vernos?

Daniela suspiró, le miró a los ojos y asintió tras meditarlo.

—Sí, vamos a hacer las cosas bien.

—Me gustas Dani, me gustas demasiado y...

Ella le tapó la boca con la mano y murmuró con sinceridad:

—No sigas.

Rubén paseó la lengua por su cuello mientras ella le desabrochaba los pantalones. Su pene estaba deseoso de entrar en ella, lucía duro y erecto. Daniela sonrió al verlo y lo tocó con mimo antes de decir:

—Necesitamos un preservativo urgentemente.

El futbolista asintió, la cogió entre sus brazos y la llevó hasta su habitación a grandes zancadas. Una vez allí, la dejó sobre la cama, abrió el cajón de su mesilla y, sacando tres preservativos, la miró y dijo al ver que ella sonreía:

—De momento, comenzaremos con estos.

Aquella noche Daniela se sintió especial, muy especial. Rubén la abrazó de una manera diferente y le hizo el amor con más ímpetu y deleite que otras veces.

A la mañana siguiente, cuando el futbolista se despertó eran las siete de la mañana. Se dio una ducha rápida y, al salir, se acercó a la cama donde la joven aún dormía. Con una sonrisa en los labios, se sentó junto a ella y la besó. Daniela se despertó.

—Buenos días, bella durmiente.

Ella sonrió y al ver la hora que era, se desperezó con tranquilidad. Rubén sin quitarle ojo, miró con detenimiento aquellos pequeños pechos que tanto le gustaban y, quitándose la toalla que llevaba anudada a la cintura, se tumbó sobre ella mientras le abría las piernas.

—Vamos... despierta.

Ella notó la enorme erección que pugnaba por entrar y sonrió.

—Vaya... vaya... cómo te has levantado hoy. —De una estocada, la penetró. Ella se arqueó en la cama, excitadísima—. ¡Oh, Dios...! me encanta despertar así.

—Y a mí... te lo puedo asegurar —susurró agarrándola de la cintura para entrar más profundamente.

Una y otra vez sus gemidos resonaban en la habitación hasta que, un orgasmo asolador, les hizo dar alaridos de placer. Minutos después, Rubén volvía a la ducha entre risas con Daniela agarrada a sus hombros.

Aquella mañana, cuando cada uno tomó su camino para hacer frente al día, Rubén se sintió feliz. Al llegar al entrenamiento, mientras se cambiaba de ropa, le mandó un mensaje:

¿A qué hora paso a buscarte?

Cuando Daniela leyó aquello estaba en La casa della nonna con Antonella, de inmediato, le contestó:

A las siete.

No pudo evitar que se le escapase un suspiro y una sonrisa cuando tocó la tecla para enviarlo.

—Vaya... vaya... parece que alguien se está colgando de alguien... —soltó Antonella, como si se tratara de la estrofa de una cancioncilla.

Daniela, tapándose la cara, susurró.

—Tengo que cortarlo y no sé cómo. Rubén es tan... tan...

—¡Wooo, madre mía! ¡Estás fatal! Mírame, Dani... mírame, a la de ¡ya! —Cuando Antonella vio la mirada de su amiga, alucinó—. Oh... oh...oh... ¿pero es que esto va en serio?

Convencida de que estaba metiendo la pata hasta el fondo, cuchicheó:

—Creo que la estoy cagando y que esto lo va a complicar todo.

—¡No me jorobes, Dani! ¿Te has enamorado de él?

—Hasta las trancas.

—Madre mía... madre mía... madre mía.

—Aisss Antonella, tenías que ver cómo es el verdadero Rubén: es cariñoso, detallista, romántico, terrenal y es fantástico con Suhaila e Israel.

—Vamos, un dechado de virtudes.

—Sí. —Y con gesto de horror le confesó—: ¡Dios! no he sabido cortar esto a tiempo y ahora...

—¿Él se ha enamorado de ti?

—Por suerte no. Le gusto, porque él me lo ha dicho, pero o termino esto o creo que los dos lo vamos a pasar fatal.

Cogiéndola de la mano, Antonella la llevó hasta un sofá no sin antes comprobar que los niños estaban entretenidos.

—¿Te has preguntado si Rubén es esa media naranja que todo el mundo busca?. Quizá sea la tuya.

—No, no lo es.

—¿Por qué lo sabes con tanta seguridad?

—Porque lo sé, Antonella. Él y yo funcionamos de vicio en la cama. Nos lo pasamos muy bien juntos, pero ya sabes que hay ciertas cosas él no sabe de mí y...

—Cuéntaselas.

—No.

—Estás sana. Cuéntaselo, no te ocurre nada.

—Eso no es cierto.

Antonella, intentó razonar con su amiga.

—Dani, ¡por el amor de Dios! Eres la tía más positiva que conozco, ¿por qué no se lo dices? Si le gustas, no querrá alejarse de ti.

—No puedo, no puedo amargarle la vida con preocupaciones y...

—Dani, repito: estás sana, no tienes cáncer y no tienes porqué volver a padecerlo. Tu vida es tan normal como la mía y...

—Eso es mentira —respondió con dureza—. Mi vida no es normal, tú no tienes que pasar cada seis meses por el oncólogo en busca de resultados; tú no tienes que tomar una puñetera pastillita todas las mañanas para controlar los jodidos estrógenos; tú no sufres náuseas, ni sudores nocturnos, ni dolores de cabeza, ni agotamiento ni mil cosas más. Y luego está el tema de los niños, Rubén quiere ser padre biológico, y yo no puedo garantizarle que pueda concebir. Antonella, él busca una mujer técnicamente perfecta y yo no lo soy. Y si está conmigo es porque no sabe nada de lo que tú sabes y yo no quiero que lo sepa.

—Pero ¿por qué no quieres que lo sepa?

Daniela se quedó callada, cerró los ojos e intentó controlar las lágrimas mientras su amiga susurraba:

—Tienes miedo al rechazo Dani, ¿verdad? Crees que todos los hombres van a ser como el tonto de Enzo y no tiene porqué ser así. Y antes de que digas nada, Enzo es un capullo que está muy bueno y que entiendo que te lo tires cuando te plazca, pero es un capullo por lo que te hizo: te dejó en el momento en que más le necesitabas y...

—Enzo es un capullo, de acuerdo, lo admito; pero un capullo que siempre fue sincero conmigo, nunca me engañó tras saber lo que me ocurría y eso se lo agradeceré toda mi vida. Yo quiero tener a mi lado a alguien que me quiera, no quiero a alguien que esté conmigo por pena, eso sí que no. Y sí... tengo miedo, Antonella: tengo miedo a enamorarme demasiado de Rubén y que él me rechace cuando sepa lo de mi enfermedad.

—¿Y si no te rechaza?

—Lo hará, su vida y la mía apenas tienen nada que ver. Además, yo no soy el prototipo de mujer de un futbolista.

—No digas tonterías, Dani. Tu eres una preciosidad y...

—Una preciosidad que guarda un secreto que es una bomba de relojería y que en cualquier momento puede comenzar la cuenta atrás y... y...

—Dani ¡Basta! ¡Basta ya!

—Y encima le he prometido acompañarle a España a la boda de su hermana. Pero ¡Dios mío! ¿qué me ocurre? ¿por qué soy incapaz de decirle que no?

De pronto le llegó un mensaje al móvil. Lo leyó, se tapó la boca emocionada y lo tiró en el sofá. Antonella se sentó a su lado, cogió el móvil y lo leyó.

Tengo ganas de verte, tocapelotas

Con mimo, abrazó a su amiga y, cuando se tranquilizó, le tendió el móvil.

—Respóndele, seguro que es lo que está esperando.

—No puedo hacerlo. Debo cortar esto ¡ya!

Antonella asintió e intentó consolar a su amiga.

—Escucha, Dani: tú te mereces ser feliz. Entiendo todo lo que dices, pero entiende también que quienes te queremos deseamos tu felicidad. Llevaba mucho tiempo sin verte tan feliz y con tanta energía, tan viva como ahora. Y mira por donde, el tío que está haciéndote más feliz que en toda tu vida es un astro del fútbol que está buenísimo, que trabaja con tu padre y que se comporta contigo como un verdadero amor. Han pasado algo más de cuatro meses. Vale... entiendo que ha superado el tiempo que te marcas para estar con alguien pero ¿por qué no piensas que quizá lo has superado porque él es especial? En ocasiones ocurren cosas mágicas con quien menos lo esperas y ¡joder!, a ti te ha ocurrido con Rubén Ramos, ¿quién te iba a decir que ese insoportable y egocéntrico principito era la persona que iba a enamorarte?

—Esto va a acabar muy mal Antonella... ya lo verás.

—Lo que tenga que ser, será. Y si tú decides acabar con esto, ¡adelante! Yo solo veo dos opciones: ser sincera y continuar con él o acabar esa relación con mentiras. La decisión es tuya.

Dicho esto, Antonella secó las lágrimas del rostro de su amiga y le entregó el móvil.

—Vamos, respóndele. Seguro que espera tu mensaje.

Insegura, Daniela cogió el móvil y, con dedos nerviosos, escribió:

Yo también tengo ganas de verte, principito

Cuando Rubén lo leyó, una amplia sonrisa se dibujó en su rostro.

-23-

Rubén estaba agotado pero feliz cuando llegó esa tarde a casa. Por fin había podido entrenar con el grupo. No estaba al cien por cien pero por fin volvía a sentirse uno más del equipo. Recibió un mensaje de Daniela, pidiéndole que no llevara el biplaza, porque Suhaila les acompañaría. A las seis y media, más que puntual, salió de su casa y fue hasta la de Daniela. Al llegar, ella ya le esperaba en el portal con una bolsa de deporte en la mano y Suhaila en la otra.

Le besaron al subir al coche. Suhaila se tiró literalmente a su cuello y el futbolista, divertido, sonrió; Daniela le dio un beso en los labios. Esa naturalidad le encantó, ya parecían una familia.

—Muy bien, señoritas, ¿a dónde vamos?

—¡Como mola este cocheee! —gritó Suhaila alucinada.

—¿Te gusta? —rio Rubén.

—Sí... es más grande que el de Dani. —Y tocando el cuero *beige* de los asientos murmuró—: Y muy suavecitooo.

Después de poner los ojos en blanco, Daniela le guio entre bromas por las callejuelas de Milán hasta llegar a la via Marco, donde aparcaron. Una vez allí, cogió la bolsa de deporte y los tres se encaminaron hacia una especie de sala de fiestas. Al entrar, Suhaila se soltó de su mano y salió corriendo y ella, besándole en los labios, murmuró:

—Confía en mí, ¿vale?

Una docena de personas se les quedaron mirando nada más entrar. Todos se quedaron impresionados al ver que el acompañante de Daniela era el famosísimo jugador del Inter, el toro español y tras presentárselo, la joven indicó:

—Suhaila, siéntate con Rubén y explícale lo que hacemos mientras ensayamos.

—¿Ensayos?

Abriendo la bolsa de deporte, Daniela sacó una falda roja con mucho vuelo y, poniéndosela con comicidad por encima de las mallas negras dijo dándose una vuelta:

—Somos la Escuela Profesional de *Rock and Roll* de Milán y estamos preparándonos para el concurso de este fin de semana en Monza.

—Dani baila muy bien, ¡ya verás! —afirmó la pequeña sin soltarle de la mano.

Alucinado, iba a decir algo cuando uno de aquellos hombres metió prisa.

—Vamos, Dani... comenzamos.

Sin tiempo que perder, la joven besó a la pequeña y a Rubén y corrió con sus compañeros. Segundos después, música de Elvis sonó por los altavoces y los bailarines comenzaron a bailar a ritmo de *rock and roll*.

Suhaila, levantándose, le agarró por el cuello y metiéndose entre sus brazos, dijo:

—Dani me ha dicho que cuando me ponga buena de la pierna, me va a enseñar a bailar y, ¿sabes una cosa? —Rubén miró a la pequeña y ésta cuchicheó—: Dani va a ser mi mamá y la de Israel, porque dice que nos quiere mucho... mucho ¿a qué mola eso?

El futbolista sonrió y abrazó a la pequeña.

—Eso es fantástico, tesoro, estoy seguro de que Dani va a ser una mamá estupenda.

La pequeña, mirando con adoración a la joven que bailaba, murmuró:

—Para mí ya es mi mamá y el Gran Jefe y la yaya Rachel, mis abuelos.

Rubén sonrió conmovido y la pequeña le sorprendió con su cómico cuchicheo.

—¿Tú crees que cuando Dani tenga novio querrá ser mi papá?

Sin saber qué decir, tragó saliva y, sin mirar a la pequeña que lo observaba, le respondió segundos después:

—Seguro que sí, eres una niña encantadora y estoy seguro...

Tapándole la boca, acercó su cara a la de él.

—¿Te cuento un secreto?

Rubén, que todavía tenía la mano de la pequeña aprisionando su boca, asintió con la cabeza; ella bajó aún más el tono de voz.

—Dani me dijo que te quería mucho y yo creo que le gustaría que fueras su novio. —Y sin dejarle decir nada, añadió—: Ella una vez nos contó a mi hermano y a mí que en su cama solo duermen las personas a las que quiere hasta el infinito y más allá, y a ti te ha dejado dormir en su cama, por lo que te tiene que querer hasta el infinito y más allá. Además, a mí me gustaría que fueras su novio porque eres bueno, me escuchas y eres muy guapo, pero no le digas lo que te he contado porque es un secreto, ¿vale?

Conmocionado por lo que acababa de oír, carraspeó y, tras mirar a Daniela saltar y reír como una loca, le respondió:

—Tranquila, cielo, te guardaré el secreto.

Durante más de una hora, la cría y el futbolista observaron a Daniela bailar al ritmo de la música. Cuando el ensayo acabó, llegaron al coche mientras Suhaila se despedía de la gente.

—¿Pero cómo no me habías dicho que bailabas así?

Se encogió de hombros, mientras se comía un plátano.

—Pues no lo sé, ¿te ha gustado?

—¿Que si me ha gustado? —rio encantado—. ¡Eres alucinante! Me encanta como bailas, ¿quién te enseñó?

—Mi padre —rio divertida—. El Gran Jefe es el mejor bailarín de *rock and roll* que he conocido en mi vida, ¿no lo viste el día del cumpleaños de Suhaila?

Al recordarlo, asintió.

—Estoy seguro de que ganaréis en Monza, lo hacéis todos muy bien.

—¡Gracias, hombre! —se mofó al escucharle mientras la niña corría hacia ellos—. Ya veremos.

Aquel fin de semana, Rubén fue con su equipo al estadio, jugaban en casa. Tuvo que ver el partido desde el banquillo, su pierna no estaba todavía preparada para jugar, pero agradeció al entrenador que le convocara y le permitiera disfrutar de volver a sentirse uno más. Daniella se marchó con su grupo de baile a Monza, donde lo pasó en grande aunque le añoró a cada segundo. No consiguieron quedar los primeros pero su escuela causó muy buena impresión y se ganó el respeto del público y del resto de grupos rivales.

Rubén cada día se sentía más dependiente de Daniela y su entorno, con ella había descubierto lo maravilloso que era despertar abrazado a alguien especial, el sabor de un helado compartido, el sonido de la risa de unos niños felices, la diversión en casa cuando ella le enseñaba a bailar *rock and roll* o el disfrute de estar tirado en el salón, viendo una película y comiendo palomitas con Suhaila e Israel.

Cuando Rubén propuso ir los cuatro a la Toscana, con la perra, los niños aplaudieron encantados. Todo aquello era nuevo para ellos y, aunque aquel fin de semana no fue como el que pasó con Daniela a solas, lo disfrutó mucho. Compartir charlas con Israel, jugar al parchís con Suhaila y gozar por la noche de los besos ardientes de Daniela, ya en la intimidad, era lo mejor que le había pasado nunca.

Su vida había dado un cambio radical sin proponérselo. Había pasado de ser un hombre independiente que compartía cada noche con una mujer diferente a ser alguien comprometido con una mujer y unos niños. Algo de lo que Jandro se mofaba.

En ese tiempo, en varias ocasiones, Rubén apareció en el entrenamiento con Israel, cuando no tenía clases. El buen rollo entre ambos era evidente y todos veían lo beneficioso que era para Israel la figura de Rubén. John Norton abrazaba al muchacho cuando le veía aparecer por la ciudad deportiva. Adoraba a Israel pero seguía mirando a su jugador con desconfianza, tenía claro que lo mataría si hacía daño a su hija y a esos niños. Rubén aprendió a convivir con aquellas miradas llenas de rencor. Daniela y los niños le importaban y lo que pensara o dijera el entrenador no era algo que a él tuviera que importarle ni hacerle cambiar su comportamiento.

La boda de Olivia, la hermana de Rubén, se acercaba y, una tarde en la que el futbolista y la joven estaban tirados en el sofá jugando a la Wii, sonó el timbre. Habían encargado una *pizza* y Rubén abrió la puerta de entrada a la parcela. Poco después cuando sonó el timbre de la casa, él abrió la puerta y se quedó a cuadros.

—¡Holaaa! ¡guapooo!

Cuando consiguió reaccionar, Rubén respondió:

—¿Pero tú qué haces aquí?

—Me moría por verteee.

Daniela, al escuchar aquello, se levantó del sillón y, al ver a una mujer, algo *hippy*, entrar en el salón, se quedó sin habla. Ambas se miraron y Rubén las presentó de inmediato.

—Dani, ella es mi hermana Malena.

Al reconocer aquel nombre, la recién llegada sonrió, se acercó a ella y la abrazó.

—¿Eres Daniela la fisioterapeuta?

—Sí.

—¡Holaaa!... hemos hablado por teléfono en una ocasión, ¿lo recuerdas?

Daniela hizo memoria y le devolvió una amplia sonrisa.

—Sí, creo que hablamos del gruñoncete, ¿verdad?

Malena miró a su hermano, le guiñó un ojo y, antes de que él volviera a preguntar, aclaró:

—Estoy aquí porque tenía dos opciones: matar a Olivia y a mamá o venir a verte.

—Entonces me alegra que vinieras a verme.

Loca, la perra, empezó a olisquear a la desconocida y Malena miró a su hermano con tensión.

—¿Puedes quitarme a esta fiera de encima antes de que me pegue un mordisco?

Rubén sonrió y Daniela la llamó.

—*Loca*, ven aquí.

La perra se sentó a su lado inmediatamente. Aquel gesto no pasó desapercibido para Malena, que se acercó a su hermano para cuchichearle.

—Vaya... vaya...vaya... hasta la perra ha caído a sus pies.

Aquella noche, cuando Daniela se empeñó en irse a su casa, Rubén no se molestó. No quería dejarla marchar, pero al final dio su brazo a torcer. Si Daniela se empeñaba en algo no había quien la parase y todo su afán era dejar a los hermanos a solas. Ya en la intimidad, Malena le cogió del brazo divertida.

—Como diría mamá: «¡príncipe, estás coladito!»

Rubén sonrió sin decir nada y su hermana atacó de nuevo:

—Daniela me gusta, veo que lo vuestro sigue viento en popa y a toda vela.

—¿Vas de alcahueta?

Malena soltó una risotada y se sentó en el sofá del salón junto su hermano.

—¿Tienes preparado el traje para la boda? —Él asintió y su hermana dijo—: Yo no, tengo que comprármelo. Mañana o pasado mañana le pediré a Daniela que me lleve de tiendas, ¿te parece bien? —Rubén asintió de nuevo—. De verdad, hermanito, mamá y Olivia son insoportables, pues no me quieren emparejar para la boda con un primo del idiota del novio llamado Romualdo, es que vamos... ¡ni loca! Antes me hago lesbiana.

Rubén soltó una carcajada justo en el momento en que sonó el teléfono, era su madre. Cuando se enteró de que Malena estaba allí, se enfadó y le recriminó la poca ayuda que estaba prestando en los preparativos de la boda. Malena, en lugar de enfadarse, gesticuló provocando las risas de su hermano.

Dos días después, Malena y Daniela se fueron de compras mientras Rubén entrenaba. Las dos se habían caído muy bien y hacían muy buena camarilla. Durante horas, visitaron decenas de tiendas donde Malena se compró varias cosas. Agotadas, se sentaron a tomar un capuchino.

—¿En serio que tu padre es el entrenador de mi hermano?

—Sí.

—¿Y qué piensa de lo vuestro?

—La verdad es que no le hace mucha gracia.

—¿Por qué?

—Soy su niña, nadie, en su opinión, es suficiente para mí.

Ambas rieron y Malena apostilló:

—Para mi madre, cualquiera es bueno, según ella, una mujer sin un hombre al lado es un fracaso, ¿te lo puedes creer?

—¿En serio?

—Totalmente en serio. Mamá está demasiado chapada a la antigua en muchas cosas. Y soy consciente que el mayor disgusto de su vida fue mi divorcio, no sé si lo superará alguna vez.

—Vaya... me dejas sin palabras.

Malena se encogió de hombros cómicamente y dio un sabroso trago a su capuchino.

—¿Te gusta mucho mi hermano?

Daniela soltó una carcajada.

—¿Tú que crees?

—Que sí —rio aquella.

—Tu hermano me gusta, y mucho, aunque sé que lo nuestro será algo pasajero.

—¿Pasajero?

—Sí, pero tranquila, soy la primera que lo tengo asumido.

Boquiabierta por lo que estaba oyendo, fue a preguntar algo cuando Daniela se le adelantó.

—¿Y tú qué? ¿por qué has huido de España?

Malena soltó una risotada.

—Mi madre y mi hermana son insoportables. Te juro que las quiero, pero son tan diferentes a mí en tantas cosas que a veces me resulta insufrible estar con ellas. Como te he dicho antes, mi prioridad en la vida no es volver a casarme. Solo de pensarlo me pongo enferma.

—¿Tan mala fue tu experiencia?

—Para mí, sí. Me casé enamoradita hasta las trancas con un chico al que pensaba que conocía de verdad y que era el amor de mi vida. Cuando conocí a mi ex era atento, encantador y colaboraba conmigo en todo, pero hija mía, fue casarnos y esfumarse ese hombre para no aparecer más. De pronto, el tío con el que estaba casada era un egoísta que quería que yo lo hiciera todo, y que encima me montaba un pollo porque las croquetas eran congeladas y no caseras como las de su mamá. Así estuve siete años, siete aburridos años de mi vida, que se me hicieron eternos, en los que intenté ser una buena mujercita para mi agilipollado marido y un orgullo para mi madre. Pero el día que vi con mis propios ojos que ese malnacido me ponía los cuernos con una vecina, ese día fue una auténtica liberación para mí.

—Aisss... lo siento.

—¿Que lo sientes? —se mofó—. No mujer, no. Para mí fue el día más feliz de mi vida porque me di cuenta de que tenía que acabar de una vez por todas con mi aburrida vida. Fue un enorme disgusto para mamá, solo lo siento por ella. La vida solo se vive una vez y yo quiero vivir mi vida y por supuesto me quedaron bien claritas tres cosas.

—¿Cuáles?

—La primera, que me voy a acostar con todo el que me dé la gana, porque yo soy dueña de mi vida, de mi cuerpo y de mis actos; la segunda, que las croquetas las compro congeladas porque me da la gana y la tercera, que no vuelvo a lavar un calzoncillo en mi vida.

Divertida, Daniela soltó una carcajada y Malena mirándola, añadió:

—Tú ríete, pero tarde o temprano todas terminamos pensando así.

—Tranquila, yo ya lo pienso y no me he casado.

—Wooo, chica ¡lo tuyo es más grave! —se mofó Malena.

—Mi intención es vivir con libertad y hacer lo que me dé la gana. Por eso te digo que lo de tu hermano estoy segura de que es algo circunstancial, soy consciente de quién es él y de lo que yo necesito y te aseguro que no pisamos por el mismo caminito de baldosas amarillas.

Malena soltó una carcajada.

—Quiero mucho a mi hermano, para mí es el mejor hermano del mundo, pero te aseguro que tampoco viviría con él. Y está mal que yo lo diga, pero chica ¡es un hombre! Aunque oye... le he encontrado diferente.

—¿Diferente?

—Sí, te mira de una manera tan especial que...

—Uff... no me digas eso que me agobio —rio Daniela abanicándose con la palma de la mano.

—Creo que mi hermano está muy colgado contigo. Solo hay que ver cómo te mira, incluso me ha hablado de los niños que vas a adoptar, Suhaila e Israel, ¿verdad? —Daniela asintió y ella acercándose cuchicheó—: Creo que si te lo propones, mi hermano caminaría por ese caminito de baldosas amarillas del que hablas.

—¿Sabes Malena? El problema es que yo no quiero que lo haga.

—Pues que pena ¡me caes de lujo!

—Tú también me caes de lujo —rio divertida.

Malena pasó una semana en Milán. La boda de Olivia se acercaba y Daniela se reía con las cosas que le contaba que vivirían durante la celebración. Ver cómo despotricaba de su hermana, era algo que ella nunca había vivido y, cada vez le intrigaba más llegar a conocer a Olivia, para poder contrastar todo lo que le había contado de ella.

Cuando Daniela comunicó a sus padres que ese fin de semana se iba a España a una boda con Rubén, Rachel aplaudió encantada, pero su padre no.

—Vamos a ver, papá, ¿qué te ocurre? —preguntó cuando su madre fue a la cocina.

—No me hace ni pizca de gracia que sigas viéndote con mi jugador.

—Papá... solo somos amigos, ¿por qué te agobias?

—Mira hija, Rubén es un estupendo futbolista, pero no creo que sea un buen compañero para ti. Tú te mereces algo mejor.

—Papaaá...

—Hazme caso pequeña, sé de lo que hablo y ese hombre...

—Ese hombre —le cortó— está siendo amable, atento y cariñoso conmigo. En este tiempo no se ha separado de mí. No ha salido con ninguna otra y...

—¿Le has contado a Rubén lo que te ocurre?

Escuchar aquella pregunta fue como recibir un jarro de agua fría y con voz tensa, le amenazó:

—No, y tú tampoco lo vas a hacer.

Cuando su madre volvió al salón, intuyó de lo que hablaban, se sentó frente a su hija, y le preguntó:

—¿Por qué no invitas a Rubén a comer un día?

—Rachel, ¡por el amor de Dios! —se quejó el entrenador.

—No, mamá, mejor no.

—Vamos a ver —les increpó sin quitarles ojo—, yo opino que es fantástico que Daniela salga con ese hombre. Rubén me parece estupendo y...

—Y no sabe nada del problema de Dani, ¿cómo crees que reaccionará en el momento que lo sepa? —la cortó el entrenador.

Raichel al escuchar aquello fue a hablar cuando Daniela contestó:

—¿Qué pretendes, papá? ¿Qué les cuente a todos los hombres con los que salgo mis problemas de salud?

—¿Pero con tantos hombres sales? —preguntó Rachel tensa.

Daniela miró a sus padres y para zanjar el tema, les aclaró:

—Por favor, respetad mi vida íntima como habíais hecho siempre hasta ahora, sé lo que estoy haciendo, no os preocupéis por mí.

Norton negó con la cabeza y antes de levantarse e irse dijo:

—Creo que esta vez te estás equivocando hija. Y creo que vais a sufrir los dos.

-24-

Al llegar a Barajas, el padre de Rubén estaba esperándolos, pero también un enjambre de periodistas, fotógrafos y cámaras de televisión, así se lo advirtió en un mensaje a su hijo. Al ver aquello, Rubén propuso a su hermana que acompañara a Daniela por otra salida, para evitar que tuviera que enfrentarse a los focos. Quedaron en encontrarse en la casa familiar.

Por su parte, Daniela llamó por teléfono a su hermano y quedó en verle. Deseaba locamente volver a estar con él.

Cuando Malena y Daniela llegaron en un taxi al barrio de Chamberí, Rubén y su padre ya estaban allí. La madre de Rubén se tapó la boca con las manos al verla entrar en la casa familiar.

—¡Cristo del Gran poder! ¡pero si eres tú! La española que conocí aquel día en el hospital.

—Encantada de volver a verla, señora — la saludó Daniela dándole dos besos.

—Hija, ¡por Dios!, llámame Teresa, corazón. —Y agarrándola del brazo, añadió—: Cuando mi Rubén me dijo que traía acompañante no le creí, pero me alegra ver que era verdad. Por cierto cariño, te he preparado la habitación de invitados. Ya le he dicho a Rubén que aunque vosotros sois muy modernos, yo no lo soy, y sin estar casados no puedo permitir que durmáis en la misma habitación.

—Mamaaá —se quejó él.

—Mira príncipe, he dicho que no y no se hable más. —Y luego mirando a Malena que había permanecido callada murmuró—: Y tú y yo tenemos que hablar, descastada, que sepas que tienes a tu hermana muy enfadada y que, te guste o no, esta tarde-noche ella ha preparado su despedida de soltera y vas a ir.

—Venga, mamá ¡no me jorobes! No soporto a las amiguitas de Olivia, por favor, son todas una panda de niñatas reprimidas que...

—¡Por el amor de Dios, Malena! ¡cuidado con lo que vas a decir!

—Vale. Mejor me callo.

La mujer, remangándose, se plantó ante su hija y le ordenó:

—Vas a ir, claro que sí. Y Daniela también va a ir con vosotras.

Rubén, al escuchar aquello, fue a decir algo cuando su madre insistió:

—Daniela irá, tu hermana la espera y no permitiré que me digas que no.

Malena miró a su hermano y le susurró:

—Ni lo intentes, si la Teresita dice que va... ¡va!

Ambos suspiraron.

—Vale, mamá, Daniela y yo iremos. A ver, ¿dónde es el gran fiestorro?

—Merendaréis en una estupenda pastelería en Guzmán el Bueno.

—Planazo... planazo —se mofó Malena y antes de que su hermano pudiera mediar, añadió—: ¿Puedo llevar una de mis tartas?

Rubén soltó una carcajada y su madre le gritó histérica.

—Como se te ocurra llevar una tarta de esas de marihuana que haces te juro que te desheredo, ¡sinvergüenza!

El pobre padre de Rubén, que había escuchado impasible la conversación, al oír aquello, miró a su hija y, con una media sonrisa, murmuró mientras se llevaba a su mujer.

—Malena... cierra un poquito el piquito, cariño.

A Daniela le pareció muy divertido ese ambiente familiar, y sonrió mientras Malena se marchaba a su casa y prometía regresar en un par de horas para recogerla. Estaba deshaciendo el equipaje en la habitación que le habían designado cuando se abrió de repente la puerta, era Rubén, la cerró sin hacer ruido, echó el pestillo y se acercó a ella sonriente.

—Escucha, si a ti no te apetece ir a merendar con mis hermanas, dímelo y...

—¿Y perdérmelo? ¡Ni loca! Por cierto, he llamado a mi hermano. Espero verle mañana o pasado. ¡Dios...! me muero por darle un achuchón.

Divertido por su naturalidad, le acarició el rostro y se dirigió a ella en un tono muy íntimo.

—Preciosa, verás a tu hermano cuando quieras.

—¡¿Preciosa?!

—Hoy estás preciosa. —Rubén sonrió.

—Será el agotamiento y el sueño que tengo —se mofó.

Divertido, la abrazó y la aupó entre sus brazos. Deseaba besarla y no quería esperar un segundo más, Daniela, que estaba ansiosa por aquellas atenciones, se dejó llevar por el momento, él le quitó la camiseta, empezó a besarle el cuello y su cuerpo empezaba a estremecerse cuando escuchó unos golpecitos en la puerta y oyó la voz de la madre de Rubén.

—Daniela, bonita, ¿necesitas algo?

—No, Teresa. Muchas gracias —consiguió responder.

Rubén la miró muerto de risa, y continuó con su explosión de besos mientras su madre volvía a la carga.

—Ya verás lo bien que lo vas a pasar con mi Olivia y sus amigas, son unas niñas muy buenas. ¿De verdad no necesitas nada, corazón?

—No, tranquila... —respondió acalorada—. Voy a ducharme antes de que llegue Malena. —Y bajando la voz susurró—: ¿Te quieres estar quieto un segundo?

—No puedo, eres tan tentadora...

—¿Qué has dicho, bonita? —gritó la madre desde fuera.

Daniela intentó zafarse de los brazos de Rubén, pero él no le dejó y, casi sin resuello por como la tocaba, gritó:

—Que estoy bien... y que no necesito nada.

—Muy bien, te avisaré cuando llegue Malena. Dúchate con tranquilidad.

Cuando escuchó que las pisadas de la mujer se alejaban por el pasillo, miró a Rubén y divertida, dijo mientras le desabrochaba el botón del vaquero.

—Ahora me las vas a pagar.

—¡Yupi... Yupi... Hey! —se mofó encantado.

Aquella tarde, después de despedirse de Rubén, se marchó con Malena. Al llegar a la pastelería, vieron una mesa al fondo en la que estaban sentadas media docena de jovencitas que parecían clonadas entre ellas. Cuando se acercaron, Daniela supo claramente quién era Olivia, se parecía muchísimo a Rubén, ambos tenían los mismos ojos, el mismo color de pelo y la misma sonrisa. Sin tiempo que perder, Malena la presentó como a una amiga suya. Nadie podía saber que había venido con Rubén o la prensa se acabaría enterando.

Estuvieron más de dos horas en aquella pastelería, aunque no probaron los dulces. Daniela puedo comprobar lo diferentes que eran Malena y Olivia. Eran como la cara y la cruz de una moneda y, realmente, le dio la razón a Olivia, para lo joven que era, era demasiado responsable y puritana. Les sirvieron varias porciones de tarta, pero ninguna de aquellas jovencitas se atrevió a probarlas, excepto Malena y Daniela, que se acabaron poniendo moradas. Las otras no querían arriesgarse a perder la línea y, cuando a las nueve y media Malena propuso ir a cenar algo, solo se apuntaron algunas de ellas.

Olivia eligió el restaurante, un sitio de comida sana donde todas, enloquecidas, pidieron ensaladas, Malena y Daniela optaron por un entrecot de ternera bien pasadito.

—Bueno, ¿qué te parecen mi hermana y sus amigas? —preguntó Malena.

Incapaz de quitarles ojo, Daniela escaneó a aquel grupo tan peculiar.

—La verdad, para ser un grupo de chicas tan jóvenes, son todas como muy...

—¡Viejas! La palabra justa es «aburridas». Joder pero si solo les falta cantar una canción de la iglesia. Vamos, que les das una guitarra y se arrancan con eso de *Yo tengo un gozo en el alma*.

Daniela soltó una carcajada. No podía estar más de acuerdo con ella, parecía mentira que Malena y ella fueran mayores que todas esas chicass y tuvieran más marcha en el cuerpo.

—Les voy a proponer ir a un sitio más divertido.

—¡Genial!

—¿Qué te parece un espectáculo de *boys*?

Sorprendida por aquello, Daniela soltó una risotada.

—Creo que se van a asustar y van a decir que no.

—Por probar que no quede, mujer. Al fin y al cabo, es una despedida de soltera, ¿no?

Cuando Malena comentó su idea, todas callaron y miraron a la novia, que le devolvió la mirada a su hermana.

—Mamá no lo aprobaría, Malena, y Jacobo se enfadaría conmigo, ¿cómo se te ocurre sugerir una cosa así?

Malena se levantó para acabar sentada junto a su hermana y, con cariño y mucha picardía, murmuró:

—Es tu despedida de soltera, cielo. Y creo que podría ser divertido para ti ir a un sitio al que no vas a volver en tu vida. —Y mirándolas a todas, añadió—: Tranquilas, chicas, os aseguro que por mirar a esos *boys* no os vais a quedar embarazadas. Venga, animaos ¡que esto es una despedida de soltera!, ¿no?

—Vamos chicas, una despedida sin visitar un espectáculo de *boys* no es una despedida de soltera. ¡Vamos, animaos! Seguro que lo pasaremos bien —intentó motivarlas Daniela, más que nada, por echarle un manita a Malena.

Una a una, aquellas santitas se miraron y comenzaron a sonreír. Malena, al ver que aquello se animaba, se acercó a Daniela y cuchicheó con complicidad:

—Vamos a enseñarles a estas lo que es divertirse.

Tres horas después, todas gritaban como posesas en un local de *Show Boys* mientras observaban como un muchacho *sexy* vestido como Richard Gere en *Oficial y Caballero*, se quitaba sinuosamente la ropa.

Aquellas dulces jovencitas, tras varios cubatas, habían pasado de ser unas monjas recatadas a unas locas por el sexo. Ahora eran Malena y Daniela las que les quitaban las bebidas de las manos e intentaban que se comportasen. El problema es que eran demasiadas para poder controlarlas las dos solas, y la peor era Olivia.

—¡La madre que la parió, cógela si puedes! —gritó Malena al ver a su hermana subirse al escenario y agarrar el pantalón del pobre *boy* dispuesta a arrancárselo a mordiscos.

Muerta de risa, Daniela subió a la tarima para coger a Olivia, que, al verla a su lado, comenzó a reír y, con un pedo colosal, empezó a arrimarse al *boy* para bailar con él, y este ya no sabía cómo quitársela de encima. Con la ayuda de un par de chicos consiguieron bajar a Olivia del escenario y Malena, con dolor de estómago de tanto reír, gritó:

—Cuando mi madre se entere de esto, definitivamente, ¡me deshereda!

—¿Pero qué han bebido? —gritó Daniela.

—Un par de cubatas cada una, pero claro, estas no están acostumbradas a beber nada más fuerte que un zumo de naranja recién exprimido, así que, mira cómo van.

En ese instante, Conchita, una de las amigas, se quitaba el sujetador y lo lanzaba a la cara del *boy*.

—¿He visto lo que he visto? ¿Tú has visto lo mismo?

—Afirmativo, lo hemos visto. —Daniela se lo confirmó sin poder parar de reír.

Se miraron alucinadas y Malena dijo:

—Toma, guárdame la pulsera en tu bolso por favor, que una de estas locas me ha roto el cierre. —Y con guasa añadió—: Voy a por el sujetador de esta que, como lo pierda y tenga que volver a casa sin ropa interior, para qué queremos más.

Daniela se metió la pulsera en su bolso, divertida por toda la situación. Media hora después, Olivia y sus amigas seguían totalmente descontroladas: reían, gritaban, saltaban y, sobre todo, le metían mano a todos los camareros que pasaban cerca de ellas.

Cansadas de retenerlas, cuando consiguieron tener a las seis chicas más o menos controladas, las llevaron a los baños y las encerraron, para poder descansar un poco. Malena y Daniela se miraron, y comenzaron a reír, pero pasados varios minutos pensaron en cómo iban a sacar de allí a aquellas locas borrachas.

—¿Qué hacemos?

—No lo sé, pero lo que sí sé, es que, como sigan así, los camareros nos denuncian.

—¿Qué te parece si llamamos a mi hermano para que nos mande una limusina a la puerta? Así cabemos las ocho y las podemos llevar a que les dé un poco el fresco antes de devolverlas a sus casas, porque así no pueden llegar.

—Creo que es una excelente idea —le confirmó Daniela.

Sin tiempo que perder, Daniela mandó un mensaje a Rubén; dos segundos después, el futbolista llamó.

—¿Que te mande una limusina? —preguntó desconcertado.

—Rubén, si me quieres, búscame una limusina urgentemente —le respondió Malena, quitándole el teléfono a Daniela.

—Son las tres y media de la mañana, ¿de dónde quieres que la saque?—contestó el futbolista atónito, sentado en la cama.

Las chicas comenzaron a cantar *Asturias patria querida* y Malena exigió:

—Tira de tus contactos, hermanito, por eso te hemos llamado, porque tú eres el famosete de la familia.

Muerta de risa Daniela le quitó el teléfono.

—Escucha, Rubén...

—No, escúchame tú a mí, ¿qué ocurre?

—Prometo explicártelo todo en cuanto te vea, pero ahora necesitamos una limusina de ocho plazas y, por favor, cuanto antes llegue, mucho mejor.

—¿Pero estáis bien? ¿ocurre algo?

La risotada de Daniela le tranquilizó pero continuó con tono de mosqueo.

—Vale... dame la dirección.

Daniela se sacó la entrada del bolsillo del pantalón y dijo:

—Estamos en la calle Orense en un local de *Show Boys* y...

—¿Estáis en un local de *boys*?

—Sí, luego te lo cuento.

Molesto y ya bastante enfadado por lo que escuchaba, asintió mientras tomaba nota.

—Oh, sí, por supuesto que me contarás, ¿cómo se llama el local?

Daniela soltó una carcajada y, tapándose la cara, murmuró horrorizada:

—El Pene Bailón.

—¡¿Cómo?! —gritó Rubén alucinado.

—El Pene Bailón —repitió sin poder contener la risa al ver que Malena se desternillaba.

Boquiabierto, Rubén resopló, mientras seguía oyendo reír a Daniela y a su hermana.

—Cuando la limusina llegue a la puerta, te mando un mensaje para que salgáis —concretó el futbolista, ofuscado, antes de colgar.

Estuvieron como media hora más encerradas en el lavabo hasta que Rubén las avisó. La situación era hilarante. Las chicas salieron cogidas de las manos hasta la puerta, donde fueron entrando en la limusina ante la cara de estupefacción de Rubén. Daniela alucinó al verlo.

—¿Pero tú que haces aquí?

—Vamos, entra. —Y mirando a Malena que con guasa le observaba añadió—: Desde luego Malena, tú siempre liándola, como se entere mamá de esto, verás la que se va a armar.

La limusina dio vueltas por Madrid durante un par de horas, hasta que amaneció y las chicas comenzaron a encontrarse mejor. Una a una, fueron dejándolas en sus casas; cuando quedaron a solas los tres hermanos y Daniela, Olivia, horrorizada por lo ocurrido, la acusó entre sollozos:

—Malena, ¡eres mala!

—Ah, no, hermanita, de eso, nada. Yo solo sugerí ir a El Pene Bailón.

—¡Qué horror de nombre! —gimoteó Olivia descompuesta.

—¡Ni que lo digas! —murmuró Rubén ante la cara de guasa de Daniela.

Malena, conteniendo la risa, miró a su desconsolada hermana y prosiguió:

—Nadie os obligó, ni a ti ni a tus amigas a beber como cosacas; os desmelenásteis y luego ya nadie os podía parar.

—¡Oh, Dios...! como se enteren mamá o Jacobo ¡menudo disgusto!, ¿qué pensaran de mí?

Rubén, por echarle una mano, abrazó a su hermana pequeña.

—Ni mamá ni Jacobo tienen porqué enterarse, Olivia, solo lo sabrán si tú se lo cuentas.

—Se lo contará, conociéndola, ella misma se lo contará mientras se flagela —apostilló Malena.

—¿Y mi novio? Seguro que alguna de mis amigas se va de la lengua.

—A tu novio ¡que le den!

—¡Malena! —protestó Rubén al ver a su hermana pequeña gimotear.

Daniela, totalmente alucinada por todo aquello, intentando contener la risa, añadió:

—Tu novio no tiene porqué enfadarse por esto si confía en ti, ¿acaso no lo hace?

—Ese... —se mofó Malena—. Si seguro que se habrá ido de pilinguis con sus amigotes, pero, por favor, Olivia, que ese tío tiene quince años más que tú, ¿qué me estás contando?

La joven novia, al escuchar aquello, dejó de gimotear y miró a su hermana mayor.

—Que Jacobo no te caiga bien no te da derecho a presuponer esas cosas; él no ha organizado despedida de soltero, ha preferido quedarse en casa leyendo a Shakespeare antes que salir de juerga con sus amigos.

—¿Leyendo a Shakespeare? —preguntó incrédula Daniela.

—Madre mía, Olivia qué peste a costroso, pero ¿tú sabes dónde te estás metiendo? —insistió Malena.

—Adoro a Jacobo y no es ningún costroso, ¿tan difícil es entenderlo?

—Que tienes solo veintitrés años, Olivia, ¡piénsatelo!

—¡Déjame en paz!, yo no soy como tú Malena —siseó la futura novia—. Yo no me acuesto con todo el que me viene en gana, ni hago pasteles de... de...

—Marihuana, dilo, ma-ri-hua-na, muy ricos por cierto —se mofó la mencionada.

Rubén, al ver que sus hermanas iban a comenzar como siempre, levantó la voz.

—Se acabó, Malena. Olivia ya es mayor de edad para decidir con quién quiere o no quiere estar. Si se equivoca es su problema, ¿entendido?

Las tres mujeres se callaron hasta que Olivia volviendo a su problema, gimoteo:

—¡Dios... Dios...! Si Jacobo se entera de dónde he estado no volverá a confiar en mí.

Daniela y Malena se miraron y, rápidamente, Daniela sacó su móvil.

—Tengo fotos.

Rubén y Olivia la miraron y Malena le suplicó:

—¡Cómo mola! ¡enséñamelas!

Olivia sollozó horrorizada.

—¡Oh, Dios mío...! cualquiera de mis amigas se puede ir de la lengua.

—Podemos chantajearlas.

—¡Daniela! —protestó Rubén al escucharla.

Pero Daniela siguió intentando encontrar una solución.

—Tus amigas, las que han acudido al *Show Boys*, ¿tienen novio?

—Están todas casadas.

—¡Anda que no! —se mofó Malena—. Si tontas no son, las jodías.

—¡Perfecto! —aplaudió Daniela ante la cara de incredulidad de Rubén—. Solo hay que enseñarles las fotos para que ellas cierren el pico también o sus maridos sabrán dónde estuvieron.

Rubén, anonadado por aquello, miró a Daniela, que se encogió de hombros.

—Vale, está muy feo lo que propongo, pero si no quiere que se entere su novio es la mejor manera de cerrar bocas.

—¡Uisss qué chantajistaaa! ¡Me gustas Daniela... me gustas mucho! —afirmó Malena exultante y Daniela no pudo por menos que reír.

Olivia, en su línea, comenzó a llorar. Se miró en un espejo del coche y, al ver su reflejo, se quedó estupefacta.

—¡Oh, Dios mío! ¡Qué pinta tengo! ¿Cómo he podido hacer algo tan horrible?

—No has hecho nada malo, Olivia. Solo te has divertido mientras tíos estupendos y fibrosos se desnudaban al son de la música —afirmó Daniela.

Al escuchar aquello, Rubén, la miró molesto.

—Pero vamos a ver, ¿cómo se os ocurre ir a un sitio así?

Malena divertida al ver el enfado de su hermano se mofó.

—Es que los mejores tíos de Madrid están en El Pene Bailón. Si quieres ver oblicuos y bíceps de primera ¡ya sabes dónde hay que ir!

—¡Cállate! No sé cómo puedes hablar así —le recriminó Olivia.

Pero Malena no se calló.

—Ja... mira la mojigata. Tenías que haberte visto cuando casi le arrancas con los dientes el tanga de *strass* al *boy*.

Olivia soltó un quejido lastimero que hizo sonreír a Daniela. Rubén, convencido de que su hermana mayor era un mal bicho, fue a decir algo cuando Daniela, mirando a Olivia, llamó su atención.

—Vamos a ver, Olivia, ¡mírame! —Daniela abrió una botella de agua mineral, con la que humedeció un extremo de un pañuelo de papel y le empezó a limpiar los churretes del rímel que le recorrían la cara, mientras seguía consolándola—. Repito: no has hecho nada de lo que tengas que avergonzarte. Solo te has divertido en tu despedida de soltera con tus amigas y tu hermana. Has hecho justo lo que hay que hacer antes de pasar por el altar, por lo tanto ¡tranquila! Y en cuanto a las fotos, si nos reímos al verlas, es porque nos lo hemos pasado muy bien todas juntas. Y tú, aunque no lo recuerdes, te lo has pasado genial.

—¿De verdad?

—Te lo prometo, Olivia —asintió Malena cambiando su tono

de voz—. Confía en mí. Sé que no soy la mejor hermana del mundo, pero créeme cuando te digo que no has hecho nada de lo que tengas que arrepentirte.

Olivia, con una candorosa sonrisa, miró a Daniela y cuchicheó:

—¿Me dejas ver de nuevo las fotos?

Daniela le entregó su móvil y de pronto su gesto serio, se tornó en otro más divertido y, al ver una foto de ella abrazada a uno de los *boy*, dijo:

—Madre mía, aún me acuerdo de lo duros que tenía los músculos.

—¿Lo recuerdas? —preguntó Malena.

Olivia asintió y miró con complicidad a Daniela.

—Eso y cómo Daniela tiraba de mí para que no le arrancara el pantalón al que iba vestido como Richard Gere en *Oficial y Caballero*.

La carcajada de las tres chicas hizo que Rubén resoplara, ¡nunca entendería a las mujeres!

-25-

Al día siguiente, a las doce de la mañana, Daniela se vio con su hermano Luis. Rubén aprovechó para acompañar a su padre a arreglar unas cosas y quedó en que ella le llamaría por la tarde.

—Pitu, estás preciosa —le dijo Luis nada más verla, cuando se encontraron en la Puerta del Sol, frente a La Mallorquina, su pastelería preferida de Madrid.

—Tú sí que estás guapo, hermanito.

Cogidos de la mano, caminaron hacia la Plaza Mayor. Allí entraron en uno de los mesones y se pidieron unos bocatas de calamares. Se había convertido casi en un ritual cuando se veían en Madrid: primero un bocata de calamares y, de postre, una trufa gigante de La Mallorquina. Después se encaminaron a una cafetería en la calle del Carmen, para poder charlar tranquilamente frente a un café.

—¿Sabes algo del papeleo de los niños?

—No, lo último que sé es que los informes definitivos están a punto de llegar.

—¡Genial! Y ellos, ¿están contentos?

Al pensar en ellos a Daniela se le iluminaron los ojos.

—Suhaila está feliz, bueno ya sabes cómo es, e Israel también está contento, aunque es más reservado.

—Es un adolescente.

—Un adolescente muy guapo —rio Daniela.

—¿Estás segura de lo que estás haciendo?

—Totalmente segura, hermanito.

—Vas a ser mamá, ¿no te da miedo?

Sonrió encogiéndose de hombros.

—Estoy cagada, pero eso no se lo digas a nadie.

—Bueno... y... cambiando de tema, cuéntame que es para ti ese futbolista, yo solo te diré lo que ya sabes: mamá está encantada y papá, cabreado.

Daniela soltó una carcajada.

—¿Qué quieres que te diga? Pues que me gusta mucho y que me lo paso bien con él... pero poco más te puedo contar.

Luis, que conocía mejor que nadie a su hermana, le cogió la mano.

—A mí no me engañas, te conozco y sé que si no fuera importante no le habrías acompañado a un evento familiar. Es más, me dijo mamá que estuvo en el cumpleaños de Suhaila, que con Israel se lleva de lujo y que os habéis ido algún que otro fin de semana los cuatro a una casa que él tiene en la Toscana. Llevas viéndole desde finales de octubre, ¿verdad?

—Sí, en octubre se lesionó, pero nuestro rollito no comenzó hasta enero. Así que no alucines tanto que solo llevamos viéndonos tres meses, ¿vale?

Luis sonrió al ver la cara de agobio de su hermana.

—Pitu...

—Vale, lo confieso: Rubén me encanta y creo... creo que me he enamorado de él como una auténtica imbécil. Pienso en él las veinticuatro horas del día y, cuando escucho mi canción preferida de Elvis, cierro los ojos y siento que me abraza y... y...

—¡Eso es fantástico Pituuu!

—No, no es fantástico —protestó—. Ya sabes lo que opino de las relaciones largas, y eso sin contar con quién es él y...

Su hermano no la dejó continuar, le tapó la boca con las manos.

—Tienes que contarle a Rubén lo que te ocurre.

—No puedo... no puedo decírselo. Sé que si se lo digo, me mirará diferente y...

—Pero Dani, si ese hombre siente lo que tú, ¿por qué va a cambiar vuestra relación?

Tragándose las lágrimas, tomó la otra mano de su hermano.

—Hace unos meses, un día que estábamos en casa me preguntó por Suhaila y le comenté su problema. Tenías que haber visto cómo se le desencajó la cara al escuchar la palabra cáncer. Cuando está con la niña, tienes que ver cómo la mira, la trata con cariño pero la mira con una pena que no puedo soportar. Yo no quiero que me mire así, solo quiero que me siga mirando como hasta ahora, ¿no lo entiendes?

Luis suspiró, entendía perfectamente lo que su hermana decía.

—Te entiendo, pero haces mal, Dani, muy mal.

—Vale, lo asumo, estoy haciendo las cosas mal, pero es mi problema, ¿no crees?

—Por supuesto, pero deberías pensar que no todos son como Enzo y, sobre todo, debes entender que quien te quiera, te querrá con todas tus circunstancias, hermanita.

Aquello la hizo sonreír y al acabarse el café, se levantó y dijo:

—Venga... vamos a pasear por Madrid, lo necesitamos.

Durante horas recorrieron las callejuelas de Madrid, se pararon ante infinidad de escaparates y entraron en un par de tiendas a comprar camisetas de recuerdo para Suhaila e Israel. A las seis de la tarde, Rubén la llamó para encontrarse con ella. Se verían media hora más tarde en la puerta de las Cortes.

Daniela sonrió al ver llegar a Rubén, estaba guapísimo con su vaquero oscuro, su camisa a cuadritos y su cazadora azulona. Sabía que la estaba mirando, a pesar de que se parapetase tras la gorra y las gafas de sol. Saberse observada la excitó. Cuando llegó hasta ellos, besó a Daniela en los labios y le tendió la mano a su hermano.

—Un placer conocerte, Luis.

—Lo mismo digo, Rubén.

Encantada por estar con dos hombres a los que quería mucho, se enganchó a ellos y juntos pasaron una estupenda tarde-noche por Madrid. Luis tuvo tiempo suficiente para comprobar cómo aquel futbolista miraba a su hermana y lo pendiente que estaba de ella en todo momento. Y confirmó que era mutuo. Sonrió al ver feliz a Daniela, pero también intuyó que lo iba a pasar mal, muy mal, como no cambiara su actitud.

Aquella noche, cuando se despidieron, Daniela besó a su hermano.

—Tienes que venir a vernos a Milán, mamá te añora mucho.

—Iré en cuanto pueda, Pitu.

Rubén fue consciente del cariño que los hermanos se prodigaban. Se despidió de Luis con un abrazo.

—Ha sido un placer conocerte y espero verte por Milán.

—Me verás, mientras tanto, cuida de mi hermana, ¿vale, tío?

Ambos se miraron y sonrieron. Tras un último beso a su hermana, Luis paró un taxi y se marchó. Cogidos de la mano y protegidos por la oscuridad de la noche, caminaron con tranquilidad hasta llegar a Chamberí, de vuelta a la casa de los padres del futbolista.

-26-

La boda de Olivia fue preciosa. La novia estaba muy guapa, sus padres, muy emocionados y sus hermanos, felices. Nadie presentó a Daniela como la acompañante de Rubén, iba en todo momento acompañada por Malena, que la presentaba como una amiga.

Durante el banquete, Daniela se sentó entre Malena y Rubén, que, sin poder reprimir la necesidad de tener contacto con ella, ponía su mano en el muslo de ella por debajo de la mesa en más de una ocasión. Al notarle, ella se movía y él, quitaba la mano, aunque, de manera casi inconsciente, a la mínima de cambio, volvía a buscar el contacto. No le hizo mucha gracia verla bailar con los amigos de sus hermanas, pero dispuesto a que nadie la pudiera relacionar directamente con él, prefirió morderse la lengua y aguantar.

Malena, consciente de las ganas que su hermano tenía por acercarse a la joven, propiciaba encuentros entre ellos siempre que podía y ellos los aprovechaban al máximo. Incluso bailaron un par de piezas bajo la atenta mirada de cientos de ojos: todo lo que hacía Rubén allí era observado con lupa y eso le cabreaba cada segundo más y más.

Cuando por fin terminó la boda, y todos regresaron a su casa, él se negó a ir a bailar con los novios, estaba saturado de ser el centro de atención en todo momento. Malena tampoco se apuntó y así pudo evitar que Daniela tuviera que ir. Al final, los novios, sus amigos y los padres se marcharon a una conocida sala de fiestas de Madrid a continuar con la juerga.

Una vez solos en la casa familiar, Rubén no se hizo esperar. Nada más cerrar la puerta, cogió a Daniela entre sus brazos y la besó, le devoró los labios con tal ansia que ella se sintió desfallecer.

—No veía el momento... —dijo mientras desabrochaba la cremallera del vestido.

Besos y más besos regaron el cuerpo de la joven mientras, como un lobo hambriento, la desnudaba deseoso de sexo. Cuando llegaron a la habitación de Rubén, el cerró la puerta y la miró fijamente a los ojos.

—Te deseo.

Ella asintió y, sin hablar, acercó su boca a la de él y le hizo saber que era mutuo. La ropa voló por la habitación hasta quedar desnudos sobre la cama, excitada, Daniela se abrió de piernas y le tentó, deseosa de que la poseyera. Rubén sonrió poniéndose un preservativo.

Sin hablar, se tumbó sobre ella haciéndola gemir. Su duro pene le golpeaba entre las piernas y su ansia por ser penetrada creía más y más.

—Hazlo ya —susurró.

Rubén sonrió seductor y pasó delicadamente su dedo por la hendidura húmeda de ella.

—¿Me deseas?

—Mucho.

Sin dejar de mirarla, metió uno de sus dedos en su interior, lo movió con ímpetu e hizo que ella soltara un gemido.

—Bésame, cielo.

Hechizada por lo que decía, le obedeció. Un nuevo gemido salió de ella cuando él introdujo dos dedos en su interior con brusquedad. Ansiosa de sexo ella empezó a mover las caderas, en un movimiento semiconsciente, pero a la vez armónico.

—Así... vamos... muévete —insistió Rubén.

Lo hizo sin ningún tipo de pudor, movió sus caderas con ímpetu de adelante hacia atrás para tener más contacto con sus dedos, para que entrasen más en ella, hasta que él los sacó y, con un rápido movimiento, introdujo su pene de una estocada, que a ella le resultó del todo inesperada, aunque la había estado pidiendo con sus caderas. Todo su cuerpo se arqueó, y el eco de su alarido invadió la habitación.

De rodillas sobre la cama, como un Dios todopoderoso y omnipresente, Rubén observaba a Daniela, desnuda ante él. La tomó por la cintura y se volvió a hundir en su interior, ella jadeó y él repitió la maniobra. Una y otra vez disfrutó de aquella lenta pero maravillosa agonía mientras ella se abría pare recibirle. Agarró sus pequeños pechos que se movían al compás de las embestidas, con sus dedos pellizcó los pezones y tiró de ellos justo en el momento en que ella gritaba de nuevo y notaba cómo la humedad les inundaba. Mirándola, disfrutó de su deleite mientras gozaba del suyo propio y, cuando no pudo más, tras una certera embestida, se dejó caer sobre ella y se corrió.

Pasados unos segundos, sin soltarla, rodó en la cama para no aplastarla y la besó en la frente.

—Me moría por hacerte esto.

Al escucharle, le sonrió agotada, pero desafiante.

—Cuando te repongas, quiero repetir.

Rubén soltó una carcajada y se puso de nuevo sobre ella.

—Vaya... vaya... ¿te excitan las bodas?

Divertida, levantó la cabeza de la almohada, le besó y, cuando separó su boca de la de él, susurró dispuesta a todo.

—Me excitas tú.

No hizo falta decir nada más, el morbo del momento, el saber que estaban profanando la casa de sus padres, les hizo volver a hacer el amor un par de veces más, hasta que, agotados, se quedaron profundamente dormidos.

Cuando se despertaron, desnudos y abrazados, la luz del día entraba por la ventana. Daniela se horrorizó al escuchar ruido en el exterior de la habitación. Seguro que la madre de Rubén sabía que estaban juntos.

—Rubén... Rubén... despierta.

El futbolista, al escucharla, se despertó con brusquedad.

—¿Qué pasa?

—Nos hemos dormido y creo que tu madre sabe que estoy aquí.

Él respondió con una sonrisa, y se acercó a ella para abrazarla de nuevo, para volver a la posición en la que habían dormido.

—Buenos días, preciosa.

—Pero... Rubén... tu madre...

Divertido por ver la inquietud en la cara de ella, le dio un beso en la punta de la nariz para que se callara.

—Mi madre es mi madre, tú no te preocupes por nada.

—Pero tu madre dijo...

La besó con pasión para hacerla callar y cuando separó sus labios de los de ella, añadió:

—Mi madre puede decir misa, tú y yo somos mayorcitos y estamos aquí, juntos y en mi cama porque nos ha dado la gana, no te apures ni te agobies, ¿de acuerdo?

Aquella situación la hacía sentir fatal, súper incómoda. De repente, sonaron unos golpes en la puerta que precedían a la voz de la madre del futbolista.

—Chicos... vamos ¡arriba! Son las doce y veinte.

Rubén soltó una carcajada y Daniela se tapó la cara con la sabana. Divertido al ver lo avergonzada que ella se sentía, la destapó de un tirón y, antes de que pudiera pronunciar una palabra, la calló con un beso. Cuando abandonó su boca, se dirigió a la mujer que esperaba al otro lado de la puerta.

—Enseguida salimos, mamá.

Roja como un tomate se zafó de sus brazos y comenzó a recoger su ropa tirada por el suelo.

—Dios, ¿cómo no me he dado cuenta de la hora?

El futbolista, levantándose desnudo, la cogió entre sus brazos.

—Dame un beso.

—Rubén, ¡suéltame! Tu madre... está...

—Dame un beso —repitió.

—¡Pero Rubénnn...!

—Hasta que no me des un beso y sonrías no te voy a soltar y vamos a tardar más en salir. Así que ya sabes.

Sin tiempo que perder, Daniela le dio un beso y, cuando se separó de él, murmuró con una fingida sonrisa.

—Ahora me vas a soltar.

Divertido por el apuro que veía en ella, caminó hasta la cama, la dejó sobre ella y cuando ella iba a levantarse, él se lo impidió, sujetándola tan fuerte por las muñecas que prácticamente la estaba aplastando contra el colchón.

—Si no estuvieras tan tensa te haría ahora mismo el amor, pero creo que no lo vas a disfrutar, ¿verdad? —Ella negó con la cabeza y, tras darle un beso, la soltó y dijo—: Venga, vístete y corre a tu cuarto a cambiarte.

Como alma que lleva el diablo, ella se puso el vestido y abrió la puerta cuidadosamente, cuando comprobó que no había nadie fuera, salió a toda prisa y entró en la habitación de invitados, la que le había designado la madre del futbolista. Una vez dentro, respiró aliviada y decidió ducharse; debía darse prisa.

Tuvo que pasar el bochornoso momento de aparecer ante la madre Rubén y darse cuenta de que la mujer estaba molesta, aunque un rato después, todo estaba más tranquilo. A las dos de la tarde llegaron los recién casados para comer en familia y, diez minutos después, apareció Malena.

—¿Todo bien por aquí? —preguntó.

Rubén sonrió y Daniela con disimulo le dio los pormenores.

—Perfecto, si omito que me quedé dormida en la cama de tu hermano y que esta mañana tu madre nos ha pillado. ¡Madre mía, qué vergüenza!

Malena contuvo una risotada e imitó a su madre en voz baja.

—¡Por el amor de Dios, cuánta indecencia!

Durante la comida, Olivia charlaba con su madre loca de contenta. De repente sonó el timbre de la puerta, dos minutos después todos miraban las fotos de la boda junto con el fotógrafo que las había tomado. Daniela observó las instantáneas con curiosidad, eran las típicas fotos de boda: la novia con el padre, con la madre, con los hermanos... Sonrió al ver una en la que se les veía a ella y a Rubén bailando. Por sus gestos parecían felices y divertidos, la foto le gustó, así que sacó su móvil y le hizo una foto, era un bonito recuerdo.

—Esta me la llevo yo para Milán —apostillo Rubén al ver que Daniela la miraba.

—De eso nada —protestó Olivia—. Que te saquen una copia y te la enviamos.

Rubén, acercándose a su hermanita, la besó en el cuello y le habló en un tono meloso en que era difícil negarle algo.

—Oli... tú te vas de viaje de novios, ¿qué más te da no tener esta foto?, sin embargo a mí me encantaría tenerla en Milán. Venga... sé buena con tu hermano. Al fin y al cabo, es una foto en la que salimos Daniela y yo.

Al final se salió con la suya y, ante el gesto risueño de Daniela, se la entregó.

—Guárdala, esta nos la llevamos nosotros.

—Dani, ¿dónde tienes la pulsera que te di la otra noche? —preguntó de repente Malena

—Está en la habitación, dentro del bolso rojo que llevaba en la despedida.

—¿Te importa si voy a buscarla? Es que no quiero que se me olvide.

—Para nada. Está en el bolsillo interior. Ah, el bolso está sobre la mesilla.

Malena se levantó mientras todos seguían mirando las fotos de la boda, y fue en busca de su pulsera. Al entrar en su antigua habitación sonrió al ver lo ordenada que la tenía Daniela. Vio el bolso y fue directo hacia él. Lo abrió, cogió la pulsera y, cuando iba a salir, vio un envase del perfume de 212 sexy de Carolina Herrera, dentro de un neceser abierto, ella había usado esa colonia, se la acercó para inspirar el aroma; de inmediato, dejó el bote donde estaba y es cuando se fijó en lo que había dentro del neceser. Se quedó sin palabras cuando leyó en un envase de Tamoxifeno; bloqueada, sacó el bote de pastillas del neceser, se lo acercó a la vista y lo volvió a leer, se quedó perpleja al comprobar que, efectivamente, aquello era lo que le había parecido en un principio. Rápidamente dejó el bote donde estaba y salió de la habitación. Al llegar al salón, Daniela la miró, le enseñó la pulsera, le guiñó un ojo y ambas sonrieron.

A las seis de la tarde, Rubén y sus padres fueron al aeropuerto para despedir a Olivia y su marido que se marchaban de luna de miel a Cancún. Malena y Daniela les esperaron en la casa familiar, viendo una película. Malena, sin poder quitarse de la cabeza lo que había visto, seguía dándole daba vueltas y más vueltas, hasta que no pudo más y apretó el *stop*.

—Daniela... sabes que te aprecio aunque acabemos de conocernos, ¿verdad?

Daniela, sorprendida por el tono de la hermana de Rubén, asintió.

—Quiero que sepas que...

—¿Qué ocurre? —preguntó inquieta, al ver que Malena se removía incómoda en la silla—. ¿Pero qué te pasa?

Sin saber cómo afrontar la pregunta sin parecer una auténtica cotilla, finalmente Malena dijo:

—¿Por qué tomas Tamoxifeno?

Como si le hubieran echado un jarro de agua fría, así fue como reaccionó Daniela: ¿cómo podía ella saberlo?

—Al coger la pulsera —prosiguió Malena—, vi tu perfume, me acerqué a él y, sin querer, vi las pastillas en tu neceser.

Pensó no contestar, pero no podía, la pregunta había sido clara y directa. Malena sabía lo de su medicación y no podía mentirle. Durante unos segundos, sintió como la boca se le secaba y comenzó a retorcerse las manos. Malena, al ver su reacción, suspiró y, tocándole las manos, le preguntó:

—¿Rubén lo sabe?

—No. Y... bueno... yo... yo... no...

Al ver el desconcierto de Daniela, la abrazó y, cuando notó la tensión que atenazaba su cuerpo, sacó sus propias deducciones.

—Él no lo sabe y tú no piensas decírselo, ¿verdad? —Ella asintió y Malena susurró—: ¡Dios...! ahora entiendo porque me dijiste que lo vuestro duraría poco. Ay, ¡Dios míooo!... no puede ser... no puede ser...

Daniela se dio cuenta de la gravedad de lo que la hermana de Rubén estaba interpretando, la miró y, zarandeándola, le aclaró:

—Oye... que no me muero... tranquilízate. Yo estoy bien.

—¿Me lo prometes?

—Sí... de verdad. Te lo prometo.

Malena respiró hondo para hacerse cargo de la nueva situación y relajarse un poco, después del susto.

—Pues claro que estás bien, qué idiota soy, claro que lo estás.

—Tomo Tamoxifeno desde hace unos años. Me detectaron cáncer de pecho en dos ocasiones, pero está superado y, hoy por hoy, estoy bien. Mi última revisión fue perfectamente y... bueno y... y...

—¿Y por qué se lo ocultas a Rubén?

—No quiero asustarle, Malena.

—¿Asustarle? Pero cielo... si aquí la única que puede estar asustada eres tú.

—La palabra «cáncer» le asusta. Y yo solo quiero que el tiempo que estemos juntos, estemos bien.

—Pero él se merece saber la verdad, puede sentirse engañado...

—Sé que no estoy actuando bien, Malena y también sé que se lo tendría que decir, pero nunca pensé que esto durara tanto tiempo y ahora... ahora no sé qué hacer y...

—Se lo tienes que decir. Rubén lo entenderá.

—No.

—¿Cómo que no?

—No puedo Malena, lo nuestro se va a acabar cuando lleguemos a Milán.

—Ni se te ocurra hacerlo Daniela, ni se te ocurra dejar a mi hermano por una maldita enfermedad que no tienes —le ordenó molesta.

Desesperada, Daniela se levantó, abrió la ventana para que le diera un poco el aire de la calle y murmuró con una media sonrisa.

—¿Sabes que a tu hermano le gustan las mujeres técnicamente perfectas?

—Eso es una chorrada. Nadie es perfecto y...

—Pero le gustan así. Él es Rubén Ramos, uno de los más ligones de la liga italiana de fútbol. Legiones de mujeres se mueren por estar con él, se mueren incluso por hacerse una simple foto con él. Y sé que tarde o temprano, en cuanto retome la actividad habitual con su equipo, lo nuestro se terminará.

Malena, levantándose del sillón, se sentó más cerca de ella, a ver si así se entendían mejor.

—Pero Daniela, ¿cómo puedes pensar así?

—Porque soy realista, Malena, sé que en el momento en que Rubén comience a viajar y a estar con Jandro y el resto de los jugadores solteros del Inter, todo va a cambiar y yo no voy a hacer nada para que no cambie. Simplemente, dejaré que ocurra para que lo nuestro no sea traumático y...

—¿Y qué pasa contigo? ¿Acaso para ti no va a ser traumático? ¿Acaso tú no le quieres?

Daniela sonrió y tomando las manos de aquella, le respondió abriéndole su corazón, o eso pensaba ella que estaba haciendo.

—Lo mejor para él es no estar conmigo, Malena. Piénsalo con frialdad: él es joven y vive la vida a tope, conmigo siempre estará limitado. Como le digo siempre a Antonella, mi mejor amiga: «mi cuerpo es una bomba de relojería que en cualquier momento puede comenzar la cuenta atrás» y Rubén no se merece eso.

Lo que acababa de oír hizo que a Malena se le saltasen las lágrimas. La tranquilidad y la sensatez con la que Daniela estaba afrontando algo tan duro le ponían los pelos de punta. Quiso protestar pero no pudo, la angustia que se había instalado en su interior solo la dejaba hipar.

—Vamos, vamos, no llores, por favor... Te pido que intentes entender lo que te estoy diciendo. Rubén tiene un precioso futuro por delante y yo solo tengo un presente, que se alarga o se acorta cada seis meses y... Yo no tengo futuro más allá de la próxima revisión.

—¿Cómo puedes decir eso Daniela?

—Porque te estoy siendo totalmente sincera. Y quiero que Rubén sea muy feliz con alguien que le de los hijos que él quiere tener.

—Pero...

Dispuesta a que Malena no desvelara su secreto, la tomó de las manos y le suplicó:

—Por favor... por favor... prométeme que no le vas a decir nada. Si le dices algo le vas a hacer daño y es lo último que ambas queremos, ¿verdad? —Malena asintió—. Déjame que disfrute a su lado del poco tiempo que queda hasta que él comience a hacer su vida de nuevo. He intentado dejarle, pero me ha sido imposible, porque pasábamos demasiado tiempo juntos, pero sé que en unas semanas todo va a cambiar. Por favor, Malena, permíteme ese tiempo y, por favor, nunca le comentes nada de esta conversación.

Malena sollozó y Daniela, incapaz de no hacerlo, la siguió. Abrazadas, se sentaron en el sillón e incapaces de hacer nada, lloraron. Cuando Rubén regresó con sus padres tres horas después, las observó sorprendido. Ambas tenían los ojos hinchados y, cuando la madre del futbolista le preguntó, Daniela respondió con una de sus sonrisas.

—Es que hemos visto *Ghost* y... bueno... ya sabes, ¡somos de lágrima fácil! Y la peli es de llorar y llorar.

—De mucho llorar —afirmó Malena que se levantó y se marchó a la cocina.

Los padres del futbolista se miraron y, sorprendidos, siguieron a su hija mayor, esa no era una reacción normal en ella. Al quedarse solos, Rubén se acercó a Daniela y se sentó a su lado.

—Dime qué ha pasado aquí, no me creo que estéis así por una película.

Daniela, fabricando una de sus mejores sonrisas, le tocó el pelo.

—Vale, ha sido una tarde de confidencias; hemos hablado de mi hermana Janet y ella me ha contado cómo se sintió tras su divorcio y tal. Hemos llorado por cosas que nos duelen, pero, por favor, no digas nada, ¿vale?

Rubén, conmocionado por ver los enrojecidos ojos de Daniela, no quiso preguntar más. Sabía cuánto le dolía hablar de su desaparecida hermana Janet, pero lo que no entendía para nada eran las lágrimas de Malena, ella nunca antes había llorado por su divorcio.

Al día siguiente, Rubén y Daniela regresaban a Milán. Malena y sus padres fueron a despedirles y a nadie se le pasó por alto cómo su hermana y Daniela cuchicheaban cómplices.

—Pienso ir a visitarte aunque no estés con mi hermano, ¿entendido?

—Y yo quiero que lo hagas. Te estaré esperando en mi casa.

Malena, mientras veía que su hermano abrazaba a su madre y que no podía oírlas, volvió a la carga.

—Díselo, Daniela. Creo que mi hermano lo entenderá y...

—No, y por favor, no digas nada. Me has prometido guardarme el secreto.

Tras unos segundos de silencio Daniela murmuró con los ojos vidriosos.

—Te espero en Milán, ¿vale?

—¿Otra vez vas a llorar? —le preguntó muy serio Rubén al acercarse, observando a su hermana sin reconocerla.

Malena negó con la cabeza y su padre la abrazó por detrás, dándole un beso en el pelo.

—Ni caso, hijo. Cuando no es una, es otra. El caso es que estoy rodeado de lloronas.

—Papaaá —se quejó Malena al tiempo que sonreía.

Teresa, la madre de Rubén, acercándose a Daniela, la tomó de las manos y tras abrazarla, le demostró cómo había encajado en la familia.

—Eres bienvenida a nuestra casa siempre que quieras, cariño. Y por favor, cuida de mi príncipe en Milán, que tenga cuidado con su pierna y...

—Mamaaaá —protestó Rubén.

Daniela, con una encantadora sonrisa, ordenó callar al futbolista y cuchicheó mirándola:

—Tranquila, Teresa. Le prometo que su príncipe estará muy bien cuidado.

Tras una última ronda de besos y abrazos, el futbolista y Daniela pasaron por el arco de seguridad del aeropuerto, él cogiéndole la mano con fuerza, le dijo con cierto alivio:

—Volvemos a nuestras vidas.

Daniela asintió con una prefabricada sonrisa. Sin saber nada, él había dado en el clavo, debían regresar a sus vidas.

-27-

El lunes al regresar del entrenamiento Rubén estaba muy motivado. Por primera vez en meses había entrenado al cien por cien con sus compañeros. A medida que avanzó la semana, su autoestima subió más y más. Daniela sonreía al verle tan feliz, aunque su interior se desangró cuando el jueves la llamó para anular su cita, le dijo que no podía verla. Ella no entraba en sus planes.

Aceptó sin rechistar y le animó a pasarlo bien, pero cuando colgó, se sentó en el sofá y después de quitarse los tacones que se había puesto para él, se lo tomó con filosofía.

—Como dice el Rey en su canción «Es ahora o nunca».

Había llegado el momento de acabar con aquello de una vez por todas.

El sábado, el futbolista jugaba su primer partido tras la lesión, emocionada, Daniela acudió al campo del Inter junto a Suhaila e Israel, querían animarle y aplaudirle. Rubén, Jandro y un par de compañeros más iban camino del vestuario cuando se cruzaron con Daniela en el pasillo. Él levantó los brazos, feliz, y se fundió con ella en un abrazo, sin importarle las conclusiones que podrían sacar sus compañeros.

—Cuánto me alegra ver que mi tocapelotas ha venido.

—No me lo perdería por nada del mundo.

Aquel contacto, tras varios días sin verle, le supo a gloria, sonrió intentando aparentar normalidad y cuando él la soltó, le preguntó cuando el resto de jugadores les dejaron solos.

—¿Nervioso? —Rubén movió el cuello a ambos lados, Daniela sonrió y tocándole en el brazo dijo—: No debes estarlo, tu pierna está perfectamente. Procura no frenar en seco, estirar y calentar muy... muy bien ahora y antes de salir al terreno de juego, y verás como todo va de maravilla.

—Espero que la pierna me funcione. Hoy voy a tener demasiados ojos clavados en mí —murmuró Rubén guiñándole un ojo a una de las azafatas del Club que pasó por su lado.

—No te rindas y lucha... —comentó ella omitiendo la miradita a la azafata—. Espero que cuando metas tu primer gol me lo dediques. Me lo merezco, ¿no?

Con una candorosa sonrisa, la miró y, tras recorrer su cuerpo con deleite, la provocó.

—Te mereces eso y más.

—Con que me dediques ese gol que tienes firmado por contrato ¡me doy por satisfecha!

Ambos sonrieron. Deseoso de tenerla cerca, la cogió del brazo y la llevó hasta un lateral. Tras comprobar que nadie les podía ver, la besó con deleite y, cuando se separó de ella, le confesó:

—Llevo tres días sin verte y te echo de menos.

Con una sonrisa, la joven asintió y, tocando su preciado pelo, le respondió.

—Yo también te echo de menos.

Esta vez fue Daniela quien se lanzó a besarle, y cuando se separó, él contraatacó verbalmente:

—Te comería entera.

—Cómeme — le respondió juguetona.

Rubén asintió y, mirándola desafiante, añadió tras besarla antes de marcharse:

—Te espero esta noche en mi casa cuando termine el partido. Entonces te comeré.

Daniela soltó una carcajada y caminó con seguridad por el pasillo hasta llegar a la zona noble del estadio, al palco de autoridades. Allí estaba su madre hablando con varios directivos, que, al verla, la colmaron de atenciones, todos sabían que aquella joven había sido la artífice de la estupenda recuperación de uno de sus astros.

El partido comenzó. Los *tifosi* cantaban y coreaban sus himnos mientras los futbolistas luchaban en busca del ansiado gol. Daniela observó a Rubén en el banquillo mirar concentrado el partido y, cuando en el minuto veintidós, su padre, el entrenador Norton, le hizo salir a calentar, un clamor inundó el estadio. Rubén Ramos regresaba al campo.

Su madre la miró orgullosa.

—Me gusta mucho este chico para ti, Daniela.

—Mamá, no te emociones.

—Se le ve un hombre... no un chiquillo.

—Solo somos amigos. Nada más.

Sorprendida por aquello, la mujer la miró y acercándose a ella, la retó:

—No creo lo que dices, Dani: tú sales con él.

—No, mamá.

—Pero tu padre me dijo...

—Aisss mamá... papá parece una portera con tantos cuchicheos.

Rachel sonrió ante aquel comentario.

—Pues yo creía que ese hombre tan guapo y tú teníais algo bonito y bueno para los dos. Y están los niños, ellos no paran de hablar de él, le adoran, ¿no crees que sería un buen padre?

Incómoda por aquel comentario suplicó que Suhaila e Israel no la hubieran escuchado.

—Mamaaá —protestó—. ¿Quieres callarte, que te pueden oír?

—Hija... yo creía que...

Daniela soltó una carcajada ante la cara de su madre y, acercando su frente a la de ella, le susurró:

—Mamá, amigos, es solo eso, somos a-mi-gos. Que ha habito con él algo de cama, morbito y diversión, ¡pues sí!, lo admito, pero nada más.

—¡Serás sinvergüenza! ¡Mira que decirme eso! —rio su madre al escucharla, haciéndose la antigua.

—Sinceridad ante todo, mami. No quiero que te hagas falsas ilusiones.

Rubén salió al terreno de juego y el público le vitoreó. Suhaila e Israel fueron los que más celebraron su debut después de la lesión. El futbolista, emocionado por el cálido recibimiento levantó las manos y aplaudió, los *tifosi* corearon su nombre. Adoraban a Rubén Ramos. Daniela no podía quitarle los ojos de encima. Rubén corrió, atacó, robó balones, dio pases, pero algo le indicaba que él no se sentía seguro jugando, que no tenía buenas sensaciones con su pierna derecha. Eso la intranquilizó.

En el descanso, Daniela corrió por las escaleras hasta llegar a la puerta del vestuario y esperó a que él apareciera. Cuando lo hizo, sin importarle quien les mirara, le agarró del brazo y con voz tensa le preguntó:

—¿Qué te ocurre?

—Nada.

—No me engañas, principito —siseó—. Te conozco y sé que te sientes inseguro, pero déjame decirte que tu pierna se encuentra perfectamente. Así que, quiero que salgas al campo, te dejes la piel y metas un gol para todas esas personas que lo están esperando desde hace meses. —Al ver como él la miraba, añadió—: juega como sabes, solo tienes que hacer eso. Vamos Rubén po-si-ti-vi-dad, ¿dónde te la has dejado hoy?

Ofuscado, no respondió. Simplemente se alejó con el resto del equipo, mientras ella corría escaleras arriba para entrar de nuevo en el palco de autoridades. El partido comenzó. Daniela no quitaba ojo a Rubén y sonrió al comprobar que esta vez corría con empuje y fuerza. En el minuto veinte de la segunda parte, Jandro tras un robo de balón impresionante, le dio una muy buena asistencia a Rubén y, este, sin dudarlo lanzó a portería y metió un magnífico gol por la escuadra.

Daniela no se movió; su madre, los niños y todos los que había a su alrededor saltaban y gritaban emocionados. Sin poder apartar los ojos de él vio cómo todos sus compañeros le felicitaban y se le tiraban encima. Eso la hizo reír a carcajadas. Aquello era lo que él necesitaba: un estupendo reencuentro con el equipo y con la afición. Cuando sus compañeros se le quitaron de encima, la gente seguía vitoreando enloquecida su nombre, entonces vio que el futbolista miraba hacia la zona de autoridades y, tras localizarla, sonrió y la señaló con el dedo. Suhaila e Israel emocionados por aquella dedicatoria saltaron y aplaudieron, mientras Daniela, incapaz de moverse o articular palabra por la emoción, supo que ese gol era para ella. Rubén lo había firmado en su contrato.

El partido terminó con dos goles a favor del Inter. Se desató la locura en el vestuario y los jugadores decidieron salir a celebrarlo por todo lo alto.

Esa noche Daniela esperó en la puerta de la casa del futbolista hasta las dos de la madrugada. Cuando se convenció que él no iba a aparecer, suspiró, arrancó su coche y se marchó a su casa. Definitivamente, todo había comenzado.

-28-

Al día siguiente, Rubén la llamó y le preguntó si lo había esperado en su casa la noche anterior, ella le mintió. Rubén se quedó tranquilo, pensar que ella le hubiera estado esperando le partía el corazón. Le contó que intentó zafarse de los compañeros pero le fue imposible, no le dejaron irse, y finalmente, claudicó.

Rubén la llamó para invitarla a cenar fuera y después al cine, ella rechazó la oferta, le dijo que estaba cansada y que se quedaría en casa. Él lo entendió, pero necesitaba verla, así que se presentó en su casa con una *pizza* de las que a ella le gustaban, con aceitunas negras, pero se encontró con la casa vacía. Llamó repetidamente al portero automático pero nadie le abrió... ¿dónde estaba Daniela?

La llamó al móvil pero no atendió sus llamadas, mosqueado, decidió esperarla en el coche. Ella apareció a las dos de la madrugada en un vehículo que él no conocía y acompañada por varias personas que parecían muy divertidas.

Dos días después, al no recibir ninguna llamada por su parte, ella le llamó. Rubén estaba con unos amigos en su casa y no la invitó. Eso le dolió pero tuvo que aceptarlo, sin saber que dos noches ante, él comprobó que ella le había mentido.

Poco a poco, fueron distanciándose. No se decían nada pero ambos eran conscientes de lo que estaba pasando. Él la llamaba para salir, pero ella siempre se excusaba con otros planes o fingía que estaba ocupada. Lo cierto es que cuando ella le llamaba, él siempre aceptaba. Necesitaba verla.

Si se veían era siempre por la buena disposición del futbolista, pero él se estaba comenzando a cansar de sus desplantes. Era descarado lo que ella hacía. Tan descarado como que comenzó a salir con otros futbolistas del AC Milán, el rival histórico y la prensa la había pillado.

Aquella noche, cuando llegó furioso a la casa de Daniela, tuvieron una grandísima discusión. Rubén no entendía qué ocurría y Daniela le recordó que ella no estaba comprometida con él. Tras la pelea, cuando se calmaron, ocurrió lo inevitable y terminaron haciendo apasionadamente el amor. De madrugada, cuando ella se durmió, Rubén la miró y le tocó el pelo con cariño. ¿Qué le ocurría a ella? ¿Por qué intentaba alejarse de él?

Un par de días después la invitó a cenar. Sus compañeros de equipo habían organizado una cena, pero ella se excusó, le dijo que cenaba son sus padres y, el destino o la mala fortuna, hicieron que, de madrugada, coincidieran en el mismo local. Daniela se quedó sin habla al verle. Allí estaba Rubén charlando muy animado con una guapa rubia. Eso le revolvió el cuerpo, pero antes de poder escapar, él la vio y caminó hacia ella con decisión.

—¿Tú por aquí? —preguntó con voz intimidatoria mirando al acompañante de ella.

Con la mejor de sus sonrisas, ella asintió y agarrándose con fuerza al brazo de quien la acompañaba dijo:

—No sabía que vinieras por este local.

Rubén, recorriéndola con la mirada, le espetó:

—Ni yo que tú vinieras por aquí. Por cierto, ¿no estabas con tus padres?

Con una prefabricada sonrisa asintió y respondió:

—Cambio de planes.

La actitud altanera de ella le provocaron furia, dolor y desconcierto. No podía más, no quería seguir humillándose por ella y, cuando fue a decir algo, el hombre que la acompañaba, acercó su mano a la de él.

—¡Dios, eres Rubén Ramos!, ¿verdad? —El futbolista asintió y este dijo—: Soy Enzo, encantado de conocerte.

Aquel nombre hizo que a Rubén le cambiara el gesto. Enzo ¿su ex? Ella, al ver su reacción, sonrió con diplomacia, a pesar de que estaba sacándole de su casillas.

—Enzo, cielo... ¿puedes dejarnos un momento a solas?

Enzo se alejó, sin entender nada, por supuesto.

—¿Qué haces con él? —la increpó Rubén.

Intentando ser fría, resopló, y tras meditar su respuesta, le dijo con rotundidad:

—¿Tengo que recordarte, otra vez, lo que hablamos el otro día? —Y acercándose a él murmuró—: Rubén, te dejé muy claro que entre nosotros solo hay sexo ¿cuándo vas a quedarte con la copla?

—Daniela...

—No me mires así y asúmelo. Tú y yo no somos nada.

Furioso fue a contestar cuando ella, dándose la vuelta, se despidió a la francesa.

—Pásalo bien, Rubén.

Él apretó los puños, aquello estaba llegando a unos extremos que detestaba, se le estaba yendo de las manos. Nunca ninguna mujer le había tratado así. No estaba dispuesto a demostrarle nada más, así que se dio la vuelta y continuó charlando con la rubia. Aunque ya nada volvió a ser divertido esa noche.

En esos días la joven había tenido otra reunión con los asistentes sociales y todo parecía ir por buen camino. Eso era lo que a ella la llenaba de positividad, necesitaba sentir que algo en su vida iba bien.

Con el paso de los días, Rubén volvió a salir en la prensa del corazón. El toro español, como lo llamaba la prensa italiana, había regresado. Leer las noticias de sus amoríos, hacía añicos el corazón de Daniela pero ella se mostraba impasible, asumía lo que iba pasando sin más.

Al final de uno de los entrenamientos, el míster dijo al pasar junto a Rubén:

—Me alegra ver que vuelves a tu vida de antaño.

Rubén lo miró malhumorado; había captado su indirecta.

—Yo también me alegro.

Después de días sin verse ni comunicarse, Rubén la llamó por teléfono, necesitaba escucharla y se sorprendió cuando ella se ofreció a ir a su casa. Necesitaba verle también y quería comentarle que el asunto de la adopción estaba en su recta final y todo apuntaba que acabaría muy bien para ella. Pero como ocurría en la mayoría de las ocasiones, nada más entrar por la puerta y mirarse a los ojos, se lanzaron uno a los brazos del otro y la pasión les enloqueció. Se necesitaban más de lo que ambos estaban dipuestos a admitir.

Un par de horas después, tras haber hecho el amor en repetidas ocasiones, mientras él se duchaba y ella preparaba algo de cena, sonó el teléfono. Al tercer tono, saltó el contestador automático, y una mujer empezó a hablar:

«*Ciao, amoreee!* Como te dije hace dos días, mañana llegaré al aeropuerto sobre las nueve. Llevo caliente varios días pensando en nuestra cita. Me muero por verte. Llevo tanto tiempo sin saber de ti. Un beso *amore.*»

Escuchó aquel mensaje helada y el estómago se le contrajo. Molesta, clavó el cuchillo que tenía en las manos en la tabla justo cuando él dijo:

—Dani…

Mirándole con frialdad, respondió:

—Déjalo, Rubén, mejor no digas nada que pueda empeorar las cosas.

—¿Ah, sí…? —respondió al ver su reacción—. ¿Acaso te importa con quien salga yo?

Ella no respondió y él, dispuesto a conseguir una contestación, insistió:

—Todo esto lo estás provocando tú; tú eres la que ha puesto tierra entre los dos, tú eres la que prefiere salir con otros a quedar conmigo, ¿o acaso me vas a decir que es mentira?

—Rubén, déjalo.

La miró ofuscado.

—El otro día… ¿qué hacías con Enzo? Tú misma me dijiste que siempre que os veíais acababais en la cama, ¿fue así como terminasteis?

Enfadada con la situación que ella había provocado le miró y contraatacó:

—¿Acaso tú no terminaste en la cama con la rubia que te acompañaba?

Se lavó las manos con furia y, cuando se las secó, se le quedó mirando con una sensación entre la pena y la rabia, y él gritó:

—Creía que estábamos bien, creía que lo nuestro era especial; tú me importas, me importas mucho, pero creo que yo a ti no te importo nada o no harías ninguna de las cosas que estás haciendo.

—Que yo sepa tú también sales con tus amigas, ¿te he reprochado yo algo?

—No.

—Entonces ¿a qué viene que me pidas explicaciones? —Él no supo qué decir, estaba agobiado. La quería solo para él y antes de que pudiera contestar, ella cambió su gesto y susurró mirándole—: Lo siento, Rubén. Al escuchar ese mensaje salió mi parte terrenal. Te pido perdón, no soy nadie para ponerme así.

—Dani... —murmuró desesperado.

Asustada por lo que vio en sus ojos y antes de que pudiera decir nada más, ella se abalanzó sobre él y lo besó. Pasmado por aquel arranque, la cogió entre sus brazos pero antes de que pudiera decir nada, ella le miró y dijo:

—No digas más, llévame a la cama y hazme el amor.

Dicho y hecho. Él hizo lo que ella pedía y Daniela, sin querer hablar ni un segundo más sobre lo ocurrido, le dejó hacer y le hizo; disfrutó y le hizo disfrutar. La pasión entre los dos era increíble y el morbo que había en sus miradas y sus caricias les volvía locos. Se necesitaban, se gustaban y se amaban.

A las cinco de la madrugada, se despertó sobresaltada por los calambres y, al ver a Rubén durmiendo a su lado, sonrió y le observó. Durante más de veinte minutos se dedicó a observarle sin tocarle, hasta que finalmente se levantó de la cama, entró en el baño y, mirándose al espejo, la asaltó una pregunta: ¿qué estoy haciendo?

Sin más, cerró los ojos, se sentó en el suelo del baño y lloró. Debía ser fuerte y acabar con aquello de una vez por todas. Una hora más tarde, sin hacer ruido para no despertar a Rubén se vistió silenciosamente y, cuando estaba en el salón poniéndose las botas, se asustó al oír su voz.

—¿Te vas? —Daniela no pudo responder ni mirarle y él insistió—: ¿Te ibas sin despedirte? ¿A esto hemos llegado?

La carne se le puso de gallina, lo que menos le apetecía era decirle adiós y sabía que una vez saliera por aquella puerta, nada volvería a ser como antes; él retomaría su vida y ella, la suya.

—Estabas dormido y no quería despertarte —le contestó girándose, para verle, y que él viera que ella sonreía.

Durante unos segundos se miraron a los ojos hasta que él finalmente dijo:

—Escucha Dani, lo de Gina no es nada. Si te vas por la llamada quiero que sepas que...

—No me voy por eso, Rubén. Me voy porque creo que esto no debe de continuar.

Se quedó pasmado por aquella respuesta, se le acercó y le dijo intentando que ella le mirase.

—¿Pero de qué estás hablando? —Y al ver que ella no respondía, añadió—: Tú me gustas y yo sé que te gusto, ¿por qué no podemos seguir como hasta ahora?

—Porque no, Rubén...

—Esa contestación no me vale

—Pues no te voy a dar otra.

—¿Por qué te alejas de mí? ¿Por qué no quieres que lo nuestro continúe? —Ella no respondió y el prosiguió—. De un tiempo a esta parte no paras de hacerme desplantes, de salir con otros y de pasar de mí, ¿qué te ocurre? ¿qué hice mal?

—Nada —respondió sintiéndose como una bruja—. Es solo que quiero recuperar mi vida.

—¿Recuperar tu vida?

—Sí.

—Pero Daniela, ¿todavía no te has dado cuenta de lo que significas para mí?

Fue a cogerla del brazo y ella se zafó con furia del contacto, Rubén supo entonces que estaba todo perdido, sin tocarla, le preguntó:

—Entonces, ¿todo se acabó?

—Sí.

—¿Para siempre?

Se les puso la carne de gallina a ambos, pero ella respondió fingiendo frialdad:

—Rubén, podemos seguir siendo amigos, pero...

—Siento demasiado por ti para ser tu amigo, Daniela. Contigo soy muy terrenal, ¿ya lo has olvidado?

Ella no contestó, tenía ganas de llorar y él notaría que se le quebraba la voz.

—Eres especial para mí. Por ti he cambiado, por ti haría cualquier cosa, ¿por qué no lo valoras?

Con el corazón roto de dolor, tomó aire para acabar con la conversación.

—Yo no siento lo que tú, para mí solo eres uno más.

Rubén la miró hundido, aquella frase era la última que quería escuchar. En sus ojos se veía la desesperación por perder a alguien tremendamente especial, cuando ella añadió:

—Creo que llegó el momento de continuar con nuestras vidas. Tú tienes a tus *bellas* y yo...

—Y tú tienes a Enzo y tus amigos, ¿verdad?

Tras pestañear, asintió y pudo ver que la mandíbula de él se tensaba; quiso correr a sus brazos y contarle la auténtica razón de sus miedos, sabía que no estaba siendo justa con él.

—¿Te importa que visite a Suhaila e Israel? —preguntó furioso.

—Por supuesto que no me importa, sé que a ellos les encantará.

Rubén asintió, y con el gesto marmóreo siseó:

—Muy bien, si todo se ha terminado entre nosotros, sal de mi casa y no vuelvas.

A Daniela se le clavó en el corazón su rabia, su furia, la dureza de su mirada... Pero era lo que necesitaba para que todo acabara. Por ello, terminó de calzarse las botas y mirándole dijo:

—Me ha encantado conocerte.

Él no respondió y ella, tras acariciar la cabeza de la perra, se marchó. Desde el interior de la casa, Rubén observó que ella se metió en el coche y, sin dudarlo, apretó el botón del mando para que la cancela de fuera se abriera y ella se marchara. Una vez la puerta de la entrada a la finca se cerró, tiró furioso el mando contra el sofá y se maldijo: ¿qué iba a hacer sin Daniela?

Los días pasaron. Ni él se puso en contacto con ella, ni ella con él. Su relación había terminado y ambos lo habían asumido. Antonella era la única persona a la que Daniela permitía que viera su vulnerabilidad y su dolor. Ante sus padres disimulaba, no quería que su padre viera que estaba mal y lo pagara con Rubén.

Comenzó el mes de mayo y se reincorporó al trabajo en el hospital. En ese tiempo sabía que Rubén había reanudado su vida por lo que leía sobre él en los periódicos: sus salidas nocturnas eran el tema preferido de las revistas del corazón, junto a sus goles; la prensa también se había hecho eco de su cambio de actitud, el futbolista se mostraba malhumorado y agresivo desde su regreso.

Rubén seguía en contacto con Israel y Suhaila, los llamaba a menudo e intentaba visitarlos siempre que ella no estaba, la rehuía.

Llegó junio y Daniela volvió a inquietarse. Tocaba nueva revisión, cada vez que se acercaba la fecha el mundo se le venía encima, la positividad desaparecía y los nervios la carcomían por dentro.

Llamó a la clínica, pidió cita y cuando colgó, ya se empezó a agobiar. Odiaba hacerse esas pruebas. Dos días después, habló con el personal del hospital y pidió vacaciones. Necesitaba tiempo para tranquilizarse.

Esa tarde, en La casa della nonna, Suhaila tenía fiebre. La pequeña tosía y Daniela había acudido para estar presente cuando el pediatra fuera a visitarla. El médico, tras reconocer a la pequeña, miró con cariño a Daniela e Israel y les indicó el tratamiento.

—Antibióticos y mimos y esta preciosidad se recuperará en unos días.

Israel sonrió y Daniela mirándole le ordenó:

—Venga, a la cama, que mañana hay instituto.

El crío asintió y, tras despedirse con un beso de su hermana y de Daniela, se marchó a dormir.

Una hora después, cuando la pequeña se quedó dormida, la joven decidió regresar a su casa, tenía que cambiarse de ropa, cenaba con Enzo.

—¿Dónde iréis? —preguntó Antonella.

—No lo sé, Enzo quedó en enviarme la dirección al móvil.

Cogió el bolso, miró a su amiga y le indicó:

—Si a Suhaila le sube la fiebre, llámame, ¿de acuerdo?

—No te preocupes, lo haré.

Ambas sonrieron y Antonella quiso saber el porqué de su gesto triste.

—¿Sigues pensando en Rubén?

Daniela, encogiéndose de hombros, asintió y su amiga añadió:

—¿Estás bien, Dani? Esta vez has adelgazado más que nunca.

—Lo sé, me imagino que será la tensión de todo. —Sonrió como pudo—. Pero tranquila, ya sabes que pronto mi trasero volverá a ser el que era.

Rieron y Daniela salió por la puerta sin querer darle más vueltas. Estaba inmersa en sus pensamientos cuando, al llegar al callejón donde había aparcado su coche, escuchó una voz a su espalda.

—Princesita mala leche, ¿cómo estás?

Al volverse, se sorprendió al encontrarse con Luppo y dos de sus muchachos. Sin cambiar su gesto, sin ningún miedo le preguntó:

—¿Qué haces tú aquí? Creí haberte dejado clarito que...

No pudo continuar, aquel delincuente le dio un empujón que la arrojó contra la parte frontal de su coche y echándose literalmente sobre ella, siseó en su cara:

—Tú y yo tenemos algo que aclarar.

—¡Suéltame! —voceó al sentirse aprisionada.

Luppo, divertido, apretó su pelvis contra la de ella y acercando peligrosamente su boca a la de la joven, susurró poniéndole una navaja en la cintura.

—Eres suave y quiero divertirme.

—Como no me sueltes... —le cortó Daniela furiosa—, te juro que lo vas a lamentar.

Sin ninguna intención de hacer lo que ella pedía, él paseó la navaja por la cintura de Daniela. Lentamente, la subió por su abdomen, continuó hasta su pecho, hasta llegar a su garganta, quería intimidarla

—Escúchame, princesita, si vuelves a enviarme a la policía quien lo va a lamentar vas a ser tú, por tu culpa estoy teniendo muchos problemas y...

Le escuchó horrorizada por no poder moverse. Ella no había enviado a la policía contra él, como pudo, le ordenó furiosa.

—¡Suéltame, joder!

Los muchachos que acompañaban al tal Luppo miraban con incomodidad hacia los lados, vigilantes, mientras él seguía hablando y aprisionándola.

—Princesita mala leche, no te metas donde no te tienes que meter o esta vez lo que arderá no será tu coche, ¿entendido?

En ese instante, la puerta de La casa della nonna se abrió de par en par. Antonella, la *nonna* e Israel corrían hacia ellos.

—¡Aléjate de Daniela! —gritó Antonella.

Luppo soltó a la joven y se guardó la navaja en el bolsillo. Ella, al verse liberada, ni corta ni perezosa, empujó a Luppo y gritó fuera de sí:

—Fuera de mi vista, imbécil. Y para que lo sepas, yo no he llamado a la policía. ¿Qué pasa? ¿Soy yo tu única enemiga?

—¡Sinvergüenza! ¿Qué le hacías a la chica? —voceó la *nonna*.

Israel, fuera de sí llegó hasta Luppo, le empujó y señalándole gritó:

—¡Aléjate de ella!

Cuando Luppo y sus compinches se marcharón. La *nonna*, asustada se acercó más a Daniela.

—¿Estás bien, cariño?

La respiración de la joven volvía a ser normal y, a pesar del susto que esos tarados le habían dado, no quiso preocupar más a la anciana, acariciando la cara de Israel, murmuró:

—Tranquilos, estoy bien... estoy bien.

Cuando les vio más calmados, Daniela se montó en el coche, ante la atenta mirada de los tres, y se fue a casa, todo lo tranquila que pudo. Tenía una cita, quería olvidarse de aquel susto y pasarlo bien.

Una hora después, cuando le llegó en un mensaje la dirección del restaurante, Daniela salió para allá. Al llegar, el aparcacoches corrió a hacerse cargo del automóvil. El susto por el encontronazo con el indeseable de Luppo ya había pasado y entró en el local pisando fuerte. Preguntó por la mesa reservada por Enzo Pascuale y el *maître* la acompañó, pero en el trayecto, se quedó sin habla cuando se encontró con los ojos sorprendidos de Rubén, que cenaba con una risueña morena. Estaba guapísimo con aquel traje oscuro.

La boca se le resecó, sus piernas parecían de chicle pero aun así, continuó caminando. Iba a detenerse para saludarle, pero al ver que él retiraba la mirada, como si no la conociera, continuó su camino sin mirar atrás. Eso le partió el corazón. Él finalmente se había desligado de ella.

—Estás bellísima, Daniela —dijo Enzo levantándose cuando por fin Daniela llegó a la mesa en la que él la esperaba.

—Gracias —respondió sentándose.

Pero la cena fue un desastre, saber que a pocos metros de ella estaba Rubén con otra mujer le cerró el estómago y las ganas de pasarlo bien. E incapaz de mentirle a Enzo, finalmente, cuando acabaron, le dijo que no se encontraba bien y que se tenía que marchar. Enzo, sin pedirle más explicación, la acompañó hasta el coche y, al salir del restaurante, Daniela se fijó en que Rubén y su acompañante ya no estaban allí.

Después de despedirse de Enzo, se metió en su coche y llegó a su casa. Cuando entró, se quitó los tacones y caminó directa a la cocina, allí se preparó una tila. Estaba demasiado nerviosa, ver a Rubén tan cerca después de tanto tiempo la había alterado.

Con la tila en la mano, caminó hasta el salón y, cuando iba a sentarse, sonó el timbre de la puerta. Sorprendida, se miró el reloj, eran las once y veinte de la noche. Descolgó el teléfono del portero automático extrañada.

—¿Sí?

—Soy Rubén, abre.

La rotundidad en su voz le puso la carne de gallina y, sin saber porqué hizo lo que él le pedía. Histérica, se tocó la cara. Rubén estaba allí. Dos minutos después, abrió la puerta de su casa y se topó con él y con su enfurecido semblante.

—¿Qué ocurre? —preguntó ella intentando mantener la calma.

—Tengo que hablar contigo.

—Pasa, por favor.

Una vez cerró la puerta, sin quitarle los ojos de encima, la abordó:

—¿Por qué no me lo habías dicho?

La carne se le puso de gallina y la boca se le secó, cuando él añadió:

—¿Te parece bien que tenga que enterarme de algo así por otras personas?

Sin saber bien a lo que se refería, le preguntó:

—¿De qué estás hablando? —Molesto, dio un paso hacia ella.

—Si lo dices por Suhaila, ella está bien.

Confundido, le preguntó:

—¿Qué le ocurre a Suhaila?

Más confundida, respondió:

—Lleva un par de días con fiebre, pero el pediatra ha dicho que no nos preocupemos, que los antibióticos y los mimos lo curan todo.

Rubén asintió, deseaba acercarse a ella, deseaba besarla, la necesitaba, pero sin cambiar su gesto duro, insistió:

—Sabes perfectamente que no me refiero a eso, ¿verdad?

Temblores es lo que le entraron al imaginar a qué se refería.

—Rubén... no creo que...

—No, Daniela, no creas y respóndeme.

Horrorizada por el giro que estaba dando la conversación,

tragó saliva. ¿Por qué se había enterado Rubén de su secreto? ¿Quién se lo había dicho?

—Vale, asumo que tenía que haber sido yo quien te lo dijera.

—Oh, por supuesto que debías haber sido tú, ¿cómo te crees que me he quedado cuando me lo han contado? ¡Por Dios, Daniela! ¿Te has vuelto loca?

—Escucha, por favor... Si no te lo he comentado era porque nunca quise que lo nuestro fuera algo más que sexo. No suelo ir contándole mis penas a...

—¿Tus penas?

Enfadada por cómo la miraba, gritó:

—No cuento mis penas a todos los tipos con los que me acuesto porque... Porque ¡no quiero! No me da la gana.

—¿He sido un tipo más de esos?

Tras una más que significativa mirada, ella susurró:

—No... pero creo que...

—Vale... —la cortó furioso—. No me interesa. Ahora cuéntame lo que he venido a saber.

Ella respiró hondo, para ganar algo de tiempo, se sentó en el sofá y empezó a hablar:

—No sé por dónde empezar. —Intentó bromear y, al ver que él no sonreía, al final dijo —: Como bien dijiste una vez, no soy una mujer técnicamente perfecta, pero el tiempo que he estado contigo he intentado creérmelo porque me hacía feliz. Cuando era pequeña, siempre fui una niña enfermiza. Los médicos decían que tenía migrañas, dormía mal, vomitaba, me caía constantemente y por eso las familias que supuestamente nos querían adoptar, siempre nos acababan devolviendo a mi hermano y a mí al centro de acogida. Yo era una monada de niña, pero una monada enfermiza que ocasionaba demasiados quebraderos de cabeza. Un día, caminaba con mi hermano por la calle, me caí y comencé a convulsionar. Me pasó delante de un hombre, una mujer y una niña, que me atendieron de inmediato, nos llevaron al hospital y, tras varias pruebas, los médicos diagnosticaron que yo no tenía migrañas, el diagnóstico es que padecía un tumor cerebral. —Y tocándose el cuero cabelludo, añadió—: A eso se debe la cicatriz de mi cabeza.

Rubén no pestañeaba, y ella prosiguió:

—La providencia hizo que esas personas que nos ayudaron fueran papá, mamá y Janet. Me operaron de urgencia. Ellos, al conocer nuestra situación, cargaron con los gastos y ya nunca se separaron de nosotros. —Ella sonrió, pero Rubén no, así que decidió continuar. Cogió la fotografía en la que tenía el pelo azul y prosiguió—. Cuando tenía veinte años, me diagnosticaron cáncer de mama. Este pelo azul, no es mi pelo. Lo perdí todo con la quimioterapia y mi hermana me compró esta peluca azul para que no me sintiera mal cuando me mirase en el espejo. Por eso mi padre y mi hermano me llaman Pitufa... —Sonrió mientras la cara de Rubén se descomponía por momentos—. Fue duro enfrentarme a lo que me pasaba, pero gracias a mi familia, lo superé. El pelo creció, todo pasó y continué con mi vida. Pero cuando creía que nada peor podría pasar, mi hermana Janet murió en un accidente de tráfico y eso me hundió. Dos años después, decidí trasladarme a Milán para intentar salir del foso oscuro donde estaba. Comencé una nueva vida, conocí a Enzo y cuando todo volvía a ir bien, en una de mis revisiones me volvieron a diagnosticar cáncer. Yupi... Yupi... Hey... —se mofó con amargura—. Mi pesadilla volvía a estar presente, pero lo volví a superar porque me negué a dejarme vencer por la pena, la rabia y el puñetero cáncer. Pero aún habiéndolo superado, no puedo olvidarlo, porque cada seis meses tengo que pasar por el oncólogo para hacerme revisiones. Reconozco que eso me mata, me angustia y, a pesar de lo positiva que soy, en ocasiones, esas puñeteras revisiones me descontrolan.

Los ojos de Rubén, fijos en ella, la angustiaban, pero aun así continuó:

—Te mentí, o mejor dicho, te oculté algo. Tomo cada mañana una pastilla de Tamoxifeno para controlar mis estrógenos y por eso, muchas veces, me duele la cabeza, me dan calambres en las piernas, me acaloro o simplemente me encuentro mal o vomito. Ocurre poco, pero ocurre. Y tras lo que te he contado imagino que ahora entenderás perfectamente las palabras de mi padre, ¿verdad? —Rubén asintió—. Por norma, no permito que mis relaciones duren más de uno o dos meses. Desde hace años mi vida es un caos emocional por mis visitas al oncólogo y la angustia que me ocasiona el que puedan volver a decirme lo que no quiero oír. Cuando te conocí, nunca imaginé que lo nuestro pudiera ser algo más que un simple rollo. Tú, un futbolista mujeriego, la pasión de todas las italianas, de pronto estabas ante mí, y decidí darme un lujo para el cuerpo... pero... pero todo se fue liando, tú resultaste ser un tío estupendo al que le gustan los niños, pasear por el campo, disfrutar de una peli con palomitas en casa y... —La emoción la pudo, pero tragándose lo que sentía, continuó—: Y... me enamoré de ti. Pero no estaba siendo justa contigo, porque yo nunca iba a poder darte lo que tú querías y sobre todo te estaba engañando, al no explicarte lo que te estoy contando ahora. Todo el mundo, incluida Malena, me dijo que fuera sincera contigo...

—¿Mi hermana? —susurró alucinado.

Daniela asintió y, tras un suspiro, añadió:

—Tu hermana vio mis pastillas de Tamoxifeno en mi neceser y ella...

—¿Malena lo sabía?

—Sí, pero no te enfades con ella, por favor. Malena se molestó conmigo cuando le confesé que tú no sabías nada, pero le rogué que no te lo contara porque sabía que lo nuestro, en cuanto regresáramos a Milán, se acabaría.

—¿Por qué estabas tan segura de que se iba a acabar?

—Porque lo había planeado.

El modo en que él la miraba, la ponía muy tensa.

—Además, yo sabía que en cuanto comenzaras con tu vida y tus rutinas, todo cambiaría, porque yo no me iba a interponer en tu camino. Nunca te he reprochado nada, ni siquiera la noche de tu debut después de la lesión, en el me dedicaste el gol. Esa noche te esperé Rubén... te esperé durante más de tres horas, pero tú no apareciste.

—Me mentiste —reprochó.

—Lo sé... pero yo...

—Me dijiste que no me esperaste esa noche.

—Lo sé, no quería que te sintieras mal, y te mentí, pero la verdad es que preferiste celebrar ese triunfo con tus compañeros a estar conmigo y yo simplemente lo asumí. Y lo asumí porque mi vida es así, Rubén. Tengo miedo de querer y no ser correspondida, ¿no lo entiendes?

Totalmente bloqueado por aquello, Rubén la miró. Apenas se había movido desde que ella había comenzado a hablar.

—Entiendo que estés molesto conmigo, lo entiendo... No debí mentirte, ni omitirte ciertas cosas, pero quiero que entiendas que no le voy diciendo a los tíos con los que tengo un rollo circunstancial que mi cuerpo es una bomba de relojería y que, cualquier día, la cuenta regresiva de mis días puede comenzar.

El rostro marmóreo de Rubén la observaba sin mover un solo músculo. Aquella mirada era la que nunca había querido ver en él.

—Has sido alguien muy especial para mí, contigo he sido muy feliz, contigo he sido yo misma no un mes ni dos, sino casi cinco y eso es mucho más de lo que he tenido en mucho tiempo. Eres un hombre maravilloso, estoy segura que el día que encuentres a tu media naranja serás plenamente feliz con ella y con los hijos que tengáis. —Rubén la miró sobrecogido, cuando ella añadió—: La razón por la que no te hablé del cáncer era porque no quería que cuando lo supieras me miraras con el mismo gesto de pena con el que a veces miras a Suhaila, que para mi desgracia, es justamente con el que me estás mirando ahora mismo.

Rubén se llevó las manos a los pómulos y se los tocó, se pellizcó la cara, estaba estupefacto, cuando ella suplicó:

—Di algo por favor, he hablado y hablado y tú no dices nada. Deja de mirarme con ese gesto y di lo que piensas.

El futbolista, sin poder apartar la mirada de la joven que lo traía de cabeza, cerró los ojos. Lo que acababa de oír le había descuadrado su vida por completo, pero mirándola susurró:

—Yo venía para saber si estabas bien, Israel me llamó para comentarme el incidente con Luppo al salir de La casa della nonna. No... desde luego no estaba preparado para escuchar lo que he escuchado.

Al oírle, Daniela cerró los ojos y maldijo:

—Vete Rubén, ahora que has visto que estoy bien y sabes toda la verdad sobre mí, vete.

Sin moverse de su sitio, él empezó a hablar cuando ella, levantando la voz, insistió:

—Quiero que te vayas. ¡Fuera!

Rubén, totalmente descentrado, se dio la vuelta y salió de la casa sin decir nada. Eso la destrozó.

-29-

A la mañana siguiente, cuando Rubén llegó al entrenamiento, su rostro pétreo denotaba su mal talante, no había podido dormir en toda la noche tras escuchar todo lo que Daniela le había contado. Algunos de sus compañeros, al verle tan serio, le hicieron bromas, pero eso solo consiguió que se enfadara más. Incluso hubo alguna salida de tono con Jandro, cuando este le increpó.

Acabado el entreno, caminaba hacia su coche cuando se encontró con el entrenador apoyado en él, y maldijo. Tener que hablar con él era justo lo último que le apetecía.

—¿Todo bien, muchacho?

Rubén pulsó el mando de su biplaza y las luces parpadearon, se acercó a la puerta trasera, tiró su bolsa de deporte con malos modos y, al cerrar dando un portazo, gruñó.

—De lujo.

El entrenador, sin moverse de su sitió, se interesó por él.

—¿Qué te ocurre?

—Mi vida privada, señor... no le interesa.

Norton asintió, pero insistió.

—Este estado de ánimo no te beneficia ni a ti, ni al equipo.

—Déjeme en paz.

—Recapacita, muchacho, si sigues con esa agresividad, harás que no cuente contigo por muy astro del fútbol que seas.

Rubén blasfemó en voz baja, cerró los ojos y, cuando los abrió, fue franco.

—¿Por qué no me lo dijo?

Norton se quedó callado, mirándole y el jugador insistió:

—¿Por qué no me dijo la realidad de lo que le ocurría a Daniela, en lugar de soltarme puyitas que yo no entendía?

Desconcertado, Norton no supo qué contestar, mientras el futbolista, acercándose más de la cuenta, masculló:

—Sé lo del cáncer, ¡maldita sea!, ¿por qué no me lo dijo?

El entrenador, al ver su desesperación, se justificó:

—Ella no quería que lo supieras.

—¿Ella?

—Sí, ella.

—¿Y usted cree que ella tenía derecho a jugar conmigo como ha jugado?

—¿Ella ha jugado contigo?

—Sí.

—¿No será al revés?

—Mire señor, mejor no me toque las narices. Estoy muy... muy enfadado —le contestó intentando mantener el control.

Incapaz de callar, Norton le agarró de un brazo.

—Te dije que te alejaras de ella.

—¡Suélteme!

—Te dije que ella necesitaba a alguien que...

—¿Y por qué no puedo ser yo ese alguien? —le cortó soltándose.

—¡¿Tú?!

—¡Sí, yo! —gritó.

—No digas tonterías, muchacho. Tu vida y la de mi Dani no tienen nada que ver. Tú eres un mujeriego que...

—Un mujeriego que se enamoró de su hija. ¡Joder! —Su mirada estaba llena de furia—. En el tiempo que estuve con Daniela, solo ella existió para mí, ninguna otra mujer. Mi vida fue real, maravillosa y completa. El tiempo que compartí con su hija, ella fue lo más importante y verdadero que tuve. Y le guste o no escucharlo, estoy enamorado de ella como ahora sé que ella lo está de mí.

—Escucha muchacho...

—No, no voy a escucharle. Ahora el que no quiere escuchar soy yo, usted debería haber sido sincero conmigo desde el minuto uno y no lo fue, primero ocultándome que la fisioteraputa que me trataba era su hija y luego, aun sabiendo que yo estaba saliendo con ella, ocultándome su enfermedad.

—No podía, hijo, ella me lo prohibió...

—¡Y una mierda! Yo nunca le he gustado para ella. Diga la verdad.

Ofuscado por lo que su jugador estaba diciéndole, finalmente, encontró una salida.

—Y si ella te quiere y tú la quieres, ¿qué haces aquí conmigo hablando en pasado?

—Anoche, cuando me explicó lo que ocurría, no me dejó expresarme. Me echó de su casa, no me quiere a su lado, ¿qué quiere que haga?

El entrenador, sin saber qué decir, le miró. Su cabeza funcionaba a mil por hora cuando Rubén insistió.

—¿Pretende que su hija siempre esté sola y sea infeliz?

—No.

—Pues créame, si sigue prestándole este tipo de ayuda, lo va a conseguir. Daniela es una persona que se merece lo mejor por su manera de ser, es la persona más maravillosa, divertida y buena que he conocido en mi vida.

—Conozco a mi hija, Rubén. Tú no tienes que enseñarme cómo es Daniela.

—Pues si tan bien la conoce, ayúdeme. Le estoy diciendo que quiero a su hija, que la amo con locura y usted sabe que ella me quiere a mí. —Norton no respondió y Rubén bajando la voz, siseó—: Sabe que en el tiempo que he estado con ella mi conducta ha sido ejemplar. Le guste o no reconocerlo sabe que es cierto. ¿Pero tan ciego está?

—Ella no quiere que...

—Y una mierda —voceó—. El que no quiere es usted. Ve en mí, un reflejo de lo que fue usted en el pasado, ¿a que sí? —Norton no respondió y Rubén añadió—: Ahora mi pregunta es: ¿tan malo ha sido usted con su mujer y sus hijos, tan mala vida les ha dado que no quiere lo mismo para Daniela?

Apabullado por lo que le decía, finalmente, el entrenador cerró los ojos y dijo:

—Cuando conocí a Rachel, mi vida cambió. Ella lo ha sido todo para mí y...

—¿Y por qué a mí no me ha podido pasar lo mismo con su hija? ¿Acaso está ciego y no ve lo desesperado que estoy por ella?

—De acuerdo —asintió al escuchar aquello—. Asumo que no lo hice bien contigo, pero como padre de Daniela, quiero lo mejor para ella, y desde mi punto de vista, lo mejor nunca has sido tú.

—Gracias por su confianza, señor —voceó en tono despectivo.

—Escucha, Rubén...

—¿Sabe, señor? —le cortó—. Puedo sacar cientos de fotografías y chismorreos de usted y cientos de mujeres en sus años de futbolista. A mí la prensa me llama el toro español, pero si mal no recuerdo a usted le llamaban Norton «Terminator». Si tiro de hemeroteca puedo restregarle en la cara un montón de noticias en las que a usted se le ha relacionado con mujeres que no son su mujer, ¿debo creer que eso fue cierto?

—No.

—¿Y por qué le da credibilidad a todo lo que dicen de mí? ¿Por qué no puede creer que estoy locamente enamorado de su hija y que mi vida sin ella ha perdido todo rumbo y sentido?

El entrenador, al escuchar la furia con la que se expresaba, y sobre todo la fuerza con la que defendía su amor hacia su hija, lo vio todo claro por primera vez y sorprendiéndole, dijo:

—Monta en el coche.

—¡¿Cómo?!

—Monta en el coche. Vamos a buscar a Daniela.

—¿Sabe dónde está?

—Sí, está con mi mujer, hoy tiene una nueva reunión con el asistente social para el tema de la adopción de los niños.

Sin dirigirse la palabra, Norton condujo hasta un centro comercial. Cuando aparcaron y salieron del coche, el entrenador miró al joven, con el ceño fruncido.

—Señor... la quiero, adoro a su hija, no quiero separarme de ella.

Con el vello de punta al escuchar aquello, comenzaron a caminar y, cuando entraron en el centro comercial, el entrenador dijo:

—Rubén... puedes llamarme Norton cuando no estemos en el Club.

El futbolista seguía con el gesto ofuscado, mientras miraba a su alrededor, nervioso.

—De acuerdo, Norton.

Tras buscar en varias tiendas, Norton localizó a su mujer y a su hija en la cola de Starbucks. Al verla, el gesto de Rubén se suavizó y Norton, que detectó la impaciencia en el rostro del muchacho, le agarró del brazo y dijo:

—Espera aquí, déjame a mí.

Rubén quiso protestar, pero finalmente hizo lo que el entrenador le pedía, le había dado una oportunidad y no quería desaprovecharla. Desde su posición, vio como se aproximaba a su hija, ella le abrazó nada más verlo.

Norton, cuando tuvo a su pequeña en sus brazos, le besó la frente, la agarró de la mano y, alejándola de su mujer, que siguió haciendo la cola para pedir los cafés, se sentó con ella en un sillón.

—¿Qué ocurre, papá?

Conmovido por la belleza de su hija y la dulzura con la que se dirigía a él, Norton sonrió y dijo:

—Quiero que luches por lo que quieres.

A Daniela le sorprendió la reacción de su padre.

—¿Qué luche por lo que quiero?

—Sí.

—¿A qué te refieres Gran Jefe? Si es al tema de los niños, que yo sepa estoy luchando por lo que quiero, a ellos. Sabes que este...

—Me refiero a Rubén Ramos.

Al escuchar ese nombre, a Daniela el corazón le comenzó a latir con fuerza, aunque hizo lo posible por disimular sus sentimientos.

—Papá, lo de Rubén fue algo pasajero, ¿a qué te refieres?

—Sé que lo quieres, ¿por qué me lo niegas? —Confundida fue a responder cuando él se adelantó—: Soy la persona que más te conoce en este mundo, además de tu madre, y del mismo modo que sé que tu color preferido es el violeta, y que las galletas de chocolate blanco te apasionan, también sé cuando no me dices la verdad.

—Papá...

—Durante estos meses, no he sido de ninguna ayuda, tú no has parado de darme señales de lo feliz que estabas con ese muchacho y yo no he querido verlas. Tu madre las vio desde el primer momento, pero yo me negué a aceptarlas. Pero ahora, de pronto, me he dado cuenta de todo, cariño y sé que él es lo que tú quieres y...

—No, papá...

—Sí, Pitu. No lo niegues.

—Papá.

—No he querido aceptarlo porque en él he visto un reflejo de lo que yo fui en el pasado.

En ese momento llegó Rachel con los cafés y, sentándose con ellos, escuchó decir a su marido.

—Tú quieres a Rubén y él te quiere a ti, y creo que deberías darle una oportunidad.

—Qué excelente idea —asintió su madre sonriendo.

Llevaba toda la mañana intentando sonsacar información a su hija, sabía que algo pasaba y la aparición de su marido en el centro comercial, de improviso, se lo confirmó.

—El muchacho está destrozado, enamorado de ti y deseoso de una oportunidad —prosiguió el entrenador—, y yo sé que tú no estás mejor, cariño. Te conozco, cuando te retuerces el dedo derecho de la mano al hablar sé que es porque estás preocupada por algo, lo sé, no me lo puedes negar.

—Se lo llevo diciendo toda la mañana, cariño —insistió Rachel—. Esta jovencita se cree que nos hemos caído tú y yo de un guindo y no sabemos qué le ocurre.

—¿Pero qué estáis diciendo? Entre Rubén y yo solo hubo un tonteo y...

—No, cariño, no mientas. Estás enamorada de ese hombre. Solo hay que verte la carita y los ojitos cuando estás cerca de él —corrigió Rachel.

Daniela fue a protestar por lo que su madre había dicho, cuando su padre intercedió.

—Creo que lo vuestro comenzó sin que vosotros lo supiérais y se ha convertido en algo tremendamente verdadero. Tan verdadero como lo que tenemos tu madre y yo.

—Aisss, cariño ¡qué bonito lo que has dicho! —murmuró Rachel emocionada, poniendo una mano sobre el muslo de su marido.

—Escucha, hija: he hablado con Rubén y me ha confesado sus sentimientos hacia ti, y solo tengo que ver tu carita para saber que son recíprocos.

—¿Pero de qué hablas papá?

Sonriendo, Norton cogió la mano de su hija y murmuró:

—Me lo dicen tus ojos, me lo dice tu madre, me lo dice Suhaila y me lo dice Israel y...

—No puedo, papá, ¿no lo entiendes?

—No, no lo entiendo.

—Yo no puedo darle lo que él quiere. Sería un error, papá, él...

—Daniela —intercedió su madre—, el error es negarte a ser feliz, cariño. Las cosas, si tienen que venir, ¡vendrán! Cuando tu padre y yo nos casamos queríamos tener una familia numerosa y luego, biológicamente solo pudimos concebir a tu hermana. Pero el destino os puso a Luis y a ti en nuestro camino, llegasteis y nuestro sueño se hizo realidad ¿Por qué te niegas a ver que la vida no se programa? La vida, cariño, te lleva y tú solo tienes que intentar disfrutar de ese camino.

—Mamá...

—Ni mamá ¡ni mimi!... —la cortó Rachel, emocionada al ver a Rubén acercarse—. Solo digo la verdad, cariño, y el día de mañana serás tú la que tenga que aconsejar a Suhaila e Israel y animarles a que vivan y sean felices.

Norton se emocionó por las palabras de su mujer y por la expresión que brillaba en la cara de su hija.

—Pitu... tu madre y yo queremos que seas feliz. Rubén está aquí y solo quiere que le des una oportunidad, habla con él, por favor.

Horrorizada por lo que escuchaba, se le puso la carne de gallina, ¿Rubén? ¿allí? Lo confirmó rápidamente al ver cómo su madre miraba tras ella y sonreía. Con el gesto desencajado, se dio la vuelta. Sus ojos se encontraron y él se dirigió a ella, agachándose para estar a su altura,

—Hola, cariño...

De pronto, un grupo de personas se acercaron a Rubén para pedirle un autógrafo y, rápidamente, Norton se levantó y mirando al joven, le gritó tirándole las llaves de su coche.

—Llévatela, y haz que entre en razón.

Rubén, tras asentir y cazar las llaves al vuelo, cogió de la mano a una descolocada Daniela y, tras guiñarle un ojo a Rachel, que le sonrió encantada, dijo mirando a Daniela:

—Vamos, cariño... tenemos que hablar.

Como en una burbuja, así se sentía Daniela. Y sin poder detener sus pies, caminó junto a Rubén hasta llegar al aparcamiento. Una vez allí, por fin recuperó la cordura y le preguntó, separándose de él.

—¿Se puede saber qué estás haciendo?

—Te quiero.

—¡¿Cómo?! —consiguió susurrar tras pestañear con fuerza.

Seguro de lo que decía y con una amplia sonrisa, el futbolista insistió.

—He dicho que te quiero.

Boquiabierta, Daniela iba a hablar pero él se acercó a ella y la besó con ardor, cuando se separó unos milímetros de su boca, susurró:

—No voy a permitir que acabes con lo nuestro de este modo. Lo que hay entre tú y yo es demasiado importante como para...

—Rubén... —le cortó—. Por favor, calla... no sigas.

—No, tesoro, no me voy a callar. Te quiero y me quieres ¿Dónde está el problema? Tú estás aquí, yo estoy aquí... ¿Cómo pretendes que tras conocerte siga viviendo sin ti?

—Pero... pero yo... no puedo. Yo no puedo darte lo que tú quieres. Yo...

Con todo el amor del mundo, Rubén le tocó el rostro y murmuró:

—Tú eres todo lo que yo quiero.

—No sabes lo que dices, Rubén... ahora puede parecer bonito pero...

—Sé lo que digo, Daniela. Y lo que digo es que te quiero a ti. El resto no me importa. Solo me importas tú.

Negando con la cabeza, suspiró, no podía aceptar. Aquello parecía buena idea, pero no lo era. No podía privarle a Rubén de tener hijos e insistió.

—Piénsalo, por favor. Tu vida y mi vida no tienen nada que ver.

—No estoy de acuerdo.

—¿No?

Rubén negó con decisión.

—Tu vida y mi vida tendrán que ver tanto como nosotros queramos. El tiempo que hemos estado juntos, sé que ha sido algo mágico y especial para los dos. En ningún momento ni tú ni yo pensamos que nada de esto podría ocurrir, pero ha ocurrido. ¡Nos queremos! ¿Por qué no quieres darte cuenta de ello?

—Porque soy realista, Rubén y aunque esté mal decirlo tengo miedo de ilusionarme demasiado contigo porque creo que esto no es real.

—Lo que siento por ti es real ¡muy real! y no tienes que tener miedo. Créeme, por favor. Confía en mí.

—Yo... es que yo...

—Tú y yo podremos absolutamente con todo. —Y recordando

algo que ella le había dicho el día del partido de futbol, le indicó—: Vamos, cariño, positividad, ¿dónde te la has dejado hoy?

Con el corazón a mil por el giro que habían dado los acontecimientos, después de recibir un nuevo beso por parte de él, murmuró asustada.

—Vale, hablaremos. Te prometo que hablaremos, pero ahora tengo que ir a una reunión con el asistente social.

Al escuchar aquello, Rubén asintió.

—De acuerdo, monta, yo te llevo.

—No, no hace falta. Tengo mi coche allí aparcado.

Sin querer separarse de ella susurró.

—Anoche dijiste que estabas enamorada de mí, ¿verdad? —ella asintió—. Pues si es así, demuéstramelo, cariño. Necesito sentirlo y verlo.

Sin más, la joven se acercó a él y le besó. Lo necesitaba. Le besó con ternura, con pasión, con ardor... y cuando se separó de él, este susurró.

—Esta noche pasaré por tu casa sobre las nueve y hablamos ¿de acuerdo?

—No, me pasaré yo por la tuya —le corrigió ella.

—De acuerdo.

Asustada por sus sentimientos y por lo que veía en él, asintió. Después caminó hasta su coche y bajo la atenta mirada de él, desapareció. Tras salir del aparcamiento del centro comercial, Daniela detuvo el coche, temblorosa. Lo que acababa de ocurrir la había asustado, y solo podía complicar más su vida. Se sentía perdida, llamó a Antonella, que no atendió la llamada. Daniela le dejó un mensaje en el buzón de voz.

—Antonella, voy a desaparecer de Milán unos días. Todo se ha complicado de nuevo con Rubén. No te preocupes por nada, estaré bien.

Colgó y se dirigió a su entrevista con el asistente social.

-30-

Aquella tarde, acabadas unas compras, Rubén llegó a casa del entrenador para devolverle el coche, y éste preguntó preocupado:

—¿Pero qué ha pasado?

Sin entender a qué se refería Rubén frunció el ceño y Norton aclaró.

—Daniela ha llamado hace un rato y ha dicho que estará unos días fuera de Milán porque necesita pensar y...

—¡¿Cómo?! —Se sobresaltó al escuchar aquello

—¿No te ha llamado a ti?

—No.

Rachel, que en ese momento se acercaba a ellos, suspiró al descubrir que Rubén no tenía ni idea de su marcha, era una huida.

—¡Aisss, Dios mío! ¿Dónde estará esta muchacha?

Tratando de entender porqué se habría ido, Rubén empezó a llamar por teléfono a Daniela mientras entraba en la casa de sus padres.

—¿Ha pasado algo con el asistente social?

—Me ha dicho que todo fue bien, pero que se marchaba unos días fuera de Milán para pensar. Le he preguntado por ti, pero ella solo ha dicho: «Mamá... ahora no» —le respondió Rachel; Norton ni siquiera podía hablar, se tocaba el pelo nerviosamente.

—No lo coge —protestó el futbolista.

En el lujoso salón del entrenador Norton, Rubén exigió, totalmente confundido.

—¿Dónde está Daniela?

—No lo sé, muchacho.

—Eso quisiera saber yo, hijo —cuchicheó Rachel.

Sin pensarlo, Rubén insistió con las llamadas. El móvil daba señal pero ella no descolgaba. Eso le enfureció aún más.

—¿Habéis discutido?

—No.

—¿Pero qué ha pasado entonces en vuestro encuentro? —insistió Rachel.

—Le hablé de mis sentimientos y ella pareció reaccionar bien, aunque dijo que tenía miedo. Le pedí que olvidara los miedos pero por lo que veo, no ha sido así.

—Cuando me eche a esa jovencita a la cara. ¡juro que la mato por cabezona! —siseó Rachel.

Bloqueado, Rubén no sabía qué pensar, aquella huída sí que no se la esperaba.

—¿Habéis llamado a Antonella para preguntarle?

—Sí, muchacho, eso fue lo primero que hizo Rachel, pero dice que ella también recibió un mensaje de Dani indicándole lo mismo.

—¿Y a Enzo?

Rachel y Norton se miraron. Oír hablar de aquel hombre les hizo torcer el gesto, el entrenador respondió.

—No, no tenemos su teléfono.

Sin dudarlo, Rubén llamó a Antonella y le pidió el teléfono de Enzo. La joven, al escuchar su voz de enfado, prefirió no dárselo, no quería liarla más, pero prometió llamarle ella. Dos minutos después, sonó el teléfono de Rubén. Era Antonella para informarle de que Enzo tampoco sabía nada.

Colgó, enfadado, molesto, casi entrando en cólera. Rubén miró al entrenador.

—Ella había quedado conmigo en vernos en mi casa.

—Pues lo siento, muchacho...

—¡Maldita sea! ¿dónde se ha metido? —susurró enfadado.

Rachel, al ver el estado del joven, y sobre todo cómo le temblaban las manos, le cogió del brazo.

—Tómate algo, Rubén, lo necesitas.

Durante unas horas se sintió arropado por la familia de Daniela, estaba más angustiado que en toda su vida. ¿Dónde estaba ella? El entrenador y su mujer, en su intención de relajarle, le contaron infinidad de cosas de Daniela, que al final le hicieron sonreír. Ellos sabían que Daniela estaba bien, había hecho lo que hacía siempre cuando tenía un problema, desaparecer unos días y pensar. A ellos no les extrañaba pero a Rubén sí y hasta que no vieron con sus propios ojos que se tranquilizaba, no le dejaron marcharse a casa.

Aquella noche el jugador no pudo pegar ojo: ¿dónde estaba Daniela? Repasaba mentalmente una y otra vez lo ocurrido con ella e intentaba entender porqué había reaccionado así. Y solo pudo pensar en sus miedos: miedo a la decepción, miedo al rechazo... y eso le encolerizó aún más. Daniela era la mejor persona que había conocido en su vida y no se merecía tener tanto miedo y menos con él.

A las seis de la mañana, harto de dar vueltas en la cama, se levantó. Llamó de nuevo al teléfono de ella pero no respondió. Tras dejarle un nuevo mensaje pidiéndole que le llamara, colgó. Finalmente, decidió hacer ejercicio. Se puso un chándal, cogió a su perra y salió a la calle. Necesitaba sentir el aire fresco y correr. Regresó una hora después. Al entrar en casa tenía sed, cuando abrió el frigorífico para coger agua fresca, sonrió al ver las Coca-Cola que había comprado la tarde anterior para Daniela, y sin poder remediarlo abrió el congelador donde se quedó mirando, como un tonto, el helado de plátano.

Minutos después, malhumorado por no saber dónde estaba, cerró el congelador de golpe y algo cayó al suelo. Al agacharse para recogerlo, vio que se trataba del imán para la nevera que ella había comprado en la tiendecita de Volterra. Y de pronto, su mente se despejó, su corazón latió con fuerza y supo dónde estaba Daniela: estaba en Orta de San Giulio, en el hotel de su amiga, Il Rusticone, un lugar del que ella le había hablado en alguna ocasión.

Sin tiempo que perder, encendió el ordenador y vio en un mapa de carreteras que aquel lugar estaba a menos de cien kilómetros. Se duchó rápidamente, quería salir hacia allí cuanto antes.

Ya en carretera, llamó a Norton desde el manos libres.

—Creo saber dónde está, entrenador.

—¿Lo sabes? ¿En serio?

Rubén sonrió, estaba casi seguro pero prefirió ser modesto.

—No se lo aseguro al cien por cien, pero...

—¿Dónde crees que está mi hija?

Al escucharle sonrió, no pensaba darle más datos.

—Norton, si doy con ella, te volveré a llamar. Y, por favor, si llama, no le digáis nada, ¿de acuerdo?

Norton sonrió, le gustó el empeño en buscarla por parte del muchacho, le demostraba lo mucho que necesitaba y quería a su hija.

—Encuéntrala y llámame.

—De acuerdo, Terminator. —Sonrió antes de colgar.

En el camino rogó a todos los santos que ella estuviera allí. Si no estaba, no sabría por donde seguir buscándola, no tenía un plan B. Al poner música, no se sorprendió al encontrar dentro de la disquetera uno de los CD de Daniela. ¡El Rey! Elvis Presley, le acompañó durante el trayecto y su música le hizo sonreír. Cuando llegó a Orta de San Giulio, preguntó por el hotel.

Al reconocerle, los lugareños le saludaban encantados. Ante ellos estaba Rubén Ramos, «el toro español», el futbolista que muchos veneraban. Aprovechándose del influjo de su fama, no lo dudó y les pidió información. Necesitaba saber si en el hotel Il Rusticone, se alojaba una mujer rubia llamada Daniela Norton, y si así era no quería que ella se enterara de su visita. Sin tiempo que perder uno de los paisanos se marchó en busca de noticias. Aquel pueblo no era muy grande y podía enterarse rápidamente.

Veinte minutos después, regresó con buenas noticias. Una joven rubia, amiga de la dueña y de nombre Daniela se alojaba en el hotel. Emocionado, Rubén aplaudió y llamó al entrenador para darle la buena noticia. Colgó, dispuesto demostrarle su amor; miró a los hombres que le rodeaban, felices por poder ayudar a su ídolo.

—Necesito otro favor.

-31-

Daniela se despertó a las diez y media de la mañana. Sin muchas ganas de levantarse de la cama volvió a acurrucarse, dispuesta a dormir más. Estaba cansada, apenas había podido dormir pensando en Rubén, pero estaba feliz por saber que el asistente social le había dicho que todo iba por buen camino; con un poco de suerte Suhaila e Israel vivirían con ella ya definitivamente dentro de unos meses. Pero sabía que su huída no estaba bien y estaba segura de que el futbolista se habría enfadado mucho con ella.

Cerró los ojos, para dejar de pensar y quedarse de nuevo dormida, cuando sonó la puerta de su habitación y oyó la voz de Eleonora, su amiga y dueña del hotel.

—Dani... ¡el desayuno! Vamos... abre, que tienes que desayunar.

Desganada, la joven se levantó, resopló y caminó hacia la puerta. Eleonora, una mujer muy *hippy* de unos cincuenta años murmuró al verla recién levantada:

—¡Mamma mía! por esas ojeras supongo que has pasado muy mala noche, ¿a que sí?

—¿Tanto se me nota?

Eleonora, divertida por el gesto aniñado de la joven, la piropeó:

—Tú estás bellísima siempre, querida. ¡Juventud divino tesoro!

Daniela soltó una risotada y, echándose a un lado, dejó que su amiga dejara la bandeja del desayuno sobre la mesa.

—¿Necesitas hablar?

Daniela negó con la cabeza y cuchicheó:

—Necesito dormir, eso es lo que necesito.

Eleonora que la conocía muy bien, sonrió y tras señalarle el desayuno apremió.

—Desayuna, seguro que te vendrá fenomenal.

—De acuerdooo.

Cuando se quedó sola en la habitación, Daniela entró en el baño, se aseó y una vez terminó, regresó a la habitación. Sin ganas, se puso unos vaqueros y una camiseta. Aprovecharía el día y caminaría por aquel bonito lugar.

Ya vestida, se sentó ante la bandeja del desayuno, sacó su bote de pastillas y, tras tomarse la correspondiente al día, dio un trago de su café. Después atacó con gusto los pequeños donuts de azúcar que Eleonora le había llevado, estaban de muerte. Ensimismada con su desayuno, de pronto una música que venía de la calle captó su atención.

It´s now or never, come hold me tight
Kiss me my darling, be mine tonight

¿Elvis? ¿Estaba escuchando su canción preferida? Sorprendida, se levantó de la mesita con el donut de en la mano para asomarse a la terraza y, cuál no sería su sorpresa al ver un camión de bomberos aparcado junto al hotel, los altavoces del cual, amplificaban el sonido de su canción preferida.

Tomorrow will be too late
It´s now or never my love won´t wait

Sorprendida por aquello, salió a la terraza y observó que Eleonora y un gran grupo de gente, rodeaban el camión y miraban hacia arriba. De pronto, se le puso la carne de gallina. Se quedó totalmente bloqueada al ver a Rubén, vestido de bombero, subido en la escalerilla del camión que subía hasta su terraza. ¿cómo la había encontrado?

Inmóvil, todavía con el donuts en la mano no sabía qué hacer, mientras su canción sonaba a todo trapo y el hombre de sus sueños se acercaba a cada segundo más y más. El corazón le bombeaba con fuerza y, como pudo, se sujetó a la barandilla. Si no lo hacía, las piernas se le doblarían, tenía miedo de desmayarse.

Por la cara de Rubén supo que no estaba enfadado. Estaba sonriente. Aquello era totalmente surrealista: ella en un balcón, él subiendo por la escalerilla del camión del bomberos, la música de Elvis a todo trapo en aquel pueblito italiano y los lugareños, presenciando la escena y haciendo fotos con el móvil.

La escalera llegó hasta ella y Rubén, con una preciosa sonrisa, declaró:

—Cariño, no soy Richard Gere, ni llevo un traje gris, tampoco suena *La Traviata*, ni vengo en una bonita limusina blanca, pero estamos en un pueblo italiano, suena tu canción favorita de el Rey, y he agudizado el ingenio para conseguir este golpe de efecto a lo *Pretty Woman*.

Al escucharlo tuvo que sonreír y respondió:

—Me gusta más esta canción de Elvis que *La Traviata*.

—¡Bien! ¡Lo sabía! —Gesticuló Rubén—. Ahora solo espero que yo también te guste más que Richard Gere.

Conmovida como en su vida, Daniela pestañeó. Aquel hombre estaba haciendo cosas maravillosas para demostrarle su amor.

—Eres más guapo que Richard Gere y te aseguro que me gustas mucho... mucho más.

Sin más, se acercó a la barandilla y, hechizada por el momento, posó sus labios en los de él y le besó. El contacto entre ambos fue eléctrico y maravilloso y se separaron al oír las voces y los aplausos de la gente que les miraba desde la calle, mientras la canción continuaba.

Al ver aquello, Rubén susurró a escasos centímetros de la boca de Daniela:

—Yupi... Yupi... Hey

Sin más, saltó dentro de la terraza, ante los aplausos de todos los que les observaban y dijo:

—¿Podemos pasar dentro de la habitación? Creo que con las fotos y vídeos que nos han hecho, hoy, salimos en todos los informativos.

Al darse cuenta de aquello, la joven volvió a la realidad y, cogiéndole de la mano, lo introdujo dentro de su habitación, ante los vítores de todos los asistentes. Una vez a solas, ella le soltó y él dijo:

—Curiosa manera la tuya de hacerme saber que me quieres.

—Ya sabes que para todo me gusta ser diferente —respondió como pudo y preguntó—: ¿Qué haces aquí?

Quitándose el casco y el chaquetón azul de bombero, respondió:

—Vine a buscarte, cariño.

—¿Quién te ha dicho dónde estaba?

—Nadie, lo acerté.

—¿Lo acertaste? —preguntó sorprendida.

—Estaba en la cocina y al cerrar la puerta de la nevera se cayó el imán que compraste en Volterra y entonces recordé que me habías hablado en alguna ocasión de este lugar.

—Rubén...

Al ver su ceño fruncido, el joven la cortó:

—Si me dices algo cariñoso, como cielo, amor o te quiero ¡te lo agradeceré! —Y tocándole con suavidad el rostro, murmuró—: He pasado una noche de locos pensando dónde podrías estar, estaba muy preocupado por ti, cariño.

Alejándose un poco de él, intentó ser fría y no dejarse llevar por las emociones.

—Muy bien, ya me has encontrado, ¿qué quieres?

—Te quiero a ti. Y... te quiero, como dice Suhaila, hasta el infinito y más allá.

Aquella frase, que tanto significaba para ella, le puso la carne de gallina ¿cómo sabía él eso? e intentando mantenerse fría le cortó.

—Vamos a ver... vamos a ver... Creo que te estás acelerando. Está claro que hay un magnetismo sexual entre nosotros, pero no todo en la vida es sexo, ¿no crees?

—Ajá... lo creo.

—Y creo que te estás dejando llevar por algo que ni tú mismo entiendes, sin pensar en nada más. Te conté mi problema, pero creo que aún no eres consciente de lo que te dije.

Acercándose a ella le respondió con seguridad.

—Entiendo lo que me pasa: estoy enamorado de ti y soy consciente de lo que me dijiste, la que no eres consciente de lo que hace, eres tú, ¿por qué te niegas a darnos una oportunidad?

—Tengo miedo, ¿no lo entiendes?

—Si ese miedo es porque crees que lo nuestro no va a funcionar ¡olvídalo! Yo no soy Enzo, soy Rubén y te quiero y estoy dispuesto a hacer por ti lo que sea.

Retirándose el pelo de la cara, la joven resopló y estirando su mano frente a ella para pararle en su acercamiento, añadió:

—Te gustan las mujeres técnicamente perfectas y yo no lo soy.

—Eres técnicamente perfecta para mí.

—Eso es mentira.

—No. No lo es. Eres preciosa, *sexy*, atractiva y si a eso le sumas que eres divertida, guerrera, dulce cuando quieres y encantadora, ¿qué más puedo pedir?

Agobiada por las cosas tan maravillosas que le estaba diciendo, insistió:

—Tú quieres tener hijos y yo quizá no pueda dártelos.

—Eso no me importa, si te tengo a ti.

—Dijiste que querías niños que fueran carne de tu carne, ¿no lo recuerdas?

El futbolista asintió, recordaba aquellas desafortunadas palabras e indicó:

— Creo que para nuestra suerte, ya tenemos dos. Suhaila e Israél. Por cierto, ¡tan guapos como la madre!

—Rubén...

Sin darse por vencido susurró.

—Daniela...

Y sin dejar que ella dijera nada mas, retiró la mano que les separaba, la acercó hasta él y la besó. Lenta y pausadamente, Rubén degustó aquello que ansiaba y había ido a buscar. La mujer que adoraba estaba entre sus brazos y pensaba luchar por su amor el tiempo que hiciera falta. Solo importaba ella. Nada más.

Cuando de nuevo separaron sus labios, ella murmuró:

—Rubén... estás a tiempo de marcharte.

—¡Ni lo sueñes, preciosa! Hasta que no me digas que me quieres y que no puedes vivir sin mí, no te voy a soltar. Así que acostúmbrate a esta habitación, porque va a ser lo único que vas a ver hasta que claudiques. —Ella sonrió, aquello era buena señal y él añadió—: Cuando estaba hundido por mi lesión, recuerdo haber conocido a una tocapelotas, cabezota, luchadora y positiva que me decía: «señor Ramos, ¡este partido lo vamos a ganar!». —Al escuchar eso, ella volvió a sonreír y él prosiguió—: Pues ahora déjame decirte, señorita Norton ¡este partido lo vamos a ganar! Iremos juntos a hacerte las pruebas al oncólogo cada seis meses o cuando haga falta, y no te voy a soltar de la mano en ningún momento pase lo que pase. Olvida tus miedos y tus inseguridades por lo que a mí respecta porque te quiero... te quiero y te quiero y no voy a permitir que nada, ni nadie, nos separe, ¿me has entendido? —Emocionada asintió—. Respecto al tema de los hijos, Suhaila e Israel cumplen a la perfección lo que yo siempre he querido y, si el destino nos trae más hijos, ¡bienvenidos sean! pero no voy a dejar de estar con la mujer que amo por un capricho del destino.

—Pero, Rubén...

—¡Sé positiva!

—Lo soy, pero...

—No hay «peros», Daniela —la cortó—. Solo danos la oportunidad de querernos como deseamos los dos, no lo niegues, me quieres tanto como yo te quiero a ti. Y acabo de abrirte mi corazón como nunca pensé que podría hacerlo ante una mujer, ¿qué tal si me dices algo cariñoso? Lo estoy deseando.

Sus palabras, su mirada, su cercanía, su amor... Todo el cúmulo de cosas hizo de pronto desaparecer todos los miedos e inseguridades. Quería esa oportunidad, allí estaba él dispuesto a quererla y a adorarla pese a todas las zancadillas que el destino les pusiese por delante. Con una sonrisa que a él le hizo latir el corazón, desbocado, ella le confesó:

—Te quiero, principito.

Con una enorme sonrisa, la miró y, clavando su cautivadora mirada en ella le suplicó:

—Por favor, ¿serías tan amable de repetir lo que has dicho, tocapelotas?

—Te quiero...

—Otra vez, por favor.

Sonriendo y entrando en el juego de él, repitió más alto.

—Te quiero

—¿Hasta el infinito y más allá?

Al escuchar aquello Daniela soltó una carcajada y consciente de ello, añadió:

—Te quiero hasta el infinito y más allá y si antes pensaba que eras maravilloso, ahora pienso que eres excepcional. Me has sorprendido y espero sorprenderte tanto como tú lo has hecho hoy. Nunca pensé que Rubén Ramos, el caprichito de las italianas, el toro español, pudiera enamorarse de una mujer como yo y hacerme sentir tan especial. He dudado, y he dudado de ti porque tenía miedo a defraudarte y a defraudarme a mí misma.

—Nunca me defraudarías, no digas eso y...

En ese momento sonó la puerta de la habitación y Rubén, sorprendido, preguntó:

—¿Esperas a alguien?

Ella negó con la cabeza y los toques impacientes volvieron a sonar. Rubén, soltó de mala gana a Daniela y, al abrir, sonrió al encontrarse con Norton y su mujer, que rápidamente entraron en la habitación.

—¿Todo bien, muchacho? —preguntó el entrenador.

Rubén, con una amplia sonrisa, cogió a la joven de la mano y afirmó:

—Todo bajo control, Norton.

Ambos chocaron su mano con complicidad y Daniela sonrió justo en el momento en el que su madre le cuchicheaba:

—No sé si darte dos azotes...

—¡Ni lo sueñes, mamá! —Rio la joven divertida sin soltarse de la mano de Rubén

Rachel, emocionada por ver a su hija por fin feliz y sin miedos, la abrazó y a ese abrazo se les unió el entrenador. Rubén les observó y por fin sonrió con tranquilidad: la había encontrado, había encontrado a la mujer que adoraba y como le había prometido, nada, ni nadie, les iba a separar.

-Epílogo-

Los resultados de las pruebas de Daniela fueron positivos. Eso, unido a la incorporación completa de Suhaila e Israel a la familia y a la felicidad de la joven y el futbolista, hizo que todos fueran dichosos como llevaban muchos años sin serlo.

La prensa se hizo eco de la escena del balcón protagonizada por el toro español. El futbolista más querido por las féminas y adorado por los *tifosi* del Inter, se había enamorado de la hija del entrenador Norton. La imagen de él declarándose en un camión de bomberos se difundió por todos los medios, y rápidamente la prensa inventó una increíble historia de amor.

En agosto, tras unas estupendas vacaciones en Tenerife, Rubén y Daniela regresaron a su casa morenos, relajados y encantados. Todo el tiempo que estaban juntos les parecía poco y, aunque les costó dejar a los niños una semana con los abuelos, al final lo hicieron y disfrutaron a solas el uno del otro.

En septiembre, Rubén, cansado de dormir una noche en cada casa, decidió dar el gran paso y pedirle a Daniela que se casara con él delante de toda la familia, ella aceptó sin dudarlo. Le quería y como él decía, «nada ni nadie les separaría».

En noviembre, en plena temporada futbolística decidieron casarse en la catedral de Milán. Su boda fue un gran acontecimiento para la ciudad y un enorme orgullo para John Norton, que entró en la catedral llevando a su hija del brazo, e hizo ver a todo el mundo que hasta los más duros tienen debilidades.

En la fiesta posterior, Daniela y Rubén abrieron el baile. Cuando sonaron los primeros acordes, se miraron y enamorados, bailaron su canción.

It´s now or never, come hold me tight
Kiss me my darling, be mine tonight
Tomorrow will be too late
It´s now or never my love won´t wait

Sin importarles que todo el mundo les estuviera observando, como dos auténticos enamorados, se miraban a los ojos mientras ella canturreaba y él murmuró:

—Nunca terminaste de contarme qué dice esta canción.

Encantada sonrió e indicó:

—La canción habla de un amor, dice que cuando vio por primera vez la sonrisa de su amada, cayó rendido a sus pies. Él siempre ha estado buscando ese amor, y una vez lo ha encontrado, quiere todo de ella. Sus labios le excitan y su cuerpo le invita a abrazarla y asegura que el momento para amarse es ahora o nunca, porque ese amor no quiere esperar.

Enamorado, cuando ella acabó de explicarle lo que decía la canción, la besó y todos les vitorearon. Esa canción sin saberlo resumía su historia de amor.

Una hora después, Norton volvió a sorprender a todos cuando se marcó con su hija algunas piezas de *rock and roll*, ante los aplausos de invitados y familiares. Rachel y Teresa, la madre de Rubén, cuchicheaban y aplaudían emocionadas, mientras el futbolista se reía con sus hermanas.

—Tienes una cara de tonto ahora mismo, que no puedes con ella —se mofó Malena.

—Gracias, hermanita ¡yo también te quiero! —Rio el futbolista sin quitarle la vista de encima a su ya mujer mientras ella bailaba con su padre.

—Ni caso, Rubén, ya sabes que las bodas no son el punto fuerte de Malena —se guaseó Olivia divertida.

Pero le gustara o no reconocerlo, Rubén sabía que así era. Estaba tan orgulloso de su mujer que supuraba admiración por ella por todos los poros de su piel. Daniela era la persona más luchadora que había conocido en su vida: había luchado de pequeña por salir adelante; había luchado de jovencita para superar la muerte de su hermana; había luchado por ella misma para superar un cáncer; había luchado por Suhaila e Israel para darles una familia y, en cierto modo, había luchado con un futbolista creído hasta hacerle ver que la vida era algo más que belleza y mujeres técnicamente perfectas.

Aquella madrugada, cuando acabó la fiesta y entraron en la habitación del hotel, el flamante marido dejó a su mujer sobre la cama y murmuró con una sonrisa de lobezno:

—Te voy a comer entera.

Divertida y sensual, Daniela murmuró:

—Cómeme.

Sin prisa, pero sin pausa, se desnudaron e hicieron el amor. Ya agotados, se dejaron caer en la cama, y Rubén dijo besándola en la cabeza:

—Siento mucho que no podamos irnos de viaje de novios todavía por mi trabajo.

—No pasa nada, cielo. —Sonrió tocando el tatuaje de su pezón—. Ya nos iremos más adelante, ahora tienes que darlo todo hasta el final de la temporada.

—Todavía no hemos decidido a dónde ir, ¿tienes alguna idea?

Acurrucándose en él, sonrió y murmuró deseosa de más sexo:

—Me da igual el lugar si estoy contigo.

Emocionado, Rubén asintió e incorporándose, cogió su chaqueta del suelo, sacó de ella un sobre y le dijo entregándoselo:

—Yo ya elegí lugar ¡espero haber acertado!

Con curiosidad, Daniela abrió el sobre y, al leer el documento que había en su interior, le miró y, después de pestañear como una chiquilla, gritó:

—¿En serio?

—Sí, preciosa, ¡en serio!

Tirándose sobre él, le besó con pasión y, cuando se separó, murmuró a escasos centímetros de su boca.

—Vamos a ir a Joulupukin Pajakylä.

—Sí —rio feliz Rubén.

—A Laponia para ver la Casa de Santa Klaus.

—Sí, señora Ramos, allá vamos.

—Madre míaaa, creo... creo que me voy a desmayar de la emoción.

—¡Ni lo sueñes, preciosa...! Hoy no puedes desmayarte, tengo prevista una larga y ardiente noche contigo.

—Yupi... yupi... hey —se mofó al escucharle.

Rubén soltó una carcajada, era consciente de lo feliz que la hacía aquel viaje, y le explicó los detalles:

—Salimos el dieciséis de diciembre y regresaremos el veintiuno, así podremos pasar las navidades con la familia. Nos alojaremos en un precioso hotel desde donde me han asegurado que veremos la aurora boreal. Visitaremos a Papá Noel para que le des tu carta. —Al decir aquello, ella soltó una carcajada—. Pasearemos en trineo tirados por renos. Jugaremos en la nieve y cuando lleguemos a nuestra habitación te haré el amor incesantemente para que digas eso de yupi... yupi... hey.

Daniela soltó una carcajada y, antes de que pudiera decir nada más, Rubén añadió:

—Y para que tu felicidad sea completa, quiero que sepas que Suhaila e Israel nos acompañaran en este viaje.

—¿En seriooo?

Rubén asintió y añadió:

—Y también mi hermana Malena, ella se ocupará de los niños en ciertos momentos para que tú y yo podamos estar a solas.

Incrédula por todo lo que le decía, Daniela se tiró a sus brazos y le abrazó. Rubén era lo mejor... lo mejor que le había pasado nunca.

—Te quiero, principito, eres el mejor.

Acoplándose a los brazos de su encantadora mujer, la miró y, con una sonrisa llena de deseo, acercó su boca a la de ella y susurró.

—Muy bien, tocapelotas, demuéstramelo.

Si te ha gustado Megan Maxwell,
no puedes perderte las románticas
historias de Olivia Ardey